知識工場

Knowledge is everything！

Illustrate It! The Easiest Way to
Memorize NEW TOEIC Vocabulary

張翔 / 著

最強圖解

新多益
NEW TOEIC 單字記憶術

首考族也不怕！用圖像達標金色聖經！

1

全新10大角色分類法

10大角色引導內容，職業、興趣全都包。跟著角色學會各個生活圈會用到的英文，瞬間吸收相關字彙，記憶無限擴張。

Part 1

商人約翰
John, The Businessman

約翰長年在貿易公司上班，每天除了處理貿易相關的事務之外，也得抽空拜訪客戶，努力提升公司的業績。
現在，就讓我們隨著約翰，學會在商場上打滾必不可少的英文單字吧！

Scenes

1. 字彙力測試 Vocabulary Preview
2. 國際貿易 International Trade
3. 銷售 About The Sales
4. 簽訂商業合約 To Sign A Contract
5. 開會情景 Meeting
6. 辦公室 In The Office
7. 職人 Businessman
8. 詞彙應用再升級 Level Up

2 完整細分各章內容

場景分類最輕鬆，列出與角色相關的各個主題，翻起來順手、查找時便利，記憶單字當然零負擔。

外籍名師親錄MP3 3

全擬真單字發音MP3，跟著外籍名師的發音大聲跟讀，字彙量、口說力同時提升。

SCENE 6 辦公室內

● MP3 020

辦公室內

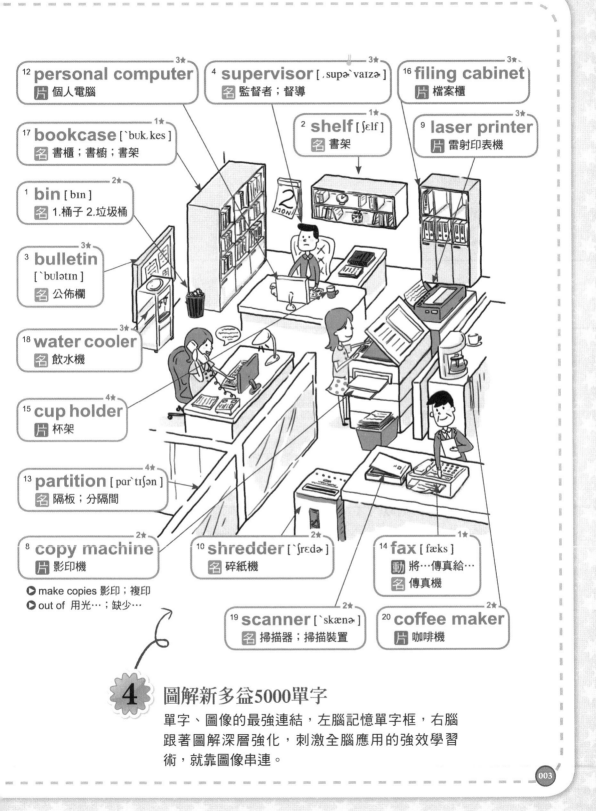

12 **personal computer** 3★
片 個人電腦

4 **supervisor** [ˌsupɚ`vaɪzɚ] 3★
名 監督者;督導

16 **filing cabinet** 3★
片 檔案櫃

17 **bookcase** [`bʊk͵kes] 1★
名 書櫃;書櫥;書架

2 **shelf** [ʃɛlf] 1★
名 書架

9 **laser printer** 3★
片 雷射印表機

1 **bin** [bɪn] 2★
名 1.桶子 2.垃圾桶

3 **bulletin** [`bʊlətɪn] 3★
名 公佈欄

18 **water cooler** 3★
名 飲水機

15 **cup holder** 4★
片 杯架

13 **partition** [pɑr`tɪʃən] 4★
名 隔板;分隔間

8 **copy machine** 2★
片 影印機

▶ make copies 影印;複印
▶ out of 用光…;缺少…

10 **shredder** [`ʃrɛdɚ] 2★
名 碎紙機

14 **fax** [fæks] 1★
動 將…傳真給…
名 傳真機

19 **scanner** [`skænɚ] 2★
名 掃描器;掃描裝置

20 **coffee maker** 2★
片 咖啡機

4 圖解新多益5000單字
單字、圖像的最強連結,左腦記憶單字框,右腦
跟著圖解深層強化,刺激全腦應用的強效學習
術,就靠圖像串連。

請看下面的圖及英文，自我測驗一下，你能寫出幾個單字的中文意思呢

1.

export _____　　trade barrier _____
dumping _____　　widespread _____
commerce _____　　national debt _____

2.

miserably _____　　depression _____
strand _____　　stagnant _____
economy _____　　servile _____

3.

binding _____　　consent _____
liability _____　

5

圖像聯想的字彙暖身

每章開頭，藉由字彙力測試，設立個人化的學習目標，掌握不熟悉的目標單字，記憶單字時自然事半功倍。

6

豐富的例句填空複習

每章最後附贈複習單元，利用克漏字與單字選填，徹底強化單字力，同時學會單字應用，兼顧基礎與進階，才能真正提升英語力。

克漏字 請參考中文例句中被標記的單字，並將其英文填入空格中。

(1) During the training section, Mr. Hampton will be your _____.
訓練期間，漢普頓先生將擔任你的**監督者**。

(2) I had _____ all the important clauses of this contract before it was sent to the client.
寄發合約給客戶之前，我已把約裡的重要條款**標記**出來了。

(3) The _____ will exceed 20 billion dollars in May.
國債將在五月超過二十億元。

(4) Take care of every _____ customer and make every need to be satisfied.
要照顧每一個**潛在**客戶，並滿足每一個需求。

(5) Dr. Chen is offered a _____ position in Harvard University.
哈佛大學提供陳博士一份**終身**職。

(6) The _____ for the sales meeting should be done by this afternoon.
銷售會議的前置**準備**應於今天下午前完成。

(7) The salesman tried to _____ the old lady into making a purchase of their products.
那名業務員試圖**說服**老太太購買他們的產品。

(8) Tina's unpunctuality _____ all her clients and thus made her fired.
蒂娜的不守時**激怒**了她的所有客戶，也因此讓她被開除。

單字選填 請參考框內的英文單字，將最適合的單字填入句中。
若該單字在置入句中時需有所變化，請填入單字的變化型。

filing cabinet	magnate	postage	expand
announcement	carnet	consequently	traffic
sluggish	universal	advance	liability
prosperous	jot down	dispute	agenda
favorable	unanimous	seminar	consideration
demand	benefit	counsel	clarify
punctuality			

(1) What is the _____ of this parcel?

(2) The report managed to _____ the company's policy towards nuclear power plants.

7 綜合單字框，內含**英文、KK音標、詞性、字義**。

8 單字框左上角之數字表示**MP3的朗讀順序**。

9 星號標明**單字難易度**，**1★** 為必備基礎單字，**5★** 為難度最高之進階單字。

10 單字的**特別說明、縮寫等補充**，皆以圖示■表示

11 單字的**衍生字、相關詞彙、片語、例句**等，皆以圖示 ▶表示。

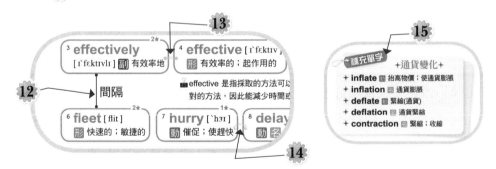

12 以距離區隔各個字義相關的**單字群組**，相關詞彙一次記。

13 以 ←→ 連結的單字框，表示彼此為**衍生字**或**相關字**。

14 以 ⌣ 連結的單字框，彼此為**反義字**。

15 **補充單字框**，列出與主題相關的其他字彙。

用圖像打破記憶藩籬，
衝上金色證書860分！

在國際化的影響之下，英語已然成為世界的共通語言，也是各國不容忽視的課程，這股對英語的重視，其體現方式就是五花八門的語言證照，其中，新多益（NEW TOEIC）一直是業界評估新進人員英文的重要指標之一，許多大專院校也將新多益成績納入畢業門檻，這點在它於2018年改制之後，也沒有改變。

如果仔細去分析新多益的出題方向，會發現其測驗的範圍聚焦在職場應用、商務、金融、企業、保健、娛樂等面向，不僅包含生活中的常見字彙，同時也囊括在商業、職場的必備英語，正是這樣「學以致用」的特點，讓新多益成為許多企業評估應試者時，所看重的一項專業能力。

新多益改制之後，有幾項明顯的改變。首先，聽力納入了三人對話，而且聽力題的選項也不再像舊制那樣明顯，必須聽懂對話真正表達的意思，才選得出正確答案。除此之外，閱讀題的多篇文章理解，更是讓部分考生傷透腦筋，如果沒有好好分配時間，許多人都會面臨看不完、也寫不完的困境。

其實，不管是聽力測驗還是閱讀測驗，很多學生的問題都指向同一個源頭：詞彙量不足。要在聽的當下掌握對話主題，或者是在時間內順暢地閱讀，掌握了詞彙的考生自然比較有優勢。

儘管講解新多益的書籍層出不窮，還是有許多讀者向我反應學習上的困擾，雖然知道自己的問題在於單字認識得不夠多，但真的要坐下來背誦時，卻又始終找不到一個有效率的方法，導致單字背了又背，結果上了考場又鎩

羽而歸。也有一些人，在準備新多益的過程中，出現彈性疲乏的現象，背誦的專注力隨著時間的增長而逐漸降低，導致記得的單字永遠都是那些，真正該強化的弱點單字，反而無法有效記憶。

對於上述這些讀者，我提供本書的「圖像記憶法」給你，給自己一個不同的學習方式，不要只是重複英文字母的背誦，試著用圖像輔佐。圖像除了能刺激右腦之外，還能把單字具體化，幫助你認識單字的意思，對單字的印象愈深刻，自然愈記得住。

除了圖像這點特色之外，本書在編排上，也不同於市面上只專注於「圖解」的學習書，而是將新多益的5000字彙，分為10位具備不同職業、興趣的角色（包括商人約翰、法官提姆、銀行員雪莉、房屋仲介茱蒂、企業老闆安東尼、SOHO族潔西、人力資源公司員工珍、工會代表勞倫斯、醫師凱特、科技新貴威爾），希望能讓讀者跳脫備考的壓力感，在一個相對輕鬆的氛圍下學習。

當然，我也知道許多讀者很重視測驗這一塊，持續背誦若少了測驗，就無法得知自己哪些內容尚未熟悉，所以，在本書的每一章前後，我都有設計暖身與複習的題目，請各位讀者善用測驗題，誠實地面對自己，在書中練習時答錯，遠比在考場上寫錯要好得多。

每一章的SCENE 1會是暖身題「字彙力測試」，這裡的目標是抓出哪些單字是你完全不認識、或者一知半解的，在接下來的內容中，就能加以注意、強化背誦。每章的最後一個SCENE「詞彙應用再升級」則是克漏字與單字選填，背完一整章的單字，正好在這裡測驗自己是否已熟記。

語言學習並非簡單的是非題，只要掌握適合自己的方式，不管是在準備畢業門檻的學生、待業中的求職新鮮人、還是想在職場更上一層的業界老手，都能在本書所創造的輕鬆氛圍下，吸收新多益的核心單字，晉升國際級商務專員。

張翔

多益測驗（TOEIC）是Test of English for International Communication的簡稱，係針對英語為非母語之人士所設計的英語能力檢定測驗，測驗分數反映受測者在國際職場環境中與他人以英語溝通的熟稔程度及能力。

多益是目前以職場為基準設定情境的英語能力測驗中，最頂級的測驗。全球有超過14,000家的企業、學校或政府機構使用多益測驗，同時有165個以上的國家施測，是最被廣泛接受的英語測驗之一。

多益屬於紙筆測驗，時間為兩小時，總共有兩百道題目，全為單選題。主要分為聽力和閱讀兩大題型，兩者分開計時。

聽力測驗總共有一百題，由錄音帶播放考題，共有四大單元（照片描述、應答問題、簡短對話以及簡短獨白）。考生會聽到各式英語的直述句、問句、短對話以及短獨白，然後根據所聽到的內容回答問題。聽力測驗的考試時間約為四十五分鐘。

閱讀測驗總共有一百題，題目及選項都印在題本上，共有三大單元（句子填空、段落填空以及單/多篇閱讀）。考生須閱讀多種題材的文章，然後回答相關問題。閱讀測驗的考試時間為七十五分鐘，考生可在時限內依自己能力調配閱讀及答題速度。

新多益各單元題數

聽力測驗	第一單元	照片描述 6 題
	第二單元	應答問題 25 題
	第三單元	簡短對話 39 題
	第四單元	簡短獨白 30 題
閱讀測驗	第五單元	句子填空 30 題
	第六單元	段落填空 16 題
	第七單元	單篇閱讀 29 題；多篇閱讀 25 題

　　多益測驗的設計，以職場上專業溝通的需要為主。測驗題的內容自全球各地職場溝通的英語資料所蒐集而來，主題多元且豐富。

新多益測驗可能出現的情境

一般商務	契約；談判；行銷；銷售；商業企劃；會議
辦公室	信件；備忘錄；電話；傳真；電子郵件；辦公室器材與傢俱；辦公室流程；董事會；委員會；即時通訊
採購	訂貨；送貨；發票；比價
金融 / 預算	銀行業務；投資；稅務；會計；帳單
人力資源管理	招考；雇用；退休；薪資；升遷；應徵與廣告

企業發展	研究；產品研發
房屋／公司地產	建築；規格；購買租賃；電力瓦斯服務
製造商	工廠管理；生產線；品管
技術層面	電子；科技；電腦；實驗室與相關器材；技術規格
旅遊	火車；飛機；計程車；巴士；船隻；渡輪；票務；時刻表；車站；機場廣播；租車；飯店；預訂；取消
外食	商務／非正式午餐；宴會；招待會；餐廳訂位
娛樂	電影；劇場；音樂；藝術；媒體
保健	醫藥保險；看醫生；牙醫；診所；醫院

新多益成績代表之意義及證書分級

TOEIC成績	語言能力	證書顏色
905～990分	英文能力已十分近似英語母語人士，能夠流暢有條理的表達意見、參與談話，主持英文會議，調和衝突並做出結論，語言使用上即使有瑕疵，亦不會造成理解上的困擾。	★金色證書 (860-990分)
785～900分	可有效運用英語滿足社交及工作所需，措詞恰當，表達流暢；但在某些特定情形下，如：面臨緊張壓力、討論話題過於冷僻艱澀時，仍會顯現出語言能力不足的狀況。	★藍色證書 (730-855分)
605～780分	可以英語進行一般社交場合的談話，能夠應付例行性的業務需求，參加英文會議，聽取大部分要點；但無法流利的以英語發表意見、作辯論，使用的字彙、句型亦以一般常見為主。	★綠色證書 (470-725分)
405～600分	英文文字溝通能力尚可，會話方面稍嫌詞彙不足、語句簡單，但已能掌握少量工作相關語言，可以從事英語相關程度較低的工作。	

| 255～400分 | 語言能力僅僅侷限在簡單的一般日常生活對話，同時無法做連續性交談，亦無法用英文工作。 | ★棕色證書
(220-465分) |
| 10～250分 | 只能以背誦的句子進行問答而不能自行造句，尚無法將英語當作溝通工具來使用。 | ★橘色證書
(10-215分) |

 新多益報考方式及報名費用

一、報名費用：新台幣1,600元

二、報考方式：

	報名流程	繳費方式
網路報名	請上TOEIC官方網站「線上報名」	信用卡線上刷 便利商店繳費
通訊報名	請臨櫃或去電索取報名表，掛號郵寄至地址：(10699) 台北郵政第26之585號信箱『TOEIC客服組 收』	便利超商繳費 （手續費另計）
臨櫃報名	請臨櫃報名繳費 ※非本人不受理報名 ※需攜帶合格照片	現金或信用卡
APP報名	請下載APP軟體報名	便利商店繳費

資料來源：TOEIC多益英語測驗──台灣區官方網站 http://www.toeic.com.tw/

　　本書完整收錄新多益NEW TOEIC必考5000字彙與片語，將其內容依照職業與興趣，分為10大角色，每章人物的興趣各異，包含新多益常見的生活娛樂類單字。此外，每章前後分別設計了圖像聯想與大量的例句練習，從基礎單字入門，到進階的句型應用，完整囊括不遺漏，希望讀者能藉由這樣的設計，成功跨越新多益的高分門檻。

目錄

★ contents ★

Part 1 商人約翰
John, The Businessman

Part 6　SOHO族潔西
Jessie, Small Office/Home Office

Part 9 醫師凱特
Kate, The Doctress

Part

商人約翰
John, The Businessman

約翰長年在貿易公司上班，每天除了處理貿易相關的事務之外，

也得抽空拜訪客戶，努力提升公司的業績。

現在，就讓我們隨著約翰，學會在商場上打滾必不可少的英文單字吧！

Scenes

SCENE 1 字彙力測試

　請看下面的圖及英文，自我測驗一下，你能寫出幾個單字的中文意思呢？

1.

export ＿＿＿＿＿＿＿　trade barrier ＿＿＿＿＿＿

dumping ＿＿＿＿＿＿　widespread ＿＿＿＿＿＿

commerce ＿＿＿＿＿　national debt ＿＿＿＿＿

2.

miserably ＿＿＿＿＿＿　depression ＿＿＿＿＿＿

strand ＿＿＿＿＿＿＿　stagnant ＿＿＿＿＿＿

economy ＿＿＿＿＿＿　servile ＿＿＿＿＿＿＿

3.

binding ＿＿＿＿＿＿＿　consent ＿＿＿＿＿＿＿

liability ＿＿＿＿＿＿　bilateral ＿＿＿＿＿＿

alliance ＿＿＿＿＿＿＿　commit ＿＿＿＿＿＿＿

4.

preparation ＿＿＿＿＿　harmonize ＿＿＿＿＿＿

debate ＿＿＿＿＿＿＿　negotiate ＿＿＿＿＿＿

delegate ＿＿＿＿＿＿　standpoint ＿＿＿＿＿＿

5.

underground ＿＿＿＿＿　day return ＿＿＿＿＿＿

terminus ＿＿＿＿＿＿　route ＿＿＿＿＿＿＿

tardy ＿＿＿＿＿＿＿　outbound ＿＿＿＿＿＿

◎ MP3 001
國際貿易

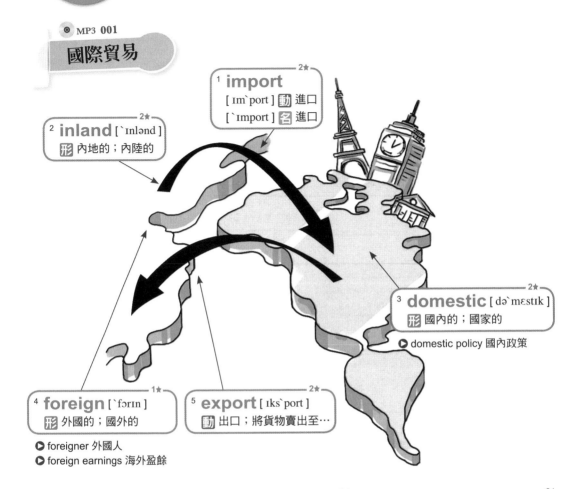

1 import ²★
[ɪm`port] 動 進口
[`ɪmport] 名 進口

2 inland [`ɪnlənd] ²★
形 內地的；內陸的

3 domestic [də`mɛstɪk] ²★
形 國內的；國家的

▶ domestic policy 國內政策

4 foreign [`fɔrɪn] ¹★
形 外國的；國外的

▶ foreigner 外國人
▶ foreign earnings 海外盈餘

5 export [ɪks`port] ²★
動 出口；將貨物賣出至…

6 trade [tred] ¹★
名 貿易；交易
動 貿易；進行交易

7 trade show ³★
片 貿易展

8 exchange [ɪks`tʃendʒ] ²★
名 交易；交流；兌換
動 交換；交易；調換

▶ in exchange for 交換

9 interchange [ˌɪntə`tʃendʒ] ³★
動 交換；互換

10 countertrade [`kauntə.tred] ⁵★
動 名 對應貿易；抵消貿易

📎 對應貿易係指國家間不涉及支票或現金
的以貨換貨貿易。

11 expand [ɪk`spænd] ³★
動 拓展；擴大

12 expansion [ɪk`spænʃən] ³★
名 擴展；擴張；膨脹

13 commerce [`kamɜs] ³★
名 貿易；商業

14 commercial [kə`mɜʃəl] ³★
形 商業的；商務的

SCENE 2 經銷・貿易行為

🔘 MP3 002

經銷

1 headquarter [`hɛd,kwɔrtə] ²★
名 (公司等的)總部;總公司
動 設立總部

2 franchisee [,fræntʃaɪˋzi] ³★
名 經銷商;特許經營人

3 franchise [`fræn,tʃaɪz] ²★
動 給予經銷權、特權 名 選舉權

▶ We have been franchised with Universal Hi-tech for more than five years.
我們已加盟國際高科技公司超過五年。

4 potentiality [pə,tɛnʃɪˋælətɪ] ⁴★
名 潛在性;可能性

5 potential [pəˋtɛnʃəl] ⁴★
形 潛在的;可能的
名 潛能;可能性

6 lead [lid] 名 通路 動 引導;指揮 ¹★

▶ They are trying to increase more leads for their produce.
他們正試著為他們的農產品增加更多通路。

貿易行為

7 trade barrier ³★
片 貿易障礙(常指關稅或進口法等)

8 red tape ²★
片 繁雜手續;繁文縟節

💡 原指綑綁官方機密文件的紅色繩帶,後引申為手續繁瑣之意。

9 dumping [`dʌmpɪŋ] ³★
名 (貿易)傾銷

10 traffic [`træfɪk] ⁴★
動 走私;做非法買賣

▶ Larry was contemptuous to the illegal trafficking businessman.
賴瑞藐視那名違法禁運的商人。

11 carnet [kɑˋnɛ] ⁵★
名 無關稅國際通行證

▶ Carnets are international customs documents and valid for a year.
無關稅國際通行證為國際稅務文件,有效期限為一年。

12 tariff [`tærɪf] ¹★
動 對…徵收關稅
名 關稅;稅率

13 for customs purposes ³★
片 作報關用途

14 customs [`kʌstəmz] ³★
名 1.海關 2.關稅

15 purpose [`pɝpəs] ¹★
名 目的;用途

16 national debt ⁴★
片 國債

▶ The national debt will exceed 20 billion dollars in May.
國債將在五月超過二百億元。

◎ MP3 003

景氣繁榮

1 economy [ɪˋkɑnəmɪ] ³★
名 1.經濟 2.節約；節省

2 mushroom [ˋmʌʃrʊm] ²★
動 如雨後春筍般出現
▶ Many new companies mushroom after the recovery.
許多新的公司在經濟復甦後出現。

3 bloom [blum] ³★
動 繁榮；成長

4 thrive [θraɪv] ⁴★
動 繁榮興盛
▶ The tea business is thriving in Taiwan.
台灣的茶業目前正茁壯興盛。

5 brisk [brɪsk] ⁴★
動 使興旺；使活躍
▶ The increasing domestic needs for ginseng brisk the imports from Korea.
國內對人參日益增加的需求，活躍了韓國的進口業務。

6 prosperous [ˋprɑspərəs] ³★
形 繁榮的；欣欣向榮的

7 prosperity [prɑsˋpɛrətɪ] ³★
名 繁榮；成功；興旺

8 dynamic [daɪˋnæmɪk] ³★
形 有活力的；強而有力的
▶ In a dynamic market like this, many companies thrive.
在這樣一個有活力的市場裡，許多公司都繁榮興盛。

景氣蕭條

9 falter [ˋfɔltə] ⁴★
動 1.衰退 2.動搖 3.跟蹌

10 slump [slʌmp] ⁴★
名 下降；不景氣
動 (物價)下跌；(經濟)衰落
▶ The slump in annual profits made the general manager worried about the company's future.
年獲利率的暴跌讓總經理擔心公司的未來。

11 decline [dɪˋklaɪn] ⁴★
動 下降；減少

12 declining [dɪˋklaɪnɪŋ] ⁴★
形 下降的；減少的

MP3 004

景氣蕭條

1 recession [rɪ`sɛʃən]
名 (經濟的)衰退
▶ How long will the recession last?
經濟衰退將持續多久？

2 depression
[dɪ`prɛʃən]
名 不景氣；蕭條(期)

3 downturn [`daʊntɝn]
名 (經濟)衰退；下降
▶ The downturn in exporting trade is expected to last for two more years.
出口貿易衰退預期將再持續兩年。

4 sluggish [`slʌgɪʃ]
形 蕭條的；呆滯的
▶ the sluggish economy
萎靡不振的經濟狀況

5 stagnant [`stægnənt]
形 不景氣的；蕭條的；停滯的

6 stagnantly [`stægnəntlɪ]
副 蕭條地；停滯地

▶ The market of imported cars has been stagnant for a long time.
進口車市場已經停滯許久。

7 nightmare [`naɪt͵mɛr]
名 夢魘；惡夢

8 patch [pætʃ]
動 補綴；修補

9 starve [stɑrv]
動 餓死；捱餓

10 satiate [`seʃɪ͵et]
動 使飽足 形 吃飽的

11 miserably [`mɪzərəblɪ]
副 悲慘地；艱苦地；糟糕地

12 miserable [`mɪzərəb|]
形 痛苦的；不幸的

13 servile [`sɝv|]
形 卑賤的；低下的

14 threat [θrɛt]
名 威脅；危機

15 threaten [`θrɛtn̩]
動 威脅；恐嚇

16 strand [strænd]
動 使處於困境
▶ I was left stranded and it was Mr. Watson who gave me timely help.
當我處於困境時，是華生先生及時幫助我。

17 taint [tent]
動 腐壞；敗壞

18 tainted [`tentɪd]
形 污染的；腐敗的

◉ MP3 005

國貿組織

1 global [`globl`] 3★
形 全球的；總體的

2 widespread [`waɪd,sprɛd`] 4★
形 普遍的；分布廣的

3 spread [`sprɛd`] 1★
動 使伸展；使延伸

4 universal [,junə`vɝsl`] 3★
形 全體的；普遍的

▶ There is a widespread rumor that a new iPhone will be available by the end of July.
謠言說，新款iPhone將在七月底上市。

5 international [,ɪntɚ`næʃənl`] 1★
形 國際性的；國際間的

6 internationalize [,ɪntɚ`næʃənl,aɪz`] 4★
動 將…國際化

7 European Union 2★
片 歐洲聯盟

📎 縮寫為 EU，歐盟。

8 Euro [`juro`] 2★
名 歐元

9 GATT 3★
縮 關貿總協

📎 全稱為 General Agreement on Tariffs and Trade，關稅暨貿易總協定。

▶ Under GATT, companies of different countries are protected.
在關貿總協的保護下，不同國家的公司都獲得保障。

10 WTO 5★
縮 世貿組織

📎 全稱為 World Trade Organization，世界貿易組織。

11 IMF 4★
縮 國際貨幣基金組織

📎 全稱為 International Monetary Fund

經濟整合

12 free trade area 2★
片 自由貿易區

13 customs union 3★
片 關稅同盟

14 common market 3★
片 共同市場

15 economic union 3★
片 經濟同盟

16 political union 2★
片 政治同盟

MP3 006

國際合約

1 **governing jurisdiction** 4★
片 法源依據國家

2 **jurisdiction** [ˌdʒʊrɪsˈdɪkʃən] 4★
名 司法；裁判權；管轄權

3 **binding** [ˈbaɪndɪŋ] 2★
形 具有約束力的

4 **bind** [ˈbaɪnd] 2★
動 1.捆 2.有約束力

5 **bilateral agreement** 5★
片 雙方同意；雙邊協定

6 **bilateral** [baɪˈlætərəl] 4★
形 雙邊的；雙方的

7 **multilateral trade** 4★
片 多邊貿易(商)

8 **multilateral** [ˈmʌltɪˈlætərəl] 4★
形 多邊的；多國間的

9 **collective agreement** 4★
片 集體同意

10 **alliance** [əˈlaɪəns] 4★
名 同盟；結盟方

11 **permanent** 3★
[ˈpɝmənənt] 形 永久的

12 **consent** [kənˈsɛnt] 4★
名 動 同意；接受

13 **commit** [kəˈmɪt] 3★
動 使承擔義務；使做出保證

14 **commitment** [kəˈmɪtmənt] 4★
名 1.承諾 2.責任

15 **liability** [ˌlaɪəˈbɪlətɪ] 4★
名 責任；義務

16 **confidentiality agreement** 4★
片 保密協定

17 **integration clause** 4★
片 完備條款

18 **rider** [ˈraɪdə] 3★
名 (文件後的)附文；附加條款

19 **L/C** 4★
縮 信用狀

全稱為 letter of credit

完備條款，意指非經契約雙方書面同意，不得修改內容之條款。

◎ MP3 007

會面

¹ ★
visit [`vɪzɪt]
動 名 參觀;拜訪

³ ★
² **fieldwork** [`fild͵wɜk]
名 實地拜訪客戶

⁴ ★
³ **appointment** [ə`pɔɪntmənt]
名 約會;會面;(會面的)約定

⁵ ★
⁴ **punctuality** [͵pʌŋktʃʊ`ælətɪ]
名 嚴守時間;準時

⁴ ★
⁵ **punctual** [`pʌŋktʃʊəl]
形 準時的;嚴守時刻的

┌ 補充單字 ┐ ✦銷售成績✦
✦ **sales** 名 銷售
✦ **salesmanship** 名 銷售術
✦ **sales report** 片 銷售報告
✦ **sales performance** 片 銷售表現
✦ **by a long shot** 片 大幅領先

銷售員性格 1

² ★
⁶ **rush** [rʌʃ]
動 倉促行動;冒失地做

³ ★
⁷ **cowboy** [`kaʊbɔɪ]
名 莽撞的人

⁵ ★
⁸ **temerity** [tə`mɛrətɪ]
名 魯莽;冒失

⁵ ★
⁹ **imprudent**
[ɪm`prudn̩t] 形 不謹慎的

⁵ ★
¹⁰ **negligent**
[`nɛglɪdʒənt]
形 疏忽的;粗心的

⁵ ★
¹¹ **negligence**
[`nɛglɪdʒəns]
名 疏忽;粗心

³ ★
¹² **consideration**
[kənsɪdə`reʃən] 名 考慮

⁵ ★
¹³ **meditate** [`mɛdə͵tet]
動 沉思;深思熟慮

⁵ ★
¹⁴ **mull** [mʌl]
動 深思熟慮

⁵ ★
¹⁵ **discretion** [dɪ`skrɛʃən]
名 謹慎;考慮周全

² ★
¹⁶ **reliability** [rɪ͵laɪə`bɪlətɪ]
名 可靠;可信賴度

▶ reliable 可信賴的;可靠的

⁵ ★
¹⁷ **accountable** [ə`kaʊntəbl̩]
形 應負責任的

⁵ ★
¹⁸ **accountability** [ə͵kaʊtɛ`bɪlətɪ]
名 負有責任;可倚賴

MP3 008

銷售員性格 2

¹ **considerate** [kən`sɪdərɪt] 4★
形 體貼的；體諒的

² **consideration** [kənsɪdə`reʃən] 4★
名 1.關心；體貼 2.考慮

³ **put oneself in sb's shoes** 2★
片 設身處地為他人想

⁴ **patience** [`peʃəns] 2★
名 耐心；忍耐；毅力

⁵ **patient** [`peʃənt] 3★
形 有耐心的

⁶ **polite** [pə`laɪt] 2★
形 有禮貌的

⁷ **manner** [`mænə] 2★
名 禮貌；規矩

⁸ **appreciate** [ə`priʃɪ͵et] 3★
動 感激；感謝

⁹ **appreciation** [ə͵priʃɪ`eʃən] 3★
名 感謝；欣賞

¹⁰ **bullish** [`bʊlɪʃ] 4★
形 樂觀的

¹¹ **optimistic** [͵ɑptə`mɪstɪk] 形 樂觀的 3★

¹² **straightforward** [͵stret`fɔrwəd] 形 直率的 4★

¹³ **candid** [`kændɪd] 2★
形 坦率的；直率的

¹⁴ **earnest** [`ɜnɪst] 2★
形 真摯的；真誠的

¹⁵ **take sth seriously** 4★
片 認真看待某事

¹⁶ **apple polisher** 4★
片 拍馬屁的人；逢迎者

¹⁷ **flatter** [`flætə] 3★
動 諂媚；奉承

¹⁸ **facade** [fə`sɑd] 5★
名 表面；外觀

¹⁹ **glossy** [`glɔsɪ] 3★
形 虛有其表的；浮誇的

²⁰ **goldbricker** [`gold͵brɪkə] 4★
名 藉故摸魚的人

■ 也指努力讓自己看起來
比實際上認真的員工。

◎ MP3 009

會計與利潤

1 **value** [`vælju]
名 價值；價格
動 估價；評估

2 **valuation**
[ˌvæljuˋeʃən]
名 評價；評估

3 **net** [nɛt]
名 淨利；淨值

4 **net profit**
片 淨利

5 **net wealth**
片 淨財富

6 **total** [`totl]
名 總和；總計
形 總計的；總括的

7 **overall** [`ovəˌɔl]
形 總的；全面的

8 **aggregate** [`ægrɪˌget]
動 合計；總計達…

9 **acquire** [əˋkwaɪr]
動 獲得；取得

10 **acquisition**
[ˌækwəˋzɪʃən]
名 獲得；取得

11 **attain** [əˋten]
動 獲得；達到

12 **earn** [ɝn]
動 賺取；贏得

13 **yield** [jild]
動 產生(效果、收益等)

14 **abundant** [əˋbʌndənt]
形 豐富的；大量的

15 **gain** [gen]
名 獲利；收益
動 賺錢；獲利

16 **advantage**
[ədˋvæntɪdʒ]
名 好處；利益

17 **benefit** [`bɛnəfɪt]
名 利益；利潤
動 對…有益

18 **revenue** [`rɛvəˌnju]
名 收入；收益

19 **consequential loss**
片 衍生損失；間接損失

20 **consequential**
[ˌkɑnsəˋkwɛnʃəl]
形 1.隨之發生的 2.間接的

21 **loss** [lɔs]
名 損失；傷害

22 **deficit** [`dɛfɪsɪt]
名 不足額；赤字

029

◎ MP3 **010**

契約

1 counterpart [`kaʊntəˌpɑrt] ⁴★
片 (契約)複本；副本

2 pactism [`pæktɪzm] ⁵★
名 契約主義

3 consigner [kən`saɪnə] ⁵★
名 交寄者；交付者

4 endorse [ɪn`dɔrs] ⁵★
動 背書；在(發票等)背面簽名

5 endorsement [ɪn`dɔrsmənt] ⁵★
名 1.背書；簽署 2.贊同；支持

6 due [dju] ²★
形 應支付的；欠款的

7 default [dɪ`fɔlt] ⁴★
名 拖欠；違約

8 ensure [ɪn`ʃʊr] ²★
動 保證；擔保

9 assure [ə`ʃʊr] ³★
動 確認；確保

10 expire [ɪk`spaɪr] ⁴★
動 滿期；到期

11 expiration [ˌɛkspə`reʃən] ⁴★
名 終結；期滿

▶ expiration date 截止日期

12 renewal [rɪ`njuəl] ²★
名 (契約)展期；續訂

合作關係

16 unification [ˌjunəfə`keʃən] ³★
名 統一；聯合

13 cooperation [koˌɑpə`reʃən] ³★
名 合作；協力

14 alignment [ə`laɪnmənt] ⁵★
名 結盟；結合

15 coalition [ˌkoə`lɪʃən] ⁵★
名 結合；聯合

17 coordinate [ko`ɔrdṇet] ⁵★
動 協調；調節；協調一致

18 strengthen [`strɛŋθən] ³★
動 加強；強化；鞏固

19 consolidate [kən`sɑləˌdet] ⁵★
動 鞏固；加強

20 bolster [`bolstə] ³★
動 支撐；加固

◎ MP3 011

書信內文

---

1 **letter** [`lɛtɚ] —2★
名 信件；函件

2 **mail** [mel] —1★
名 郵件
動 郵寄給⋯

3 **send** [sɛnd] —1★
動 寄；送

4 **reply** [rɪ`plaɪ] —1★
動 名 回覆；回信

5 **receive** —2★
[rɪ`siv]
動 收到；接受

---

9 **appendix** [ə`pɛndɪks] —5★
名 附錄；附件

6 **to whom it may concern** —4★
片 (正式信件的開頭)敬啟者

10 **enclosure** [ɪn`kloʒɚ] —3★
名 (信件的)附件

11 **enclose** [ɪn`kloz] —3★
動 把(公文或票據等)一併封入

📎 可縮寫為 enc.

7 **sir** [sɝ] —1★
名 (尊稱語)先生；閣下
Madam [`mædəm]
名 (正式書信中)女士

12 **attachment** [ə`tætʃmənt] —3★
名 (信件或電郵的)附件

▶ attach 附加⋯

8 **dear** [dɪr] —1★
形 (信頭稱謂)親愛的；尊敬的

17 **letterhead** —4★
[`lɛtɚ.hɛd]
名 (印在信紙的)信頭

📎 指信紙上端所印的寄件
人姓名、地址等資料。

13 **salutation** [.sæljə`teʃən] —4★
名 1.招呼 2.(信件開頭的)稱呼語

14 **yours truly** —3★
片 (信件末)敬上

18 **body** [`badɪ] —2★
名 正文；主要部分

15 **sincerely** [sɪn`sɪrlɪ] —3★
副 真摯地；誠摯地

19 **paragraph** —3★
[`pærə.græf]
名 (書信中)段落

16 **best regards** —2★
片 (信末問候語)此致敬意

▶ break into 使分段；
切分

▶ kind regards, best wishes 敬請台安

◎ MP3 **012**

書信內容

1 elaborate [ɪˋlæbəˏret] 2★
動 潤飾(文字等)

2 elaboration [ɪˏlæbəˋreʃən] 3★
名 詳細闡述

3 terminology [ˏtɜˊməˋnɑlədʒɪ] 5★
名 (總稱)專用語;術語

4 redundant [rɪˋdʌndənt] 5★
形 多餘的;過剩的

5 i.e. 2★
縮 即;換言之
🔖 由拉丁文 id est 而來。

6 A.S.A.P. 2★
縮 儘早;儘快
🔖 全稱為 as soon as possible

7 PTO 3★
縮 請詳見背面
🔖 全稱為 please turn over

8 RSVP 2★
縮 敬請回覆
🔖 由法文 repondez s'il vous plait 而來。

補充單字 ✚標點符號✚

+ **comma** 名 逗號
+ **hyphen** 名 連字號
+ **period** 名 句號
+ **initial** 名 (字的)起首字母
+ **parenthesis** 名 圓括號
+ **parentheses** 名 圓括號(複數形)

信封

9 envelope [ˋɛnvəˏləp] 2★
名 信封

10 postcode [ˋpostˏkod] 2★
名 郵遞區號(英)

John Gibbs
529 Fifth Avenue
New York , NY 10017

Aaron Bolton
224 East 47th Street, 10th Floor, Room 1008
New York , NY 10017

- 77546+2830

11 stamp [stæmp] 2★
名 印花;郵票

12 postage [ˋpostɪdʒ] 3★
名 郵資;郵費

13 addressee [ˏædrɛˋsi] 4★
名 收件人;收信人

14 address [əˋdrɛs] 2★
動 寫信(給);寫上地址

15 forwarding address 3★
片 轉遞地址

16 forward [ˋfɔrwəd] 2★
動 轉寄;轉送

17 printed matter 2★
片 印刷品

18 registered mail 2★
片 掛號信

◎ MP3 013

合約細節

1 contract ²★
[`kɑntrækt] 名 契約
[kən`trækt] 動 訂定契約

2 draft [dræft] ³★
名 草稿
▶ make a draft 撰寫草稿

3 detail [`ditel] ¹★
名 細節；詳情 動 詳細說明

4 small print ⁴★
片 合約中的細則

5 clause [klɔz] ⁴★
名 (文件的)條款；內容

6 term [tɝm] ²★
名 (契約)條件；條款

7 additional [ə`dɪʃən] ³★
形 附加的；額外的

8 fringe [frɪndʒ] ⁴★
形 附加的；附屬的

9 collateral [kə`lætərəl] ⁵★
形 附屬的；附帶的

10 supplementary ⁵★
[ˌsʌplə`mɛntərɪ]
形 補充的；追加的

11 exclusion [ɪk`skluʒən] ⁴★
名 被排除在外的事物
▶ exclusive 排外的；除外的
▶ exclude 將⋯排除在外

12 include [ɪn`klud] ¹★
動 包含⋯在內

13 package [`pækɪdʒ] ²★
名 一系列交易、建議等

14 autograph [`ɔtəˌgræf] ⁵★
名 親筆簽名；手跡
動 親筆簽名於⋯

15 company seal ³★
片 公司封章(公司章)

16 print [prɪnt] ²★
動 印刷；列印
名 印刷；印刷字體

17 fine print ²★
片 小號字體印刷品
▶ You should read this fine print on insurance policy more carefully.
你應該仔細閱讀這份保單的小字體印刷品。

18 abbreviation [əˌbrivɪ`eʃən] ⁵★
名 1.縮寫字 2.省略；縮短

19 acronym [`ækrənɪm] ⁵★
名 首字母縮略字
📖 首字母縮略字，是以一組片語中每個單字的第一個字母合成的單字。

SCENE 5 開會情景

● MP3 014

溝通場面

1 **mediator** [`midɪˌetə ] `5★`
名 調停者

2 **brief** [brif] `2★`
形 簡短的 動 名 簡短的說明；簡報

3 **clarify** [`klærəˌfaɪ ] `3★`
動 澄清；說明
▶ clarification 澄清；說明

4 **flip chart** `3★`
片 活動掛圖

5 **smart board electronic board** `3★`
片 電子白板

6 **handout** [`hændaʊt ] `3★`
名 講義

🖈 講義是發給聽眾作為重點提示、輔助演講的工具。

7 **delegate** [`dɛləgɪt ] `4★`
名 會議代表；代表團員
▶ delegation 代表；會議代表

8 **jot down** `3★`
片 草草記下；快速做筆記

9 **angry** [`æŋgrɪ ] `1★`
形 生氣的；憤怒的

10 **irritate** [`ɪrəˌtet ] `5★`
動 激怒；使煩躁
▶ irritated 被激怒的

11 **minute** [`mɪnɪt ] `4★`
名 會議記錄(通常為複數形)

12 **tension** [`tɛnʃən ] `2★`
名 緊張(情緒)；緊張狀況

13 **dispute** [dɪ`spjut ] `3★`
動 名 爭論；爭執

14 **difference** [`dɪfərəns ] **argument** [ `ɑrgjəmənt] `2★`
名 爭論；不和
▶ argue 爭論

15 **conflict** [`kɑnflɪkt ] `2★`
名 衝突；矛盾
▶ conflict of interest 利益衝突(因職務緣故造成)

16 **debate** [dɪ`bet ] `3★`
名 1.辯論；爭辯 2.辯論會
動 與某人辯論；爭辯
▶ debatable 可爭辯的；可爭論的

◎ MP3 015

調停・爭論

1 **preparation** [ˌprɛpəˈreʃən] 2★
名 1.準備;預備 2.準備工作

▶ prepare 準備
▶ prepared 準備好的;有準備的

2 **practice** [ˈpræktɪs] 2★
動 名 練習;實踐

3 **readiness** [ˈrɛdɪnɪs] 4★
名 準備;預備

▶ ready 準備好的

4 **settle** [ˈsɛtl̩] 2★
動 解決(問題);平息(糾紛、爭議)

5 **persuasion** [pɚˈsweʒən] 3★
名 說服;勸說

6 **persuade** [pɚˈswed] 3★
動 說服;規勸

7 **harmonize** [ˈhɑrməˌnaɪz] 4★
動 使協調;和諧

8 **harmony** [ˈhɑrmənɪ] 3★
名 和睦;融洽

9 **thought** [θɔt] 2★
名 想法;思想

10 **stance** [stæns] 5★
posture [ˈpɑstʃɚ]
名 立場;態度

11 **contention** [kənˈtɛnʃən] 4★
名 論點;主張

12 **perspective** [pɚˈspɛktɪv] 3★
名 看法;觀點

13 **standpoint** [ˈstændˌpɔɪnt] 2★
viewpoint [ˈvjuˌpɔɪnt]
aspect [ˈæspɛkt]
名 見解;觀點

溝通討論

14 **discussion** [dɪˈskʌʃən] 2★
communication [kəˌmjunəˈkeʃən]
名 討論;溝通;商討;談論

15 **discuss** [dɪˈskʌs] 2★
communicate [kəˈmjunəˌket]
動 討論;溝通;交流思想

16 **negotiate** [nɪˈgoʃɪˌet] 3★
動 溝通;協調

17 **negotiation** [nɪˌgoʃɪˈeʃən] 3★
名 溝通;談判

18 **negotiable** [nɪˈgoʃɪəbl̩] 3★
形 可協商的

19 **negotiator** [nɪˈgoʃɪˌetɚ] 3★
名 交涉者;協商者

◎ MP3 016

議程

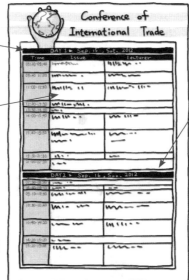

Conference of International Trade

1 **date** [det] — 2★
名 日期

2 **object** [`ɑbdʒɪkt] — 2★
名 主題；議題

3 **issue** [`ɪʃju] — 3★
名 議題；討論提案

4 **agenda** [ə`dʒɛndə] — 4★
名 議案；議題

▶ with respect to 與…議題相關

5 **motion** [`moʃən] — 3★
proposal [prə`pozļ]
名 動議；提案

6 **proposition** — 5★
[ˌprɑpə`zɪʃən]
名 建議；提議

7 **propose** [prə`poz] — 2★
動 提出建議；提案

8 **AOB** — 4★
縮 其他議案、提案

▣ 全稱為 any other business

9 **write a report** — 2★
片 寫報告

10 **write a proposal** — 3★
片 撰寫提案

11 **draw up plans** — 4★
片 擬定計畫

12 **consult** [kən`sʌlt] — 2★
動 與…商量；請教

13 **counsel** [`kaʊnsļ] — 4★
動 名 商議；勸告

14 **submit** [səb`mɪt] — 4★
動 遞交；呈遞

15 **bubble it up** — 4★
片 將議題提交給上級討論

16 **project** [`prɑdʒɛkt] — 1★
名 計畫；企劃

17 **table** [`tebļ] — 2★
動 擱置議案

18 **up in the air** — 3★
片 懸而未決；尚未決定的

19 **brown-bag** [`braʊnˌbæg] — 5★
動 稍後再討論

◎ MP3 017
表決 1

¹ **show of hands** — 2★
片 舉手表決(以舉手方式表示同意與否)

² **majority and plurality** — 2★
片 過半數與相對多數

³ **minority** [maɪˋnɔrətɪ] — 3★
名 1.少數 2. 少數派

⁴ **minor** [ˋmaɪnə] — 2★
形 次要的；較少的

⁵ **few** [fju] — 1★
形 很少數的；幾乎沒有的

⁶ **exiguous** [ɛgˋzɪgjuəs] — 4★
形 稀少的；細小的

⁷ **majority** [məˋdʒɔrətɪ] — 3★
名 多數；過半數

⁸ **major** [ˋmedʒə] — 2★
形 主要的；較多的

⁹ **firm** [fɜm] — 2★
形 堅定的；堅決的

¹⁰ **firmly** [ˋfɜmlɪ] — 2★
副 堅定地；堅決地

¹¹ **favorable** [ˋfevərəbḷ] — 3★
形 贊同的；適合的

¹² **in favor of** — 3★
片 贊同；同意

¹³ **give the nod** — 4★
片 同意、贊同某件計畫或提案

¹⁴ **concur** [kənˋkɜ] — 5★
動 同意；贊成

¹⁵ **advice** [ədˋvaɪs] — 4★
名 建議；忠告

¹⁶ **advise** [ədˋvaɪz] — 4★
動 給予建議、意見

¹⁷ **raise an opinion** — 2★
片 提出意見

¹⁸ **opinion** [əˋpɪnjən] — 2★
名 意見；見解；主張

▶ opinion poll 民意測驗

¹⁹ **contrary** [ˋkɑntrɛrɪ] — 3★
形 相反的；對立的

▶ Mr. Watson decided to ignore the contrary advice and give Jason the loan.
華生先生決定忽略反對意見，提供傑森貸款。

²⁰ **adverse opinion** — 5★
片 反面意見

²¹ **adverse** [ædˋvɜs] — 5★
形 逆向的；反對的

SCENE 5 表決 2・會期

◉ MP3 018

表決 2

1 **outcome** [`aut, kʌm] 3★
名 成果；結果

2 **upshot** [`ʌp, ʃɑt] 2★
名 結果；結局

3 **result** [rɪ`zʌlt] 2★
名 結果；成果

4 **consequence** [`kɑnsə, kwɛns] 3★
名 1.結果；後果 2.邏輯上的必然結果

5 **final** [`faɪnḷ] 1★
形 最後的；最終的

6 **finalize** [`faɪnḷ, aɪz] 4★
動 完成；結束

7 **consequently** [`kɑnsə, kwɛntlɪ] 4★
副 結果；因此；必然地

8 **pass** [pæs] 1★
動 通過…提案、議案

9 **consensus** [kən`sɛnsəs] 4★
名 共識；一致；合意

10 **unanimous** [jʊ`nænəməs] 5★
形 全體一致的；無異議的

變更會期

11 **sitting** [`sɪtɪŋ] 4★
名 開會；會期

12 **session** [`sɛʃən] 5★
名 開會；會期

13 **imminent** [`ɪmənənt] 5★
形 逼近的；即將發生的

14 **postpone** [post`pon] 3★
動 使延期；延遲

15 **defer** [dɪ`fɝ] 4★
動 推遲；延期

16 **deferral** [dɪ`fɝəl] 5★
名 延期；遷延

17 **cancel** [`kænsḷ] 1★
動 取消；中止

18 **cancellation** [, kænsḷ`eʃən] 3★
名 取消

19 **adjourn** [ə`dʒɝn] 5★
動 休會；暫停開會

20 **abrogate** [`æbrə, get] 5★
動 取消；廢除

◉ MP3 019

 會議形式

1 conference call ³★
片 電話會議

2 conference ³★
[`kɑnfərəns]
名 (正式)會議;討論會

3 dial [`daɪəl] ²★
動 撥號給…;打電話給…

▶ one-touch dial 速撥

4 transmitter ³★
[træns`mɪtə]
名 (電話的)話筒

5 I-conference ⁴★
[`aɪ`kɑnfərəns]
名 網路會議

6 time zone ¹★
片 時區

7 area [`ɛrɪə] ¹★
名 地區;區域

8 region [`ridʒən] ¹★
名 區域;地帶

▶ regional 地區的;局部的

9 videoconference ³★
[`vɪdɪo,kɑnfərəns]
名 視訊會議

10 video camera ³★
片 攝影機

11 digital video ²★
片 數位錄影

12 image [`ɪmɪdʒ] ¹★
名 映像;影像;圖像

13 workshop [`wɝk,ʃɑp] ²★
名 工作坊(共同討論、聽演講)

14 panel [`pænl] ⁴★
名 討論小組;專業小組

15 seminar [`sɛmə,nɑr] ⁵★
名 專題討論會

16 AGM ⁴★
縮 年度例行會議

📖 全稱為 annual general meeting

17 annual [`ænjʊəl] ³★
形 一年一次的

18 regular [`rɛgjələ] ¹★
形 規律的;定期的

19 regularly [`rɛgjələlɪ] ²★
副 定期地;規律地

20 periodically ³★
[,pɪrɪ`ɑdɪklɪ]
副 週期性地;定期地

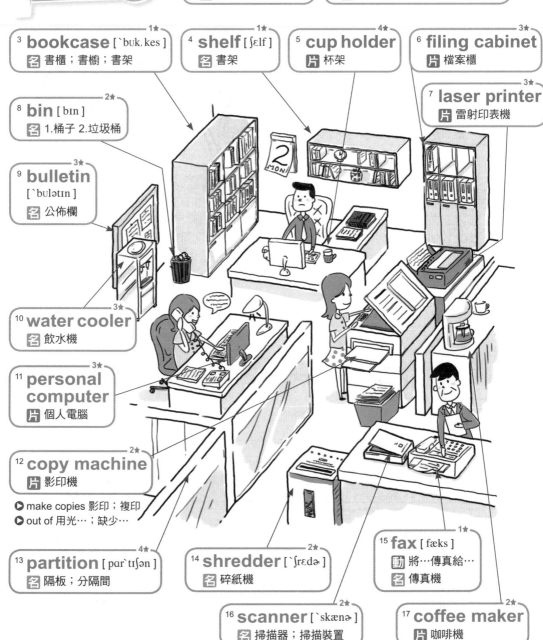

SCENE 6 辦公室

◎ MP3 020

辦公室內

¹ central [`sɛntrəl] 2★
形 中央的；中心的

² supervisor [ˌsupəˈvaɪzə] 3★
名 監督者；督導

³ bookcase [`buk͵kes] 1★
名 書櫃；書櫥；書架

⁴ shelf [ʃɛlf] 1★
名 書架

⁵ cup holder 4★
片 杯架

⁶ filing cabinet 3★
片 檔案櫃

⁷ laser printer 3★
片 雷射印表機

⁸ bin [bɪn] 2★
名 1.桶子 2.垃圾桶

⁹ bulletin [`bʊlətɪn] 3★
名 公佈欄

¹⁰ water cooler 3★
名 飲水機

¹¹ personal computer 3★
片 個人電腦

¹² copy machine 2★
片 影印機
▶ make copies 影印；複印
▶ out of 用光…；缺少…

¹³ partition [pɑrˈtɪʃən] 4★
名 隔板；分隔間

¹⁴ shredder [`ʃrɛdə] 2★
名 碎紙機

¹⁵ fax [fæks] 1★
動 將…傳真給…
名 傳真機

¹⁶ scanner [`skænə] 2★
名 掃描器；掃描裝置

¹⁷ coffee maker 2★
片 咖啡機

◉ MP3 021
文具

1 eraser [ɪˋresɚ] 1.★
名 橡皮擦
▶ erase 消除；刪除
▶ erasion 擦掉
▶ erasure 擦去；消除

2 scissors [ˋsɪzɚz] 1.★
名 剪刀

5 tape [tep] 1.★
名 膠帶 動 用膠帶貼

3 pencil [ˋpɛnsḷ] 1.★
名 鉛筆

6 pencil sharpener 2.★
片 削鉛筆機

4 sticky [ˋstɪkɪ] 1.★
形 黏的

7 glue [glu] 1.★
動 黏合；黏牢
名 膠水

8 hole-punch 4.★
[ˋhol͵pʌntʃ]
名 打洞機

10 ink [ɪŋk] 1.★
動 塗墨水於…
名 墨水

9 paper clip 2.★
片 迴紋針
▶ paper clip holder
迴紋針盒

11 drawer [ˋdrɔɚ] 1.★
名 抽屜

12 ruler [ˋrulɚ] 1.★
名 尺；直尺

13 pen [pɛn] 1.★
名 筆

14 white-out 4.★
[ˋhwaɪtaut]
名 修正液；立可白

15 letter opener 2.★
片 拆信刀

17 stapler [ˋsteplɚ] 1.★
名 釘書機

19 calculator [ˋkælkjə͵letɚ] 3.★
名 1.計算機 2.計算表
▶ Each of the employees can apply for a calculator.
每位員工都可以申請一台計算機。

16 overlap [͵ovɚˋlæp] 5.★
動 與…部分重疊

18 staple remover 2.★
片 (釘書針)拔針器
▶ staple 釘書針；用釘書機釘

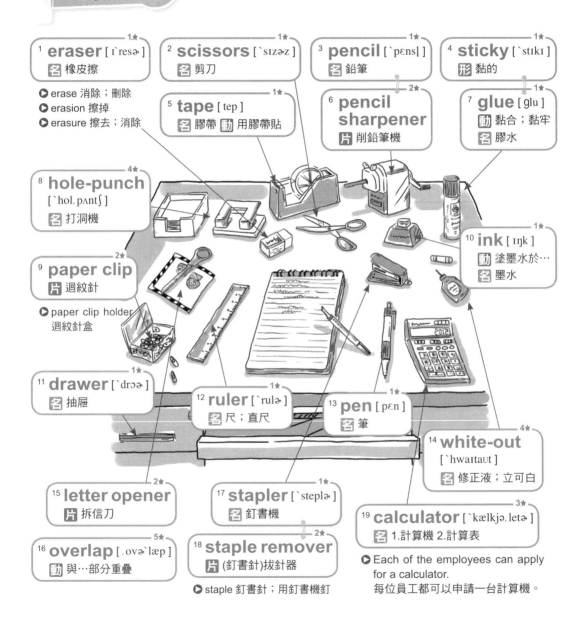

打電話・文具

◉ MP3 022

打電話

1 **chair** [tʃɛr]
名 椅子
¹★

2 **desk** [dɛsk]
名 書桌；辦公桌
¹★

3 **bell** [bɛl]
名 電話 動 打電話
¹★

4 **get a hold of**
片 電話連絡…
²★

5 **phone call**
片 (一通)電話
²★

6 **message** [`mɛsɪdʒ]
名 留言；訊息
²★

7 **call waiting**
片 電話插撥
²★

8 **extension** [ɪk`stɛnʃən]
名 電話分機
³★

9 **intercom** [`ɪntə͵kɑm]
名 1.對講機 2.內部電話；內線
⁴★

文具

12 **starred** [stɑrd]
形 標示出的；標記的
³★

10 **highlighter** [`haɪ͵laɪtə]
名 螢光筆
²★

▶ highlight 強調；使突出

13 **marked** [mɑrkt]
形 被標記的；標示出的
²★

▶ mark 標示；標記

11 **scratch pad**
片 便條簿
²★

14 **underline** [͵ʌndə`laɪn]
動 劃上底線
³★

15 **notepad** [`notpæd]
名 便條紙
²★

18 **memo** [`mɛmo]
名 備忘錄
¹★

16 **reminder** [rɪ`maɪndə]
名 提醒物；提示
³★

補充單字　＋文具＋

＋ **stationery** 名 文具
＋ **tape measure** 片 卷尺
＋ **pushpin** 名 大頭圖釘

17 **remind** [rɪ`maɪnd]
動 提醒；使記起
²★

◉ MP3 023

商人打扮

1 dealer [`dilə] ─4★
名 商人；業者

2 deal [dil] ─1★
名 交易
動 經營；交易

3 transact [træns`ækt] ─5★
動 交易；談判

▶ She has just transacted with a car dealer and bought a used car.
她剛和車輛交易商談妥，並且購買了一輛二手車。

4 transaction [træn`zækʃən] ─4★
名 交易；業務；買賣

▶ A delivery date is essential for the commercial transactions.
對貿易往來而言，約定送貨日期是必要的。

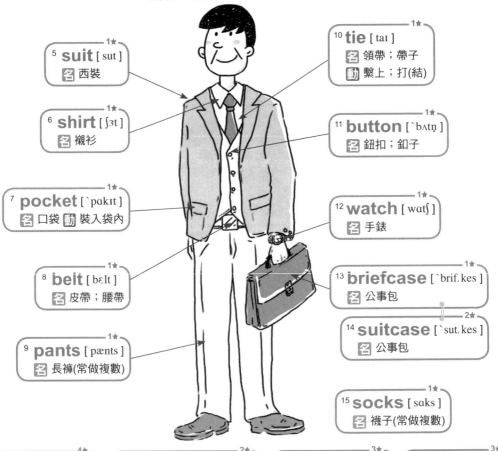

5 suit [sut] ─1★
名 西裝

6 shirt [ʃɝt] ─1★
名 襯衫

7 pocket [`pɑkɪt] ─1★
名 口袋 動 裝入袋內

8 belt [bɛlt] ─1★
名 皮帶；腰帶

9 pants [pænts] ─1★
名 長褲(常做複數)

10 tie [taɪ] ─1★
名 領帶；帶子
動 繫上；打(結)

11 button [`bʌtn̩] ─1★
名 鈕扣；釦子

12 watch [wɑtʃ] ─1★
名 手錶

13 briefcase [`brif,kes] ─1★
名 公事包

14 suitcase [`sut,kes] ─2★
名 公事包

15 socks [sɑks] ─1★
名 襪子(常做複數)

16 cell phone ─4★
片 手機

17 cigarette [,sɪgə`rɛt] ─2★
名 香菸；煙捲

18 calling card ─3★
片 名片

19 name card ─3★
片 名片

▶ name 名字

◉ MP3 024

搭火車出差

¹ **billboard** [`bɪl, bord] ³★
名 1.告示牌 2.廣告牌

³ **ticket office** ²★
片 售票處
ticket window
片 售票窗口

⁴ **announcement** ²★
[ə`naʊnsmənt]
名 宣告；通知

▶ announce 宣佈；發佈

² **crowd** [kraʊd] ¹★
名 人群；大眾

▶ crowded 擁擠的

⁵ **kiosk** [kɪ`ask] ⁴★
名 車站小店；報攤

▶ newsstand 報紙攤

⁶ **vending machine** ⁴★
片 自動販賣機

¹⁰ **florist** [`florɪst] ³★
名 花商；花店

⁷ **lean** [lin] ³★
動 傾斜；屈身

¹¹ **trolley** [`tralɪ] ⁴★
名 推車；臺車

⁹ **locker** [`lakə] ³★
名 寄物櫃

⁸ **smoking** ¹★
[`smokɪŋ]
名 吸菸；抽菸

▶ smokebox 吸菸亭

¹² **rail** [rel] ⁴★
名 鐵軌 動 鋪設軌道

▶ railroad 鐵路；用鐵路運送
▶ railway 鐵道(英)；輕軌鐵路(美)

¹⁴ **peddler** [`pɛdlə] ⁴★
名 小販；兜售者

¹⁶ **porter** [`portə] ³★
名 (機場、車站)搬運工

¹³ **locomotive** [,lokə`motɪv] ⁴★
名 火車頭 形 火車頭的

¹⁵ **itinerant** [ɪ`tɪnərənt] ⁵★
形 巡迴的；流動的

¹⁷ **tow** [to]
動 拖；牽引

◉ MP3 025

火車站

¹ business trip ²★
片 (因工作)出差

² station [`steʃən] ¹★
名 車站

³ platform [`plæt,fɔrm] ¹★
名 (鐵路等的)月台

⁴ transportation ³★
[,trænspɚ`teʃən]
名 交通工具；交通方式

⁵ express [ɪk`sprɛs] ¹★
名 特快車

⁶ ticket collector ²★
片 收票員

⁷ stop [stɑp] ¹★
名 停靠站

⁸ call at ¹★
片 停靠於…

⁹ single [`sɪŋgl] ¹★
形 單獨的；一個人的

¹⁰ handbag [`hænd,bæg] ²★
名 (女用)手提袋

▶ purse 錢包

¹¹ get off ¹★
片 下車

¹² get on ¹★
片 上車

¹³ gap [gæp] ²★
名 1.缺口 2.間隔

¹⁴ from [frɑm] ¹★
介 從…來

¹⁵ waiting area ²★
片 候車區

¹⁶ change [tʃendʒ] ¹★
動 1.換車 2.交換

¹⁹ outbound [`aʊt`baʊnd] ⁴★
形 向外去的；駛向外國的

¹⁷ depart [dɪ`pɑrt] ³★
動 出發；啟程

▶ departure 離境；啟程

¹⁸ approach [ə`protʃ] ²★
動 接近；即將抵達
名 即將抵達

²⁰ inbound [`ɪn`baʊnd] ⁴★
形 返回國內的

▶ homebound 回家的

¹²:³⁵

²¹ timetable [`taɪm,tebl] ¹★
名 (火車等的)時刻表

▶ minute 分鐘
▶ second 秒

²² next [`nɛkst] ¹★
形 下一個

²³ on time ²★
片 準時地

²⁴ tardy [`tɑrdɪ] ⁴★
形 遲到的；晚的

▶ late 晚的；遲的

◎ MP3 026

火車票

1 terminus [`tɜmənəs] —5★
名 終點；終點站(英)

2 terminal [`tɜmənl] —4★
名 (火車、巴士等的)總站；終點
形 末端的；終點的

3 seat [sit] —2★
動 使就座
名 1.座位 2.席位

4 seat number —1★
片 座位編號

5 book [buk] —2★
動 預訂；預約

6 reserved [rɪ`zɜvd] —2★
形 被預訂的

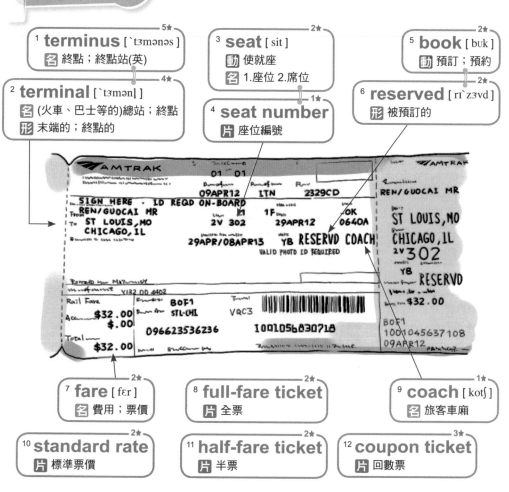

7 fare [fɛr] —2★
名 費用；票價

8 full-fare ticket —2★
片 全票

9 coach [kotʃ] —1★
名 旅客車廂

10 standard rate —2★
片 標準票價

11 half-fare ticket —2★
片 半票

12 coupon ticket —3★
片 回數票

13 day return —2★
片 當天來回票

14 round trip —2★
片 來回旅程

17 advance [əd`væns] —1★
形 提前的；預付的

18 in advance —4★
片 提前地；預先地

15 one-way [`wʌn,we] —1★
形 單程的

19 standing room only —3★
片 (火車上)只有站位

16 return ticket —2★
片 回程票

20 stub [stʌb] —3★
名 存根；票根

21 train pass —2★
片 火車通行證

◎ MP3 027

車廂內

1 **toilet** [`tɔɪlɪt] 1★
名 廁所；洗手間

2 **engaged** [ɪn`gedʒd] 2★
形 被佔用的

3 **empty** [`ɛmptɪ] 2★
形 未佔用的

4 **compartment** [kəm`pɑrtmənt] 5★
名 1.火車上的小客房 2.劃分；隔間

5 **sleeping car** 2★
片 (火車)臥鋪

6 **comfortable** 1★
[`kʌmfətəbl] 形 舒適的

7 **dining car** 2★
片 (火車)餐車

8 **conductress** 3★
[kən`dʌktrɪs]
名 女車掌

▶ conductor 車掌

9 **punch** [pʌntʃ] 2★
動 用力擊；用力按

10 **corridor** [`kɔrɪdə] 4★
名 走廊；迴廊

11 **inspector** [ɪn`spɛktə] 3★
名 檢票員；檢查員

12 **penalty fare** 3★
片 補票罰款

13 **free seat** 1★
片 空的座位

14 **carriage** [`kærɪdʒ] 2★
名 (火車)客車廂

15 **overhead rack** 4★
片 置物架

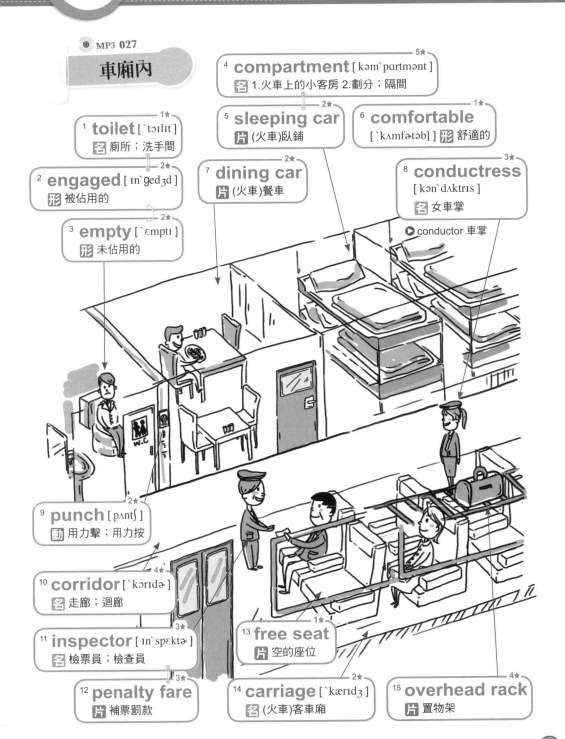

MP3 028

交通工具

1 public holiday 2★
片 國定假日

2 steam train 2★
片 蒸汽火車

3 replacement bus 2★
片 替代公車(當火車故障或停駛時)

4 route [rut] 3★
名 路徑

5 safety [`seftɪ] 1★
名 安全

6 derail [dɪ`rel] 4★
動 出軌

7 junction [`dʒʌŋkʃən] 5★
名 連接；接合點

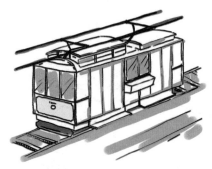

8 cable car 1★
片 纜車

▶ Have you ever ridden a cable car?
你曾搭乘過纜車嗎？

9 signal [`sɪgnl] 2★
動 發出信號；用信號表示
名 信號；號誌

10 indicator 3★
名 指示計；指示燈

11 indicate [`ɪndə,ket] 3★
動 指示；指出

12 tram [træm] 1★
名 有軌電車(在一般道路上)

▶ The company is developing a new, eco-friendly tram.
這間公司正在開發一款新型且環保的有軌電車。

13 car [kɑr] 1★
名 1.有軌電車 2. 火車車廂

14 foot rest 1★
片 腳踏板

15 accessible space 3★
片 無障礙空間

16 accessible 3★
[æk`sɛsəbl]
形 可接近的；可進入的

17 underground 1★
[`ʌndə,graund]
名 地下鐵(英)

UNDERGROUND

18 subterranean 5★
[,sʌbtə`renɪən]
形 地下的；隱蔽的

19 hallmark [`hɔl,mɑrk] 3★
token [`tokən]
名 特徵；標誌

● MP3 **029**

交易

¹ **business** [`bɪznɪs] ──1★
名 商業；生意往來

² **line of business** ──4★
片 業務範圍；行業

³ **commerce** [`kɑmɝs] ──3★
名 貿易；商業

⁴ **e-commerce** ──3★
片 電子商務

▶ Jack's company has had commerce with Intel for a long time.
傑克的公司已經和英特爾貿易往來好一段時間了。

⁵ **mercantile** [`mɝkən,taɪl] ──5★
形 商業的；貿易的

⁶ **dealings** [`dilɪŋz] ──3★
名 商業往來

⁷ **swap** [swɑp] ──5★
動 名 交換；交易

▶ We have dealings with them from time to time.
我們偶爾會和他們有商業往來。

市場分析

⁸ **market research** ──3★
片 市場研究

▶ Market research will show you the best marketing strategy.
市場研究將讓你發現最適切的行銷策略。

⁹ **target market** ──3★
片 目標市場

¹⁰ **market** [`mɑrkɪt] ──3★
名 市場；股票市場

¹¹ **target** [`tɑrgɪt] ──3★
名 目標；指標

¹² **demand** [dɪ`mænd] ──3★
名 需求；需要

¹³ **budgetary studies** ──4★
片 預算研究

¹⁴ **budgetary** [`bʌdʒɪt,ɛrɪ] ──4★
形 預算的

¹⁵ **analysis** [ə`næləsɪs] ──3★
名 分析；分解；解析

¹⁶ **analyze** [`ænḷ,aɪz] ──3★
動 分析；解析

◎ MP3 030

商業巨頭

¹ launch [lɔntʃ] ³★
動 將…投入市場 名 發行

² reputation [ˌrɛpjəˋteʃən] ⁴★
名 名聲；名譽；聲望

³ fame [fem] 名 聲譽；名望 ³★
動 使聞名；使有名望

▶ be famed for 因…而聞名

⁴ magnate [ˋmægnet] ⁴★
名 商業巨頭

⁵ merger [ˋmɜdʒɚ] ⁴★
名 (公司等的)合併；整併

⁶ monopoly [məˋnɑplɪ] ⁵★
名 獨佔；壟斷

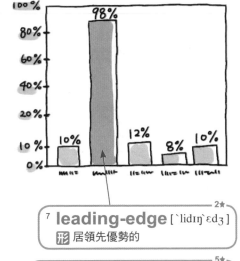

⁷ leading-edge [ˋlidɪŋˋɛdʒ] ²★
形 居領先優勢的

⁸ predominate [prɪˋdɑməˌnet] ⁵★
動 主宰；支配；佔主導地位

⁹ dominate [ˋdɑməˌnet] ³★
動 1.支配；統治 2.佔重要地位

競爭

¹⁰ competitive ²★
[kəmˋpɛtətɪv] 形 競爭的

¹¹ compete [kəmˋpit] ²★
動 競爭；對抗；比賽

¹² competition [ˌkɑmpəˋtɪʃən] ²★
名 競爭；競賽；角逐

¹³ competitor [kəmˋpɛtətɚ] ²★
名 競爭者；競爭對手

補充單字　＋商業弊端＋

＋ kickback 名 佣金；回扣

＋ open the kimono 片 揭露商業機密
📖 原意為「打開和服」，引申為揭開商業機密。

克 漏 字　請參考中文例句中被標記的單字,並將其英文填入空格中。

(1) During the training section, Mr. Hampton will be your _____.
訓練期間,漢普頓先生將擔任你的**監督者**。

(2) I had _____ all the important clauses of this contract before it was sent to the client.
寄發合約給客戶之前,我已把約裡的重要條款**標記**出來了。

(3) The _____ duties will be added to every imported parcel.
關稅會加在每件進口包裹上。

(4) Take care of every _____ customer and make every need to be satisfied.
要照顧每一個**潛在**客戶,並滿足每一個需求。

(5) Dr. Chen is offered a _____ position in Harvard University.
哈佛大學提供陳博士一份**終身**職。

(6) The _____ for the sales meeting should be done by this afternoon.
銷售會議的**前置準備**應於今天下午前完成。

(7) The salesman tried to _____ the old lady into making a purchase of their products.
那名業務員試圖**說服**老太太購買他們的產品。

(8) Tina's unpunctuality _____ all her clients and thus made her fired.
蒂娜的不守時**激怒**了她的所有客戶,也因此讓她被開除。

(9) The meeting was _____ to next Friday afternoon.
會議已被**延**至下週五的下午。

(10) You have to _____ a proposal by Tuesday afternoon.
你必須在星期二下午前**提交**議案。

Answer Key

(1) supervisor	(2) highlighted	(3) customs	(4) potential
(5) permanent	(6) preparation	(7) persuade	(8) irritated
(9) postponed	(10) submit		

單字選填

請參考框內的英文單字，將最適合的單字填入句中。
若該單字在置入句中時需有所變化，請填入單字的變化型。

filing cabinet	magnate	postage	expand
optimistic	alliance	consequently	traffic
sluggish	universal	advance	liability
prosperous	jot down	dispute	agenda
favorable	unanimous	seminar	consideration
demand	benefit	counsel	clarify
punctuality			

(1) What is the _____ of this parcel?

(2) The report managed to _____ the company's policy towards nuclear power plants.

(3) The board had reached an _____ agreement.

(4) The question of nuclear weapons had been removed from the _____.

(5) The old lady was _____ on the property of the apple tree with her neighbor.

(6) An _____ between real estate agencies and TV stations can stimulate sales.

(7) The sponsor of the trial shall assume the _____ for compensation.

(8) Agents should show more _____ for their clients.

(9) This contract will help _____ our business.

(10) You have to be _____ with your future in this company.

(11) _____ tobacco and hemp is a serious crime in most of the countries.

(12) With her business blooming all over the country, Gina is undoubtedly one of the most successful _____.

(13) The real estate market remained _____ despite a rise in house price.

(14) The supply of rice falls short of _____ this year.

(15) Jason forgot to put the file back to the _____ and can't find it now.

(16) Will I receive a certificate of an _____ payment?

(17) Both the parties' _____ is protected under the contract.

(18) The embargo was lifted and caused _____ concerns.

(19) Professors from fifteen different countries will attend to the annual _____.

(20) _____ is of great importance for a successful agent.

(21) The secretary was _____ what the manager asked her to do for the following week.

(22) What kind of hamburger is your _____ one?

(23) Taipei is one of the most _____ cities in Asia.

(24) Mr. Watson is always _____ by rookies in his department.

(25) Ms. Cheng didn't get prepared for the conference and _____ fired by the angry manager.

Answer Key

(1) postage	(2) clarify	(3) unanimous	(4) agenda
(5) disputing	(6) alliance	(7) liability	(8) consideration
(9) expand	(10) optimistic	(11) Trafficking	(12) magnates
(13) sluggish	(14) demand	(15) filing cabinet	(16) advance
(17) benefit	(18) universal	(19) seminar	(20) Punctuality
(21) jotting down	(22) favorable	(23) prosperous	(24) counseled
(25) consequently			

note

Part 2

法官提姆
Tim, The Judge

提姆是一位經驗豐富、德高望重的法官。

忙於繁重的法律文件之餘,他喜愛出外踏青、渡假,

藉由大自然來放鬆心情,緩和平日緊繃的情緒。

這樣的提姆,又會接觸到哪些英文單字呢?

Scenes

圖像聯想　　請看下面的圖及英文，自我測驗一下，你能寫出幾個單字的中文意思呢？

1.

bailiff _____ 　 impartial _____

charge _____ 　 summon _____

testimony _____ 　 lawyer _____

2.

civilian _____ 　 underlie _____

petition _____ 　 standard _____

valid _____ 　 preliminary _____

3.

ultimate _____ 　 confess _____

sanction _____ 　 prosecution _____

contravene _____ 　 sentence _____

4.

burglary _____ 　 violation _____

smuggle _____ 　 fraud _____

self-defense _____ 　 extortion _____

5.

landscape _____ 　 magnificent _____

picturesque _____ 　 stroll _____

stamina _____ 　 waterfall _____

◉ MP3 031
法庭上

¹ **serious** [`sɪrɪəs ] `1★`
形 (事)嚴重的；(人)嚴肅的

² **seriously** [`sɪrɪəslɪ ] `1★`
副 嚴重地；嚴肅地

⁵ **testimony** `3★`
[`tɛstə‚monɪ] 名 證詞

³ **judge** [dʒʌdʒ] `2★`
名 法官；推事
動 判斷；判決

⁴ **adjudicator** `5★`
[ə`dʒudɪ‚ketə]
名 評判員

⁶ **witness** [`wɪtnɪs ] `3★`
名 1.證詞；證據 2.目擊者
動 1.為…作證 2.目擊

▶ witnesseth 注意；代表

⁷ **bailiff** [`belɪf ] `5★`
名 法警(美)

⁸ **guard** [gɑrd] `1★`
名 警衛；警備員

¹¹ **affidavit** `5★`
[‚æfə`devɪt]
名 宣誓書；口供書

¹² **under oath** `4★`
片 已發誓的

⁹ **plaintiff** `5★`
[`plentɪf]
名 起訴人；原告

¹⁰ **victim** `2★`
[`vɪktɪm]
名 受害者

¹³ **prosecutor** [`prɑsɪ‚kjutə ] `5★`
名 檢察官；公訴人

¹⁵ **attorney** [ə`tɜnɪ ] `3★`
lawyer [`lɔjə]
名 律師；法定代理人

¹⁶ **culprit** [`kʌlprɪt ] `5★`
名 被告；被控訴者

¹⁴ **burden of proof** `4★`
片 提供證據之責任

¹⁷ **accessory** [æk`sɛsərɪ ] `5★`
名 從犯；同謀 形 幫凶的

◉ MP3 032

法官

1 **equalize** [`ikwəl‚aɪz] 1★
動 使相等；使平等

2 **equal** [`ikwəl] 1★
形 平等的

5 **unfair** [ʌn`fɛr] 1★
形 不公平的；不公正的

3 **candid** [`kændɪd] 3★
形 公平的；公正的

4 **unbiased** [ʌn`baɪəst] 3★
impartial [ɪm`parʃəl]
形 公正的；無偏見的

6 **biased** [`baɪəst] 1★
形 偏心的；偏頗的

7 **bias** [`baɪəs] 5★
名 偏見；成見
動 使存偏見

▶ The judge is famous for being unbiased.
這名法官以不偏頗著名。

8 **prejudice** [`prɛdʒədɪs] 4★
名 偏見；歧視

9 **prejudicial** [‚prɛdʒə`dɪʃəl] 4★
形 引起偏見的；不利的

10 **susceptible** [sə`sɛptəbḷ] 5★
形 易被影響的

11 **stare** [stɛr] 2★
動 凝視；瞪

15 **summon** [`sʌmən] 3★
動 傳喚；召集

19 **wisdom** [`wɪzdəm] 2★
名 智慧；才智；明智

12 **hush** [hʌʃ] 2★
動 使安靜

16 **definition** [‚dɛfə`nɪʃən] 2★
名 定義；釋義

20 **composure** [kəm`poʒɚ] 5★
名 鎮靜；沉著

13 **horrify** [`hɔrə‚faɪ] 3★
動 使感到恐懼

17 **define** [dɪ`faɪn] 1★
動 解釋；為…下定義

21 **faith** [feθ] 2★
名 信心；信任

14 **horrible** [`hɔrəbḷ] 2★
形 1.糟糕的 2.恐怖的

18 **tenure** [`tɛnjʊr] 4★
名 佔有期；任期

22 **faithful** [feθfəl] 2★
形 1.忠誠的 2.如實的

▶ The lessee is so horrible that he never cleans the house.
這個房客很糟糕，他從來不打掃房子。

▶ The tenure of the Board of Directors is 3 years.
董事會成員的任期為三年。

◎ MP3 033

檢察官

1 **dictate** [`dɪktet]
動 口述;使聽寫

2 **dictation** [dɪk`teʃən]
名 口述;聽寫

3 **demonstration**
[ˌdɛmən`streʃən]
名 1.論證 2.示範

4 **recap** [`rikæp]
動 重述要點

5 **involvement**
[ɪn`vɑlvmənt] 名 牽連

6 **relate** [rɪ`let]
動 與…相關

▶ relating to 關於

7 **registering**
[`rɛdʒɪstərɪŋ]
形 關於;有關

8 **concerned**
[kən`sɜnd]
形 與…有關的

9 **with reference to**
片 與…有關的

▶ This e-mail is with reference to Maria's resignation.
這封電子郵件與瑪利亞的辭呈有關。

原告撤訴

10 **abandonment**
[ə`bændənmənt]
名 放棄;遺棄

11 **abandon** [ə`bændən]
動 放棄;中止;丟棄

12 **give up on**
片 放棄…

13 **abdicate** [`æbdəˌket]
動 正式放棄(權力等)

14 **depress** [dɪ`prɛs]
動 使沮喪;始消況

15 **depressing**
[dɪ`prɛsɪŋ]
形 令人沮喪的

16 **depressed** [dɪ`prɛst]
形 沮喪的;消況的

17 **withdraw** [wɪð`drɔ]
動 撤回;撤銷

18 **recant** [rɪ`kænt]
動 取消;撤回

▶ The dealership was recanted because of Mike's rudeness.
由於麥克的無禮,經銷權遭撤回。

19 **recede** [rɪ`sid]
動 收回;撤回

▶ recede from a promise
背棄諾言

◎ MP3 034

律師

¹ **rival** [`raɪv] ⁴★
形 敵對的；對手的

² **rivalry** [`raɪvl̩rɪ] ⁵★
名 敵手；對手

⁵ **evade** [ɪ`ved] ⁵★
動 逃避；躲避

³ **opposite** [`ɑpəzɪt] ²★
形 相反的；對立的

⁴ **oppose** [ə`poz] ¹★
動 反對；反抗

▶ You'd better clarify your reason if you oppose the scheme.
如果你反對這項計畫，最好清楚說明你的理由。

⁶ **evasion** [ɪ`veʒən] ⁵★
名 逃避；迴避

⁷ **evasive** [ɪ`vesɪv] ⁵★
形 1.逃避的 2.託辭的

▶ Jason was evasive about what he had done to the malfunctioned machine.
關於對故障機台做了什麼好事，傑森採取閃避態度。

⁸ **elude** [ɪ`lud] ⁵★
動 (巧妙地)躲避；逃避

⁹ **get out of** ¹★
片 離開…；逃避…

¹⁰ **justify** [`dʒʌstə͵faɪ] ²★
動 為…辯護；證明合法

¹¹ **defend** [dɪ`fɛnd] ²★
動 1.辯護 2.防衛

¹² **alibi** [`ælə͵baɪ] ⁴★
動 辯解；為…辯解
名 不在場證明

¹³ **prolong** [prə`lɔŋ] ⁴★
動 拉長；拖延

¹⁵ **distort** [dɪs`tɔrt] ⁴★
動 扭曲；曲解

¹⁷ **induce** [ɪn`djus] ⁴★
動 引誘；誘導

¹⁴ **procrastinate**
[pro`kræstə͵net] ⁴★ 動 拖延

¹⁶ **wrench** [rɛntʃ] ⁵★
動 扭曲；曲解

¹⁸ **eliminate**
[ɪ`lɪmə͵net] ²★
動 排除；消除

▶ Don't procrastinate your tax filing, or you will be fined.
不要拖延報稅，不然你會被罰款。

◉ MP3 035

證人

1 disclosure [dɪs`kloʒə] 4★
名 揭露；公開；揭發

2 disclose [dɪs`kloz] 5★
動 揭發；透露

3 unveil [ʌn`vel] 5★
動 揭露；使公諸於眾

4 respond [rɪ`spɑnd] 2★
動 回覆；回應

5 response [rɪ`spɑns] 2★
名 回答；答覆

6 ambiguity [ˌæmbɪ`gjuətɪ] 5★
名 含糊不清的話

7 ambiguous [æm`bɪgjuəs] 5★
形 模糊不清的；曖昧的

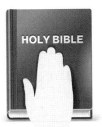

被告

8 motive [`motɪv] 4★
名 動機；目的

9 motivation [ˌmotə`veʃən] 3★
名 動機；刺激

10 motivate [`motə͵vet] 3★
動 給予動機；刺激

11 intention [ɪn`tɛnʃən] 3★
名 意圖；目的；意向

12 intent [ɪn`tɛnt] 4★
名 意圖；目的

13 venom [`vɛnəm] 2★
名 怨恨；惡毒

14 wicked [`wɪkɪd] 2★
形 惡劣的；邪惡的

18 blunder [`blʌndə] 5★
名 大錯 動 做錯；犯錯

15 evil [`ivl] 2★
形 邪惡的

16 virulent [`vɪrjələnt] 4★
形 致命的；充滿敵意的

19 cupidity [kju`pɪdətɪ] 5★
名 貪心；貪財

17 malignant [mə`lɪgnənt] 5★
形 有惡意的；邪惡的

20 undermine [͵ʌndə`maɪn] 3★
動 詆毀；暗中破壞

21 covert [`kʌvət] 5★
形 隱蔽的；暗地的
名 隱蔽處

22 overt [o`vɜt] 5★
形 明顯的；公然的

◉ MP3 036

法院

¹ **court** [kort] ²★
名 法庭；法院

² **forum** [`forəm] ⁴★
名 具有管轄權的法院

³ **hearing** [`hɪrɪŋ] ²★
名 聽證會

⁴ **trial** [`traɪəl] ²★
名 審判

⁵ **bench trial** ⁴★
片 法官審理

⁶ **tackle** [`tækl] ⁴★
dispose [dɪ`spoz]
動 處理；處置

⁷ **disposal** [dɪ`spozl] ⁵★
名 處理；處置

⁸ **ado** [ə`du] ³★
名 紛擾；麻煩

🏛 美國司法體系中，由法官獨立裁定某方當
事人獲勝，不需經由陪審團者，稱之。

> **補充單字** ✦美國聯邦法院✦
> + **district court** 片 地方法院
> + **appellate court** 片 受理上訴的法院
> + **Supreme Court** 片 最高法院
> + **appeal** 動 上訴；訴請判決 名 請求；上訴

訴訟

⁹ **civil case** ³★
片 民事訴訟

¹⁰ **criminal suit** ³★
片 刑事訴訟

¹¹ **law** [lɔ] ¹★
名 法律

¹² **lawsuit** [`lɔ,sut] ³★
名 訴訟(尤指非刑事案)

¹³ **legal** [`ligl] ²★
形 法律上的；合法的

¹⁴ **legitimate** ⁵★
[lɪ`dʒɪtəmɪt]
形 合法的；正當的

¹⁵ **adversary system** ⁵★
片 當事人進行主義

¹⁶ **adversary** [`ædvə,sɛrɪ] ⁵★
形 對辯式的

🏛 當事人進行主義，係指訴訟程序之開啟、進行以及證據之如何調查，
均委由當事人主導，以當事人的意思為主，亦稱為「當事人原則」。

▶ legitimacy 合法性；正統性
▶ Who is the legitimate heir
of this family estate?
誰是這份家產的合法繼承
人呢？

● MP3 037

證物與答辯

1★
1 **photograph** [`fotə͵græf]
名 照片 動 拍照

1★
2 **photo** [`foto]
名 相片 動 拍照

4★
3 **understatement** [`ʌndə͵stetmənt]
名 1.不充分的陳述 2.保守的陳述

4★
6 **fraction** [`frækʃən]
segment [`sɛgmənt]
名 1.小部分 2.碎片

1★
4 **statement** [`stetmənt]
名 1.敘述 2.口供 3.報告書；報表

3★
5 **illustrative** [`ɪləs͵tretɪv]
形 說明的；作例證的

▶ illustrate 說明；闡明

2★
7 **proof** [pruf]
名 證據；物證
prove [pruv]
動 證明；證實

2★
8 **clue** [klu]
名 線索；頭緒

3★
9 **evidence**
[`ɛvədəns]
名 證據；跡象

○ circumstantial evidence
旁證；間接證據
○ admissible evidence
可採納的證據

3★
10 **bulldog clip**
片 大鋼夾

5★
11 **reticent**
[`rɛtəsn̩t]
形 謹慎的

5★
12 **meticulous**
[mə`tɪkjələs]
形 小心翼翼的；仔細的

3★
14 **clipboard** [`klɪp͵bord]
名 附有紙夾的筆記板

3★
15 **clip-on** [`klɪp͵ɑn]
形 用夾子夾上去的

3★
13 **beyond a reasonable doubt**
片 超越合理懷疑

○ doubt 懷疑

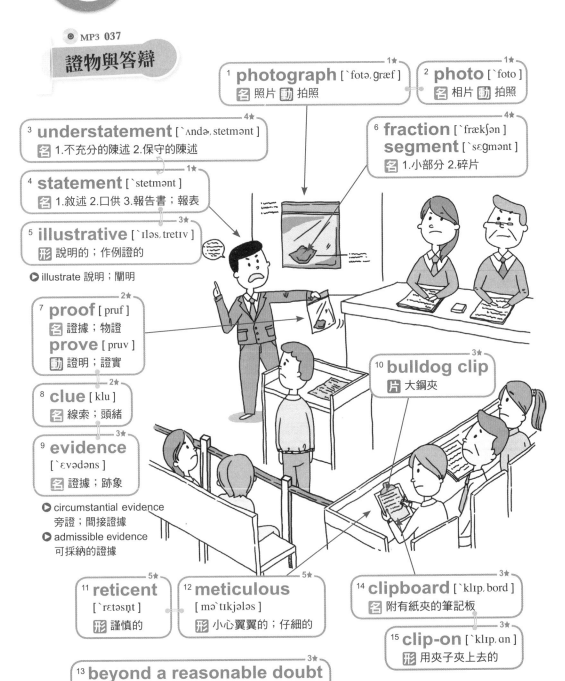

◎ MP3 038

檢察官

1 list [lɪst] 1★
動 將…列表 名 名單；表單

2 listed [`lɪstɪd] 1★
形 表列出的

3 itemize [`aɪtəm͵aɪz] 5★
動 分條列述；詳細列舉

4 detailed [`di`teld] 2★
形 詳細的；仔細的；精細的

▶ An itemized list of goods is attached to the invoice.
貨品的條列清單附在付費通知發票上。

▶ A detailed report can provide us the required information.
詳細的報告可以提供我們需要的資訊。

證物

8 identify [aɪ`dɛntə͵faɪ] 3★
動 鑑別；確認；認出

9 identification [aɪ͵dɛntəfə`keʃən] 3★
名 1.鑑別 2.身分證明

5 look into 2★
片 調查；研究

6 inspect [ɪn`spɛkt] 2★
動 檢查；審查

7 render [`rɛndə] 5★
動 交付檢查；審理

10 authenticate [ɔ`θɛntɪ͵ket] 4★
動 1.證明…為真 2.鑑定

11 certify [`sɜtə͵faɪ] 5★
ascertain [͵æsə`ten]
動 證實；查明

12 exact [ɪg`zækt] 形 確實的；確切的	2★	**13** exactly [ɪg`zæktlɪ] 副 確實地；精確地；完全地	2★
14 obvious [`ɑbvɪəs] 形 明顯的；顯著的	3★	**15** obviously [`ɑbvɪəslɪ] 副 明顯地；顯然地	3★
16 ostensibly [ɑs`tɛnsəblɪ] 副 1.表面上 2.明顯地	5★	**17** apparently [ə`pærəntlɪ] 副 明顯地；顯然地	2★
18 incontrovertible [͵ɪnkɑntrə`vɜtəbl] 形 無疑的	5★	**19** evident [`ɛvədənt] 形 明顯的；明白的	3★

◉ MP3 039

證物

1★
1 **key** [ki]
important [ɪm`pɔrtn̩t]
形 重要的；關鍵的

2★
2 **significant**
[sɪg`nɪfəkənt]
形 重要的；值得注意的

4★
3 **paramount**
[`pærə,maʊnt]
形 最重要的；主要的

5★
4 **crucial** [`kruʃəl]
形 決定性的；重要的

5★
5 **crux** [krʌks]
名 關鍵；緊要關頭

5★
6 **foremost** [`for,most]
形 1.最前的 2.最重要的

4★
7 **trifling** [`traɪflɪŋ]
trivial [`trɪvɪəl]
形 微不足道的；無聊的；瑣碎的

3★
8 **insignificant** [,ɪnsɪg`nɪfəkənt]
形 微不足道的；不重要的

4★
9 **tenable** [`tɛnəbl̩]
形 經得起批判的；站得住腳的

陪審團

1★
10 **truth** [truθ]
名 事實；實情

1★
11 **untruth** [ʌn`truθ]
名 虛假；謊話

3★
12 **genuine** [`dʒɛnjuɪn]
形 真正的；非偽造的

5★
13 **intricate** [`ɪntrəkɪt]
形 錯綜複雜的；難理解的

1★
14 **know** [no]
understand [,ʌndɚ`stænd]
動 知道；了解；體會

1★
15 **understanding**
[,ʌndɚ`stændɪŋ]
名 了解；理解；認識

2★
19 **consider**
[kən`sɪdɚ]
動 考慮；細想

1★
16 **figure out**
片 理解；想出

3★
17 **grasp** [græsp]
動 理解；領會

5★
18 **savvy** [`sævɪ]
動 懂；知曉

3★
20 **observe**
[əb`zɝv]
動 觀察；注意

◎ MP3 040

旁聽

1 **bystander** [`baɪ͵stændɚ] 3★
名 旁觀者

2 **onlooker** [`ɑn͵lʊkɚ] 4★
名 旁觀者；觀眾

3 **subjectively** [səb`dʒɛktɪvlɪ] 5★
副 1.主觀地 2.個人地；臆想地

4 **subjective** [səb`dʒɛktɪv] 4★
形 主觀的；主觀上的

▶ The main point to keep in mind is to avoid making decisions subjectively.
應銘記在心的一點是，要避免做出主觀的決斷。

5 **blame** [blem] 2★
名 責難；責備 動 責怪；怪罪於…

6 **reprove** [rɪ`pruv] 5★
動 責備；指責

7 **condemn** [kən`dɛm] 4★
動 譴責；責怪

8 **blamable** [`bleməbl̩] 2★
形 可責備的

9 **culpable** [`kʌlpəbl̩] 5★
形 該責備的；有罪的

▶ Ms. Chen was culpable of the typo in the conference paper.
陳小姐該為會議文件中的錯字負責。

▶ The animal protection institute condemned the abandonment of pets.
動物保護組織譴責棄養動物的行為。

審議

10 **canvass** [`kænvəs] 5★
動 仔細審議；詳細討論

11 **assume** [ə`sjum] 3★
動 1.假設 2.採取；採用

12 **presume** [prɪ`zum] 5★
動 假設；推測

13 **surmise** [sɚ`maɪz] 5★
動 推測；猜測；臆測

14 **infer** [ɪn`fɝ] 5★
動 推斷；推論

15 **inference** [`ɪnfərəns] 5★
名 推斷；推論；(邏輯上的)結論

▶ I surmise that you will take a day off this week.
我猜你這個禮拜會請一天假。

◉ MP3 041

法律文件

1 civilian [sɪ`vɪljən] 3★
名 平民；百姓

2 notary [`notərɪ] 5★
名 公證人

3 abide [ə`baɪd] 4★
comply [kəm`plaɪ]
動 遵守；服從；順從

4 accept [ək`sɛpt] 2★
動 接受；領受；答應
▶ acceptance 接受

5 agree [ə`gri] 1★
動 同意；贊同

6 case [kes] 1★
名 案例；情況

7 treaty [`tritɪ] 4★
名 約定；協定；契約

8 standard [`stændəd] 2★
形 標準的 名 標準

9 procedure [prə`sidʒə] 3★
名 程序；步驟

10 protocol [`protə,kɑl] 5★
名 協議；標準流程 動 擬定

11 sequence [`sikwəns] 5★
名 1.次序；先後 2.連續

12 initiative [ɪ`nɪʃɪtɪv] 5★
preliminary [prɪ`lɪmə,nɛrɪ]
形 初步的；預備的；開始的

13 petition [pə`tɪʃən] 4★
名 (向法院遞交的)申請書

14 petitionary [pə`tɪʃən,ɛrɪ] 4★
形 請願的；請求的

15 proceed [prə`sid] 3★
動 繼續進行；繼續做

16 process [`prɑsɛs] 2★
動 處理；辦理

17 invalidate [ɪn`vælə,det] 5★
動 使無效

18 validate [`vælə,det] 5★
動 使有效；使生效

19 valid [`vælɪd] 4★
形 合法的；有效的

20 discredit [dɪs`krɛdɪt] 4★
動 使不足信；懷疑

21 halt [hɔlt] 3★
動 停止；使…停止
名 停止；終止

◉ MP3 042

文件用語 1

¹ **vocabulary** 3★
[və`kæbjə‚lɛrɪ]
名 字彙；用字範圍

² **language** [`læŋgwɪdʒ] 3★
名 1.語言；用語 2.表達方式

³ **glossary** [`glɑsərɪ] 4★
名 詞彙；用語

▶ Laura pays great attention to her language while receiving customers.
接待顧客時，蘿拉非常注意她的用語。

⁴ **above** [ə`bʌv] 1★
介 1.在上面 2.超過

⁵ **heretofore** 5★
[‚hɪrtə`for]
副 直到此時；在此之前

⁶ **below** [bə`lo] 1★
介 在…之下

⁷ **following** [`fɑləwɪŋ] 2★
形 接下來的；以下的
名 下列事物

⁸ **hereinafter** 5★
[‚hɪrɪn`æftə] 副 在下

⁹ **hereunder** 5★
[hɪr`ʌndə]
副 在下(文)；依此

¹⁰ **may** [me] 1★
助 可能；也許

¹² **perhaps** [pə`hæps] 4★
副 或許；也許

¹¹ **might** [maɪt] 3★
助 可能；或許

▶ Perhaps Mr. Watson will be interested in our product.
或許華生先生會對我們的產品有興趣。

¹³ **refer** [rɪ`fɜ] 3★
動 談到；提及

¹⁴ **refer to** 3★
片 1.參考 2.提及

¹⁵ **referable** [`rɛfərəbl] 3★
形 可認為與…有關的；可參考的

¹⁶ **upon valid grounds** 4★
片 在合理的條件(情況)下

¹⁷ **upon** [ə`pɑn] 1★
介 1.在…之上 2.根據

▶ Both the buyers and the venders' interests are protected upon valid grounds.
買賣雙方之利益都應受到合理的保護。

¹⁸ **underlie** [‚ʌndə`laɪ] 5★
動 構成…的基礎

¹⁹ **underlay** [‚ʌndə`le] 5★
動 放在…的底部 名 支撐物

²⁰ **premise**
[`prɛmɪs] 名 假設；前提
[prɪ`maɪz] 動 提出…為前提

▶ The fundamental premise of the contract is the best interest of both parties.
合約以雙方之最佳利益為基本前提。

◎ MP3 043

文件用語 2

¹ **recur** [rɪ`kɝ] 5★
動 再發生；復發

² **recurrence** [rɪ`kɝəns] 5★
名 再發生；復發

▶ The recurring problem with the machine must be solved.
必須解決這台機器重複發生的問題。

³ **implied** [ɪm`plaɪd] 3★
形 暗指的；含蓄的

⁴ **vested** [`vɛstɪd] 4★
形 既定的(法律用語)

⁵ **hence** [hɛns] 2★
副 因此；由此

⁶ **furthermore** [`fɝðɚ͵mor] 3★
副 此外；另外；而且；再者

⁷ **herein** [͵hɪr`ɪn] 4★
副 此中；於此

⁸ **despite** [dɪs`paɪt] 3★
介 儘管；不管

▶ Furthermore, I would like to buy some picture postcards and souvenirs.
除此之外，我也想購買一些風景明信片和紀念品。

▶ Enclosed herein you will find a copy of the contract.
合約副本如附件。

⁹ **whether** [`hwɛðɚ] 1★
連 (引導子句)是否

¹⁰ **whereas** [hwɛr`æz] 2★
連 反之；卻

¹¹ **whereas** [hwɛr`æz] 4★
連 鑑於

¹³ **because of** 1★
片 因為(後接名詞)

¹⁴ **in either case** 2★
片 無論在哪種情況下

¹⁵ **in the event of** 3★
片 如果發生…事件時

¹² **on the one hand** 3★
片 一方面；其一

▶ on the other hand 另一方面

¹⁶ **eventful** [ɪ`vɛntfəl] 3★
形 1.多事的 2.重大的

¹⁷ **from time to time** 2★
片 偶爾；有時

▶ I go to see a movie from time to time with my girlfriend.
我有時會和女朋友一起去看電影。

¹⁸ **all in all** 4★
片 一言以蔽之；總的說來

▶ All in all, Mr. Watson's great sense of responsibility is why he is promoted.
一言以蔽之，華生先生強烈的責任感就是他晉升的原因。

◎ MP3 044

具法律效力

¹ **in force** `4★`
片 有效力地

² **fulfill** [fuˈfɪl] `3★`
動 履行；實現

³ **right** [raɪt] `1★`
名 權利

⁴ **abandon** [əˈbændən] `3★`
動 放棄；拋棄

⁵ **relinquish** [rɪˈlɪŋkwɪʃ] `4★`
動 1.放棄；撤出 2.放開

⁶ **obligation** [ˌɑbləˈgeʃən] `4★`
名 (道義或法律上的)義務；責任

⁷ **obligate** [ˈɑbləˌget] `4★`
形 有義務的；有責任的

⁸ **obligatory** [əˈblɪgəˌtorɪ] `5★`
形 有義務的

⁹ **responsibility** [rɪˌspɑnsəˈbɪlətɪ] `1★`
名 責任；義務

¹⁰ **responsible** [rɪˈspɑnsəbḷ] `1★`
形 負責任的

¹¹ **liable** [ˈlaɪəbḷ] `5★`
形 負有法律責任的；有義務的

¹² **promise** [ˈprɑmɪs] `1★`
動 名 承諾；保證

¹³ **warrant** [ˈwɔrənt] `5★`
動 名 保證；授權

▶ Warrants for the products will be issued within a week.
產品保固將在一週內核發。

¹⁴ **protect** [prəˈtɛkt] `1★`
動 保護；防護

▶ protection 保護

¹⁵ **stipulate** [ˈstɪpjəˌlet] `5★`
動 規定；約定

¹⁶ **duration** [djuˈreʃən] `4★`
名 持續期間；持久

¹⁷ **durative** [ˈdjʊrətɪv] `4★`
形 (動詞)持續的

▶ The contract is in force in the duration of twelve years.
本合約有效期間為十二年。

¹⁸ **empower** [ɪmˈpauɚ] `4★`
動 1.獲准；准許 2.使能夠

¹⁹ **on behalf of** `4★`
片 代表…

²⁰ **behalf** [bɪˈhæf] `4★`
名 代表；利益

◉ MP3 045

不具法律效力

¹ **null and void**
片 無效的；無法律效力的 4★

² **void** [vɔɪd] 4★
形 空無所有的

³ **deed** [did] 2★
名 契據；證書

⁴ **contractually**
[kən`træktʃuəlɪ] 5★
副 契約上地

▶ deed of surrender
解除契約

⁵ **circumstance** [`sɜkəm͵stæns] 3★
名 1.情況；情勢 2.細節；詳情

⁶ **force majeure**
片 (使契約無法履行之)不可抗力因素 4★

▶ Will you charge a no-show fee in case of force majeure?
若發生不可抗力因素，你們也會收取未出現的罰款嗎？

⁷ **dissolution** 4★
[͵dɪsə`luʃən]
名 (契約等的)解除

⁸ **exemption** 5★
[ɪg`zɛmpʃən]
名 (義務等的)免除；豁免

⁹ **exempt** 5★
[ɪg`zɛmpt]
動 免除；豁免

¹⁰ **lose** [luz] 2★
動 輸；失敗

¹¹ **rescind** [rɪ`sɪnd] 5★
動 廢止；取消

¹² **expiration** [͵ɛkspə`reʃən] 4★
名 終結；期滿

¹³ **terminate** [`tɜmə͵net] 5★
動 終結；結束

▶ expire 屆期

¹⁴ **grantee** [græn`ti] 5★
名 受讓人；受贈者

¹⁵ **grantor** [`græntə] 5★
名 授予者；讓與人

修改文件

¹⁹ **amend** [ə`mɛnd] 4★
動 修改；修正

¹⁶ **remedy** [`rɛmədɪ] 3★
名 動 補救；修正

¹⁸ **adjustment** [ə`dʒʌstmənt] 4★
modification [͵mɑdəfə`keʃən]
名 調整；修正

²⁰ **revise** [rɪ`vaɪz] 3★
動 修改；修正

¹⁷ **rectify** [`rɛktə͵faɪ] 5★
動 矯正；改正

▶ modify 修改；訂正
▶ modified 修飾的

²¹ **revision** [rɪ`vɪʒən] 3★
名 修改；校訂

● MP3 046

逮捕行動

1 **suspect** 4★
[`sʌspɛkt] 名 嫌疑犯
[sə`spɛkt] 動 懷疑

2 **doubtful** [`dautfəl] 2★
形 可疑的；令人生疑的
▶ doubtfulness 可疑

3 **spy** [spaɪ] 3★
動 監視；刺探…的秘密
名 間諜；密探

4 **hidden** [`hɪdn̩] 3★
形 隱藏的；隱密的
▶ hide 躲藏

5 **danger** [`dendʒɚ] 1★
名 危險；威脅
▶ dangerous 危險的

6 **take action** 3★
片 採取行動

7 **follow up** 2★
片 採取後續行動

8 **elicit** [ɪ`lɪsɪt] 5★
動 引出；誘出

9 **break** [brek] 2★
動 打破；違反

10 **violation** [ˌvaɪə`leʃən] 3★
名 違反；違背；違犯

11 **transgression** 5★
[træns`grɛʃən] 名 違法

12 **breach** [britʃ] 5★
名 動 違反；侵害

13 **minor violation** 2★
片 輕微違法

14 **major violation** 3★
片 重大違失

15 **provocation** 5★
[ˌprɑvə`keʃən]
名 挑釁；激怒
▶ provoke 激怒

16 **blatant** [`bletn̩t] 3★
形 公然的；露骨的

17 **fugitive** [`fjudʒətɪv] 5★
名 逃犯；逃亡者

18 **trespasser** [`trɛspəsɚ] 3★
名 侵入者；違反者

19 **offender** [ə`fɛndɚ] 3★
名 1.違法者 2.冒犯者
▶ offend 違反；冒犯

20 **arrest** [ə`rɛst] 3★
動 逮捕；拘留

◉ MP3 047
宣讀判決

1 **arise** [ə`raɪz] 3★
勔 產生；出現；形成

2 **eventuate** [ɪ`vɛntʃʊˏet] 4★
勔 結果；最終導致

3 **ultimate** [`ʌltəmɪt] 5★
形 最終的；最後的

4 **ultimately** [`ʌltəmɪtlɪ] 4★
副 最終地；終極地

5 **adjudication**
[əˏdʒudɪ`keʃən] 5★
名 判決；宣告(如破產等)

6 **confess** [kən`fɛs] 3★
勔 坦承；供認；坦白

7 **confession** [kən`fɛʃən] 3★
名 自白；坦承

8 **veracity** [və`ræsətɪ] 5★
名 誠實；真實

9 **truthfulness** [`truθfəlnɪs] 3★
名 誠實；真實

10 **rue** [ru] 4★
名 懊悔

11 **discomfort** [dɪs`kʌmfət] 5★
名 不適；不安 勔 使不舒服；使不安

12 **comfort** [`kʌmfɜt] 4★
名 1.安逸 2.慰問 勔 1.使安逸 2.安慰

13 **prosecution** [ˏprɑsɪ`kjuʃən] 4★
名 起訴；告發；檢舉

14 **prosecute** [`prɑsɪˏkjut] 4★
勔 對…起訴；告發

15 **sentence** [`sɛntəns] 1★
名 勔 判決；判刑

16 **verdict** [`vɝdɪkt] 5★
名 (陪審團的)判決；審定

17 **arbitration** [ˏɑrbə`treʃən] 5★
名 裁定；公斷

▶ People came to the court to hear the final verdict.
人們來到法庭聽取最後判決。

▶ We agree to go to the arbitration and see who is right.
我們同意找人裁定，看誰才是對的。

18 **sanction** [`sæŋkʃən] 2★
名 勔 批准；認同

19 **fall guy** 3★
片 代罪羔羊；擔罪者

20 **scapegoat** [`skepˏɡot] 3★
名 代罪羔羊

SCENE 4 判決・罪行

◎ MP3 048

判決

1 actus reus 5★
片 犯罪行為

2 contravene [ˌkɑntrə`vin] 5★
動 1.與…(法律)相牴觸 2.反駁

3 guilty [`ɡɪltɪ] 3★
形 有罪的

4 conviction [kən`vɪkʃən] 4★
名 定罪；證明有罪

5 guilt [ɡɪlt] 2★
名 罪；過失

6 culpability [kʌlpə`bɪlətɪ] 5★
名 有罪性；苛責；應受譴責性

7 innocent [`ɪnəsn̩t] 3★
形 1.無罪的；清白的 2.純潔的

8 acquit [ə`kwɪt] 5★
動 宣告無罪；無罪釋放

9 acquittal [ə`kwɪtl̩] 5★
名 宣告無罪；無罪開釋

罪行

10 decoy [dɪ`kɔɪ] 2★
動 誘騙；引誘 名 誘餌

11 fraud [frɔd] 3★
名 欺騙；詐欺

12 deceptive [dɪ`sɛptɪv] 4★
形 1.欺騙的 2.虛假的

13 coax [koks] 5★
動 誘哄；哄騙

14 robbery [`rɑbərɪ] 2★
名 搶劫；盜取

15 burglary [`bɜɡlərɪ] 4★
名 破門竊盜；搶劫

20 rip-off [`rɪpˌɔf] 4★
名 詐騙；敲竹槓

16 defame [dɪ`fem] 4★
slander [`slændə]
動 誹謗；破壞…的名譽

17 calumny [`kæləmnɪ] 5★
名 誹謗

21 extortion [ɪk`stɔrʃən] 4★
名 敲詐；強求；勒索

18 frame [frem] 2★
動 誣賴；陷害

19 vilify [`vɪləˌfaɪ] 5★
動 誹謗

22 counterfeit [`kaʊntəˌfɪt] 5★
形 仿冒的 動 仿冒

◉ MP3 049

處分

1 **alimony** [`ælə͵monɪ] 5★
名 贍養費；扶養費；生活費

2 **compensation** 4★
[͵kɑmpən`seʃən]
名 賠償金；補償金

3 **compensate** 4★
[`kɑmpən͵set]
動 補償；賠償

4 **reimbursement** 5★
[͵riɪm`bɜsmənt]
名 補償；賠償金

5 **reimburse** [͵riɪm`bɜs] 5★
動 償還；歸還

6 **bail** [bel] 2★
動 保釋 名 保釋金；保釋

7 **bail bondsman** 3★
片 保釋人(提供保釋金的人)

8 **evict** [ɪ`vɪkt] 4★
動 1.逐出(房客) 2.收回(財產)

9 **eviction** [ɪ`vɪkʃən] 5★
名 逐出；收回

10 **damage** [`dæmɪdʒ] 1★
名 傷害；損害

11 **damaged** [`dæmɪdʒd] 1★
形 受損的；受傷害的

12 **damage charge** 3★
片 損害賠償

13 **harm** [hɑrm] 1★
動 傷害；損害

14 **harmful** [`hɑrmfəl] 2★
形 有害的

15 **jeopardize** 5★
[`dʒɛpəd͵aɪz]
動 危害；使…瀕離危險

16 **custody** [`kʌstədɪ] 3★
名 拘留；監禁

17 **detention** [dɪ`tɛnʃən] 5★
名 1.拘留 2.滯留

18 **yell** [jɛl] 2★
動 喊叫；大喊

19 **prohibit** [prə`hɪbɪt] 3★
動 (以法令、規定等)禁止

▶ prohibition 禁止

20 **deprive** 4★
[dɪ`praɪv] 動 剝奪

21 **deprive of** 4★
片 剝奪；使喪失

❍ The judge was deprived of his office because of bribery.
法官因賄賂罪被褫奪公職。

075

◉ MP3 050

特殊裁定

¹ **exultation**　5★
[ˌɛgzʌl`teʃən]
名 狂喜;洋洋得意

² **release** [rɪ`lis]　3★
動 名 釋放;解放

³ **remit** [rɪ`mɪt]　5★
動 赦免;寬恕

⁴ **edict** [`idɪkt]　5★
名 官方命令;勒令

⁵ **forcibly** [`forsəblɪ]　5★
副 強迫地;強制地

⁶ **execution**　4★
[ˌɛksɪ`kjuʃən]
名 執行;履行

⁷ **penalty** [`pɛnḷtɪ]　3★
名 處罰;刑罰;罰款

⁸ **penalize** [`pinḷˌaɪz]　4★
動 對…處刑;規定…應處刑

⁹ **extradite** [`ɛkstrəˌdaɪt]　5★
動 引渡(逃犯等)

¹⁰ **extradition** [ˌɛkstrə`dɪʃən]　5★
名 引渡

¹¹ **warning** [`wɔrnɪŋ]　2★
名 警告;告誡

▶ warn 警告

特殊待遇

¹² **privilege** [`prɪvḷɪdʒ]　3★
名 特權;優待
動 給予…特權或優待

¹³ **patent** [`pætṇt]　4★
名 特權;獨享的權利

¹⁴ **priority** [praɪ`ɔrətɪ]　4★
名 優先權;先取權

▶ prior 先前的;優先的

¹⁵ **diplomatic immunity**　2★
片 外交豁免權

¹⁶ **immunity** [ɪ`mjunətɪ]　3★
名 1.豁免權 2.免除

¹⁷ **indemnify**　5★
[ɪn`dɛmnəˌfaɪ]
動 保障;使免受

¹⁸ **indemnified**　5★
[ɪn`dɛmnəˌfaɪd]
形 免於處罰的;被保障的

▶ The buyer was indemnified for the loss caused by the hurricane.
買方無須為颶風造成的損害負責。

¹⁹ **conniving** [kə`naɪvɪŋ]　5★
形 默許的;縱容的

²⁰ **connive** [kə`naɪv]　5★
動 默許;縱容 (+at)

²¹ **connivance**　4★
[kə`naɪvəns] 名 默許

MP3 051

出門踏青

¹ **sunny** [`sʌnɪ] 1★
形 陽光普照的；晴朗的

▶ sun 太陽

² **waterfall** [`wɔtɚ,fɔl] 1★
名 瀑布

³ **reservoir** [`rɛzɚ,vɔr] 5★
名 水庫

⁴ **timber** [`tɪmbɚ] 2★
名 1.木材 2.樹木

⁵ **tortuous** [`tɔrtʃuəs] 5★
形 迂迴的

⁶ **path** [pæθ] 1★
trail [trel]
名 小徑；小道

⁷ **memorial** [mə`morɪəl] 3★
名 紀念碑

⁸ **stone** [ston] 1★
名 1.石頭 2.石材

⁹ **walk the dog** 1★
片 遛狗

¹⁰ **fluffy** [`flʌfɪ] 3★
形 蓬鬆的

¹¹ **boxer** [`bɑksɚ] 3★
名 運動短褲

¹² **stamina** [`stæmənə] 4★
名 精力；耐力

¹³ **sweat** [swɛt] 2★
動 出汗；流汗
名 汗；汗水

¹⁴ **respiration** [,rɛspə`reʃən] 5★
名 呼吸

▶ exhale 呼出；呼氣
▶ inhale 吸入；吸氣

¹⁵ **hike** [haɪk] 2★
動 健行

¹⁶ **wander** [`wɑndɚ] 2★
動 漫遊；閒逛

¹⁷ **stroll** [strol] 4★
動 散步；漫步走於

補充單字 ＋山景＋

＋ **mountain** 名 山；山脈
＋ **hill** 名 小山；丘陵
＋ **cliff** 名 懸崖
＋ **layer** 名 地層；層
＋ **stratification** 名 階層的形成
＋ **valley** 名 山谷；溪谷
＋ **climb** 動 爬；攀登

SCENE 5 渡假・退休

渡假

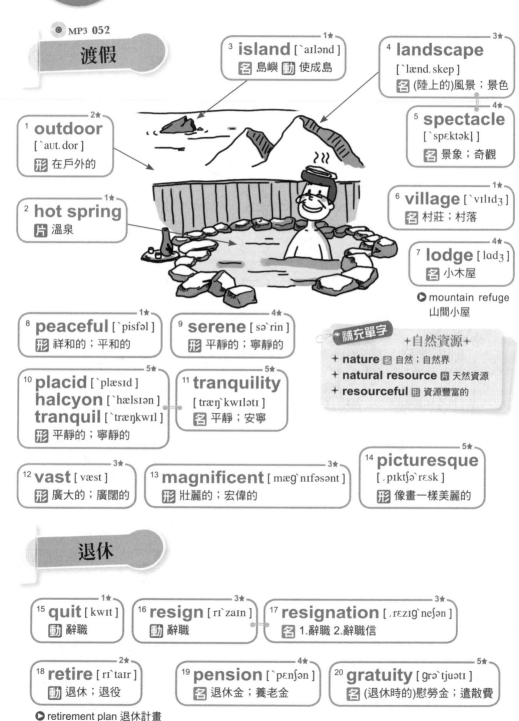

¹ **outdoor** [`aʊtˌdor]
形 在戶外的 2★

² **hot spring**
片 溫泉 1★

³ **island** [`aɪlənd]
名 島嶼 動 使成島 1★

⁴ **landscape** [`lændˌskep]
名 (陸上的)風景；景色 3★

⁵ **spectacle** [`spɛktəkḷ]
名 景象；奇觀 4★

⁶ **village** [`vɪlɪdʒ]
名 村莊；村落 1★

⁷ **lodge** [lɑdʒ]
名 小木屋 4★
▶ mountain refuge 山間小屋

⁸ **peaceful** [`pisfəl]
形 祥和的；平和的 1★

⁹ **serene** [sə`rin]
形 平靜的；寧靜的 4★

¹⁰ **placid** [`plæsɪd]
halcyon [`hælsɪən]
tranquil [`træŋkwɪl]
形 平靜的；寧靜的 5★

¹¹ **tranquility** [træŋ`kwɪlətɪ]
名 平靜；安寧 5★

補充單字 ✦自然資源✦
✦ **nature** 名 自然；自然界
✦ **natural resource** 片 天然資源
✦ **resourceful** 形 資源豐富的

¹² **vast** [væst]
形 廣大的；廣闊的 3★

¹³ **magnificent** [mæg`nɪfəsənt]
形 壯麗的；宏偉的 3★

¹⁴ **picturesque** [ˌpɪktʃə`rɛsk]
形 像畫一樣美麗的 5★

退休

¹⁵ **quit** [kwɪt]
動 辭職 1★

¹⁶ **resign** [rɪ`zaɪn]
動 辭職 3★

¹⁷ **resignation** [ˌrɛzɪg`neʃən]
名 1.辭職 2.辭職信 3★

¹⁸ **retire** [rɪ`taɪr]
動 退休；退役 2★

¹⁹ **pension** [`pɛnʃən]
名 退休金；養老金 4★

²⁰ **gratuity** [grə`tjuətɪ]
名 (退休時的)慰勞金；遣散費 5★

▶ retirement plan 退休計畫

◎ MP3 053

天氣變化

¹ **climate** ─1★
[`klaɪmɪt] 名 氣候

³ **cold front** ─2★
片 冷鋒

▶ You should put on more clothes because a cold front is coming.
冷鋒要來了，你應該多穿些衣服。

² **forecast** [`for͵kæst] ─3★
名 預報；預料
動 1.預測；預報 2.預言

▶ weather forecast 氣象預報

⁴ **barometer** [bə`rɑmətə] ─5★
名 氣壓計；晴雨表

⁵ **typhoon** ─2★
[taɪ`fun]
名 颱風

⁶ **hurricane** ─3★
[`hɝɪ͵ken]
名 颶風

⁷ **raincoat** [`ren͵kot] ─2★
名 雨衣

⁸ **rain** [ren] ─1★
動 下雨 名 雨

⁹ **rainy** [`renɪ] ─1★
形 下雨的；多雨的

¹⁰ **tsunami** ─4★
[tsu`nɑmɪ]
名 海嘯

¹¹ **surge** [sɝdʒ] ─4★
名 波濤；大浪
動 洶湧；奔騰

¹² **inundate** ─5★
[`ɪnʌn͵det]
動 撲來；壓倒

¹³ **withstand** ─5★
[wɪð`stænd]
動 抵擋；禁得起

¹⁴ **thunder** ─1★
[`θʌndə]
名 雷；雷聲

¹⁵ **windy** [`wɪndɪ] ─1★
形 起風的；有風的

▶ wind 風

¹⁶ **snow** [sno] ─1★
動 下雪 名 雪

▶ snowy 下雪的

¹⁷ **sultry** [`sʌltrɪ] ─5★
形 悶熱的；酷熱的

克漏字

請參考中文例句中被標記的單字，並將其英文填入空格中。

(1) Mr. Jones asked Karen to _____ four letters for him.
瓊斯先生要求凱倫為他聽寫四封信件。

(2) The manager is _____ to Jason's habitual tardiness.
經理默許傑森的慣性遲到。

(3) Gina tried to regain her _____ after knowing she should pay a fifty-thousand-dollar tax.
吉娜在知道她要付五萬元稅款時，試圖恢復鎮靜。

(4) The accountant was _____ of deceptive accounting and thus fired on the spot.
這位會計師被指控虛報帳務，也因此立刻被開除。

(5) The judge summoned the _____ to court to learn more about the case.
法官傳喚原告上庭，以便更加了解案情。

(6) Jason had committed an astonishing _____ by sending the prototype to the client.
傑森把原始樣版寄給客戶，犯下滔天大錯。

(7) This movie depicts the abuse of power, especially the corruption due to _____.
這部電影描述權力的濫用，並著重於因貪婪而導致的腐敗。

(8) Ken's _____ stance toward the issue is very confusing.
肯在這個議題上的曖昧立場十分令人困惑。

(9) Jason's way to evade tax duties is definitely not _____.
傑森逃稅的方式絕對是站不住腳的。

(10) The divorced woman won the _____ of 8 million US dollars.
那名離婚婦人獲得了八百萬美元的贍養費。

Answer Key

(1) dictate	(2) conniving	(3) composure	(4) accused
(5) plaintiff	(6) blunder	(7) cupidity	(8) ambiguous
(9) tenable	(10) alimony		

單字選填　請參考框內的英文單字，將最適合的單字填入句中。
若該單字在置入句中時需有所變化，請填入單字的變化型。

valid	motive	registering	relinquish
revise	procedure	crux	meticulous
tranquil	arrest	duration	intricate
sultry	glossary	expiration	respiration
pension	canvass	trivial	liable
observe	elicit	fluffy	inference
deceptive			

(1) A dog with _____ hair is barking at cars.

(2) Next Friday is the _____ of the contract.

(3) The carrier is famous for the _____ attention to details and thus popular with many importers.

(4) Do you know the best venue for a _____ breakfast and dinner?

(5) Any _____ financial reports are not acceptable and your loan request will be rejected, too.

(6) Mind your _____ while you are talking to any potential customers.

(7) All the complaints should be filed by proper _____.

(8) It is of extreme importance to provide the team a _____ to devote themselves.

(9) _____ the market trend can help us fashion a marketing strategy.

(10) The order will not be _____ without a signature.

(11) The _____ of the matter is that Jason illegally evaded tax duties.

(12) Can we meet today to discuss about the details _____ the contract?

(13) The _____ rate is a vital sign that provides early detection of certain diseases.

(14) How can you make the _____?

(15) It is so _____ that nobody can stay in the lab anymore.

(16) Why did Hank _____ his post of manager?

(17) All the contracts are to be _____ by professional writers before sent to the clients.

(18) We have to _____ the plan thoroughly before we put in more capital.

(19) Cut off the _____ complaints. Let's talk about something of real importance.

(20) The police _____ him for possession of hemp and ecstasy.

(21) Mr. Jennings always invariably _____ the exclamations from the rest of the Board members.

(22) The physical problem has been _____ and complicated for years.

(23) The contract is in force in the _____ of twelve years.

(24) The manufacturer will not be _____ to the damage caused by modified versions.

(25) There will be a supplementary bonus to the _____ of employees over thirty five years.

Answer Key

(1) fluffy	(2) expiration	(3) meticulous	(4) tranquil
(5) deceptive	(6) glossary	(7) procedures	(8) motive
(9) Observing	(10) valid	(11) crux	(12) registering
(13) respiration	(14) inference	(15) sultry	(16) relinquish
(17) revised	(18) canvass	(19) trivial	(20) arrested
(21) elicits	(22) intricate	(23) duration	(24) liable
(25) pension			

Part 3

銀行行員雪莉
Shirley, The Bank Clerk

雪莉是一位銀行行員，平日處理金融業務，閒暇時喜好研究食譜。
假日的時候，她會抽空與三五好友聚會，聯絡感情。
就讓我們跟著雪莉，瞧瞧她的生活英語吧！

Scenes

圖像聯想　請看下面的圖及英文，自我測驗一下，你能寫出幾個單字的中文意思呢？

1.

express ＿＿＿＿＿＿＿＿　courier ＿＿＿＿＿＿＿＿

scurry ＿＿＿＿＿＿＿＿　deposit ＿＿＿＿＿＿＿＿

operator ＿＿＿＿＿＿＿＿　vault ＿＿＿＿＿＿＿＿

2.

stock ＿＿＿＿＿＿＿＿　prospectus ＿＿＿＿＿＿＿

share ＿＿＿＿＿＿＿＿　viable ＿＿＿＿＿＿＿＿

equity ＿＿＿＿＿＿＿＿　trading volume ＿＿＿＿＿

3.

mathematical ＿＿＿＿＿＿　fiscal year ＿＿＿＿＿＿

myriad ＿＿＿＿＿＿＿＿　accountant ＿＿＿＿＿＿

overwhelming ＿＿＿＿＿＿　bookkeeping ＿＿＿＿＿＿

4.

rich ＿＿＿＿＿＿＿＿　indebted ＿＿＿＿＿＿＿＿

bankrupt ＿＿＿＿＿＿＿＿　luxury ＿＿＿＿＿＿＿＿

needy ＿＿＿＿＿＿＿＿　penurious ＿＿＿＿＿＿＿

5.

embrace ＿＿＿＿＿＿＿　amorous ＿＿＿＿＿＿＿＿

beverage ＿＿＿＿＿＿＿　passion ＿＿＿＿＿＿＿＿

run into ＿＿＿＿＿＿＿　courtesy ＿＿＿＿＿＿＿＿

SCENE 2 銀行

銀行內

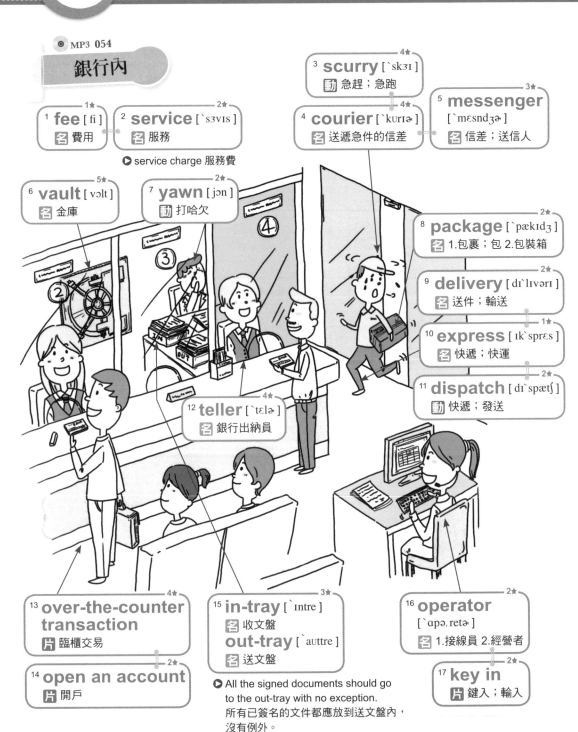

1★
¹ **fee** [fi]
名 費用

2★
² **service** [`s3vɪs]
名 服務
▶ service charge 服務費

4★
³ **scurry** [`sk3ɪ]
動 急趕；急跑

4★
⁴ **courier** [`kʊrɪə]
名 送遞急件的信差

3★
⁵ **messenger**
[`mɛsndʒə]
名 信差；送信人

5★
⁶ **vault** [vɔlt]
名 金庫

2★
⁷ **yawn** [jɔn]
動 打哈欠

2★
⁸ **package** [`pækɪdʒ]
名 1.包裹；包 2.包裝箱

2★
⁹ **delivery** [dɪ`lɪvərɪ]
名 送件；輸送

1★
¹⁰ **express** [ɪk`sprɛs]
名 快遞；快運

2★
¹¹ **dispatch** [dɪ`spætʃ]
動 快遞；發送

4★
¹² **teller** [`tɛlə]
名 銀行出納員

4★
¹³ **over-the-counter transaction**
片 臨櫃交易

2★
¹⁴ **open an account**
片 開戶

3★
¹⁵ **in-tray** [`ɪntre]
名 收文盤
out-tray [`aʊttre]
名 送文盤

▶ All the signed documents should go to the out-tray with no exception.
所有已簽名的文件都應放到送文盤內，沒有例外。

2★
¹⁶ **operator**
[`ɑpə͵retə]
名 1.接線員 2.經營者

2★
¹⁷ **key in**
片 鍵入；輸入

SCENE **2** 服務・存款

服務

¹ **kindly** [`kaɪndlɪ] ³★
形 親切的

² **kind** [kaɪnd] ¹★
形 仁慈的；親切的

³ **thoughtful** [`θɔtfəl] ¹★
形 細心的；體貼的

⁴ **assistance** [ə`sɪstəns] ³★
名 協助；幫忙

⁵ **assist** [ə`sɪst] ²★
動 幫助；協助

⁶ **aidance** [`edəns] ³★
名 協助

⁷ **aid** [ed] ¹★
動 名 協助；幫助

⁸ **clientele** [,klaɪən`tɛl] ⁵★
名 1.顧客 2.訴論委託人

⁹ **client** [`klaɪənt] ²★
名 委託人；客戶；顧客

¹⁰ **customer** [`kʌstəmə] ¹★
名 顧客；買主

▶ Mr. Watson is our biggest clientele.
華生先生是我們最大的客戶。

▶ Customers' wishes are always our priority.
客戶的期望永遠在我們的第一順位。

存款

¹¹ **slip** [slɪp] ¹★
名 片條；紙條

¹² **deposit slip** ²★
片 存款條

¹³ **paying-in slip** ³★
片 存款條

¹⁴ **deposit** [dɪ`pazɪt] ²★
動 儲存；存放
名 存款；保證金

¹⁵ **depositor** [dɪ`pazɪtə] ²★
名 存款人；存放者

¹⁶ **depositary** [dɪ`pazə,tɛrɪ] ²★
名 受託人；保管處

¹⁷ **put away** ²★
片 為往後存錢

¹⁸ **put aside** ³★
片 為往後特殊目的存錢

¹⁹ **save up** ¹★
片 存錢

²⁰ **pay in** ³★
片 把…存入銀行

◉ MP3 056

提款

¹ bankbook [`bæŋk͵bʊk] ───1★
名 銀行存摺

² withdraw [wɪð`drɔ] ───3★
動 1.提款 2.收回

³ draw [drɔ] ───1★
動 提領；領取

▶ bank card 提款卡

⁴ withdrawal [wɪð`drɔəl] ───3★
名 1.提款 2.撤回

⁵ take out ───2★
片 提領(金額)

⁶ transference [træns`fɝəns] ───5★
名 1.(財產的)轉讓 2.轉移

⁷ transfer [træns`fɝ] ───3★
動 1.轉帳 2.轉讓

⁸ banknote [`bæŋknot] ───3★
名 鈔票

⁹ note [not] ───2★
名 紙鈔

¹⁰ coin [kɔɪn] ───1★
名 硬幣

¹¹ collectable [kə`lɛktəbl] ───4★
形 可收集的

銀行

¹² fund custodian bank ───5★
片 基金託管銀行

¹³ bank [bæŋk] ───1★
名 銀行

¹⁴ branch [bræntʃ] ───1★
名 分行；分公司

¹⁵ unlock [ʌn`lɑk] ───2★
動 1.解鎖 2.開啟

¹⁶ safe [sef] ───1★
名 保險箱

¹⁷ PIN ───3★
縮 個人識別號碼

🔖 全稱為 personal identification number

¹⁸ discern [dɪ`zɝn] ───4★
動 辨別；識別

¹⁹ go out to lunch ───1★
片 出外午餐

²⁰ renovation [͵rɛnə`veʃən] ───4★
名 1.更新；整修 2.恢復活力

²¹ repose [rɪ`poz] ───5★
名 休息；睡眠

◎ MP3 057

銀行業務 1

1 checkbook 2★
[`tʃɛk.buk]
名 支票簿

2 carbon copy 3★
片 複本(用複寫紙)

3 cash a check 2★
片 兌現支票

4 encash [ɛn`kæʃ] 4★
動 (將支票等)兌現

5 clear [klɪr] 2★
動 兌現

6 cash [kæʃ] 1★
動 兌現 名 現金

▶ The check cannot be cashed until September 28th.
這張支票要到九月二十八日才能兌現。

7 sign [saɪn] 1★
動 簽名；簽署於…

8 signature [`sɪgnətʃɚ] 2★
名 簽名；簽署

9 blank [blæŋk] 1★
形 空白的
名 空白處；空白

10 payee [pe`i] 4★
名 受款方

11 reserve requirement 3★
片 存款準備金

12 standing order 4★
片 定期扣款

13 cashback [`kæʃ.bæk] 4★
名 現金回饋

14 collection [kə`lɛkʃən] 2★
名 收帳

🔊 使用信用卡消費後，部分現金直接
回饋至帳戶內，稱為現金回饋。

▶ The collection of debts should
be made as soon as possible.
債務收帳應該儘速完成。

15 entrust [ɪn`trʌst] 4★
動 信託；委託

16 bank draft 3★
片 銀行匯票

17 postal order 4★
片 郵政匯票

18 CD 4★
縮 定期大額存單

▶ Jack was entrusted with
the position of Product
Promotion Manager.
傑克被任命為產品推廣
經理。

19 asset-backed securities 4★
片 資產擔保證券

🔊 全稱為 certificate
of deposit

🔊 以資產如貸款、應收帳款等作為擔保基礎所發
行之債券，稱為資產擔保證券。

◎ MP3 058

銀行業務 2

1 clearing account 4★
片 清空的帳戶；餘額為零的帳戶

2 deposit account 3★
片 定期存款帳戶

3 charge account 3★
片 記帳戶頭

4 savings account 3★
片 儲蓄存款帳戶

5 current account 3★
片 活期帳戶

6 bag of snakes 3★
片 未知的問題情境
指生意往來上充滿許多未知問題的情況。

7 Internet banking 2★
片 網路銀行業務
網路銀行為可經由網際網路進行之銀行業務，如提款、轉帳等。

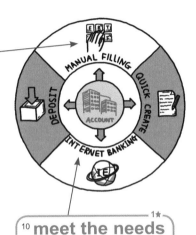

8 telephone banking 3★
片 電話銀行業務
電話銀行為可透過電話進行之銀行業務。

9 cash flow 2★
片 現金流轉
▶ The company has cash flow problems.
公司有現金流轉的問題。

10 meet the needs 1★
片 符合需求

11 current assets 4★
片 流動資產

12 liquid asset 4★
片 流動資產(如股票、現金等)
▶ Liquid assets refer to the type of assets which can be converted into cash easily, such as stocks and bonds.
流動資產是指可輕易轉換成現金的資產，例如股票和債券。

13 barren capital 4★
片 資本缺乏

14 barren [`bærən] 4★
形 貧瘠的；荒蕪的
▶ The company has a problem of barren capital and cannot afford extra oversea investment.
公司有資本缺乏的問題，無法負擔額外的海外投資。

15 circulating capital 4★
片 流動資本
▶ Circulating capital refers to physical capital and operating expenses, such as inventories and raw materials.
流動資本指具體資本和行政支出，如庫存和原物料等。

16 fixed capital 3★
片 固定資本
▶ Fixed capital refers to assets of durable nature for repeated use for a long time.
固定資本是指長時間內重複使用的資產。

17 asset turnover 4★
片 資產週轉率
▶ The asset turnover has been over 20%.
資產週轉率已超過百分之二十。

◎ MP3 059

借款・貸款

1 lend [lɛnd] 1★
動 借出;借給

▶ Mary has lent five hundred thousand dollars to him.
瑪麗已經借了他五十萬元。

2 creditor [`krɛdɪtə] 4★
名 債權人;貸方

3 moneylender [`mʌnɪ͵lɛndə] 3★
名 借款方

▶ potential lender 潛在貸款人

4 borrow [`baro] 1★
動 借入

5 debtor [`dɛtə] 3★
名 債務人

▶ debt 債;借款

6 lending rate 2★
片 貸款利率

7 personal loan 3★
片 個人借貸

8 loan [lon] 3★
名 1.貸款 2.借出

▶ loan shark 高利貸業者

9 call loan 3★
片 活期借款

10 mortgage [`mɔrgɪdʒ] 5★
名 1.抵押(物) 2.抵押借款
動 抵押;以…作擔保

11 security [sɪ`kjurətɪ] 2★
名 擔保(品);保證

12 equity [`ɛkwətɪ] 4★
名 抵押資產的淨額

13 assess [ə`sɛs] 2★
動 對…進行估價;評價

14 owe [o] 2★
動 欠債

15 burden [`bɝdn̩] 2★
名 負擔;重擔
動 加負擔於;煩擾

16 pay off 3★
片 付清;清償(貸款)

▶ Jack has taken an extra job in order to pay off a loan.
傑克為了要付清貸款,已經多兼了一份工作。

17 pay back 2★
片 還清

▶ The debt should be paid back within a year.
借款應於一年內還清。

18 repayment [rɪ`pemənt] 4★
名 1.付還 2.報恩

19 repay [rɪ`pe] 2★
動 償還;付還

20 amortization [ə͵mɔtə`zeʃən] 5★
名 分期償還

21 amortize [ə`mɔrtaɪz] 2★
動 分期償還

◎ MP3 060

匯率與利率

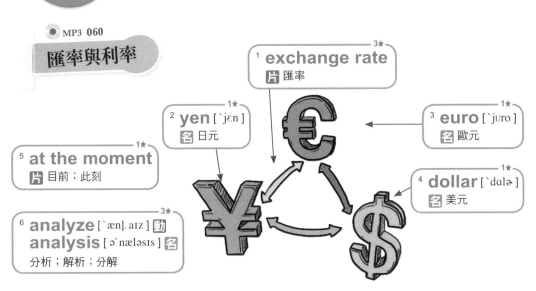

1 **exchange rate** ³★
片 匯率

2 **yen** [`jɛn] ¹★
名 日元

3 **euro** [`juro] ¹★
名 歐元

5 **at the moment** ¹★
片 目前；此刻

4 **dollar** [`dɑlə] ¹★
名 美元

6 **analyze** [`ænḷ͵aɪz] 動 ³★
analysis [ə`næləsɪs] 名
分析；解析；分解

補充單字 ＋其他貨幣＋

＋ **Israel new shekel**
名 以色列新謝克爾幣，簡稱 ISL

＋ **pound** 名 英鎊

＋ **rupee** 名 印度盧比

7 **interest** [`ɪntərɪst] ²★
名 1.利息 2.股份

8 **simple interest** ³★
片 單利

9 **interest rate** ²★
片 利率

10 **compound interest** ⁴★
片 複利

11 **government** ¹★
[`gʌvənmənt] 名 政府

12 **variable interest** ⁴★
片 浮動利息

▶ vary 變化；變動

15 **fixed interest** ³★
片 固定利率

16 **controlling** ²★
[kən`trolɪŋ]
形 控制的；支配
的；管理的

13 **fluctuation** ⁴★
[͵flʌktʃʊ`eʃən]
名 波動；變動

▶ fluctuate 波動；變動

14 **adjustable rate** ⁴★
片 可調整利率

▶ adjust 調整

17 **steadfast** ⁵★
[`stɛd͵fæst]
形 固定不動的；
不變的

18 **periodic** [͵pɪrɪ`ɑdɪk] ²★
形 週期性的；定期的

19 **over time** ³★
片 隨著時間的推移

◎ MP3 061

預測匯率

¹ imagine [ɪˋmædʒɪn] ―1★
動 想像；猜想

² foresee [forˋsi] ―4★
動 預見；預知

³ guess [gɛs] ―1★
動 猜測 名 推測

⁴ predict [prɪˋdɪkt] ―2★
動 預測；預估

⁵ forecast [ˋfor͵kæst] ―2★
動 預測 名 預報；預料

▶ predictable 可預測的

⁶ overestimate [͵ovɚˋɛstə͵met] ―2★
動 對…評價過高；估計過高

⁷ underestimate [ˋʌndɚˋɛstə͵met] ―2★
動 低估；對…估計不足

⁸ estimate [ˋɛstə͵met] ―2★
動 估計；估量

⁹ precise [prɪˋsaɪs] ―2★
形 精確的；準確的

¹⁰ rigorous [ˋrɪgərəs] ―2★
形 嚴密的；精確的

¹¹ accurately [ˋækjərɪtlɪ] ―2★
副 精確地；準確地

▶ precision 確實；精確

▶ accuracy 準確
▶ accurate 精確的；準確的

幣值・資產

¹² circulation [͵sɝkjəˋleʃən] ―2★
名 1.流通 2.通貨

¹³ currency [ˋkɝnsɪ] ―4★
名 貨幣；幣別

¹⁴ monetize [ˋmʌnə͵taɪz] ―5★
動 定為貨幣

▶ monetary 財政的；幣制的

¹⁵ valuation gain ―4★
片 資產增值；漲價

¹⁷ valuation loss ―4★
片 資產貶值；跌價

¹⁶ appreciation [ə͵priʃɪˋeʃən] ―3★
名 漲價；增值

¹⁸ devaluation [͵divæljʊˋeʃən] ―5★
名 貶值

▶ appreciate 增值

▶ devalue 貶值

¹⁹ GDP ―4★
縮 國內生產毛額

²⁰ GNP ―4★
縮 國民生產毛額

²¹ accrue [əˋkru] ―5★
動 (利息等)孳生；積累

📎 全稱為 Gross Domestic Product

📎 全稱為 Gross National Product
▶ per capita income 國民平均收入

▶ The interest usually accrues on a daily basis. 利息通常每日增加。

MP3 062

投資類型 1

1 investment 2★
[ɪn`vɛstmənt]
名 投資；投資額；投資物

▶ invest 投資

2 potential investor 4★
片 潛在投資者

3 prospective buyer 5★
片 潛在買家

4 ubiquitous [ju`bɪkwətəs] 5★
prevalent [`prɛvələnt]
pervasive [pə`vesɪv]
形 普遍的；到處存在的

5 commonly 2★
[`kɑmənlɪ]
副 普遍地；一般地

6 incline [ɪn`klaɪn] 5★
動 傾斜；傾向於

7 predisposition 4★
[ˌpridɪspə`zɪʃən] 名 傾向

8 diversify [daɪ`vɝsə͵faɪ] 2★
動 使多樣化

▶ A prudent investor should diversify his or her stock holdings.
一個謹慎的投資者會使手中的持股多樣化。

9 exchange [ɪks`tʃendʒ] 2★
名 交易所；市場 動 交換；兌換

▶ There are more than two hundred agents in the stock exchange.
在股票交易所裡有超過兩百名經紀人。

10 brokered [`brokəd] 5★
形 由經紀人代理的

11 broker [`brokə] 3★
名 經紀人；掮客

12 stockbroker [`stɑk͵brokə] 3★
名 股票交易員

13 commission [kə`mɪʃən] 4★
名 佣金 動 委託；委任

14 commissioned 4★
[kə`mɪʃənd] 形 受委任的

▶ Hank can get a 10% commission on each of his deals.
漢克每筆交易都可以拿到百分之十的佣金。

 ＋通貨變化＋
＋ **inflate** 動 抬高物價；使通貨膨脹
＋ **inflation** 名 通貨膨脹
＋ **deflate** 動 緊縮(通貨)
＋ **deflation** 名 通貨緊縮
＋ **contraction** 名 緊縮；收縮

15 holding [`holdɪŋ] 2★
名 持有股份；保有地

▶ How many holdings of the cosmetic company do you have now?
你現在有多少這間化妝品公司的股份？

16 blue chip 3★
片 績優股

17 bonus share 3★
片 分紅股

093

● MP3 063

投資類型 2

¹ **fund** [fʌnd] ¹★
名 基金

² **foundation** [faʊn`deʃən] ³★
名 1.基礎；根據 2.基金會

³ **bond** [bɑnd] ³★
名 債券；公債

⁴ **convertible bond** ³★
片 可轉換債券

⁵ **inalienable** ⁴★
[ɪn`eljənəbl]
形 不能讓與的

⁶ **fiduciary** [fɪ`djuʃɪ͵ɛrɪ] ⁵★
形 信託的；信用發行的

a unique professional trustee service.

⁷ **trustee** [trʌs`ti] ⁴★
名 (財產、業務等的)受託管理人

⁸ **trust** [trʌst] ²★
名 信託資金

⁹ **stock** [stɑk] ²★
名 股票；股份

¹⁰ **share** [ʃɛr] ¹★
名 股份；股票

¹¹ **stake** [stek] ³★
名 1.股本；股份 2.賭注

¹² **equity** [`ɛkwətɪ] ⁴★
名 普通股；股票

▶ stock market 股票市場

¹³ **I.P.O.** ⁴★
縮 (股票)初次公開發行

📋 全稱為 initial public offering，公司股票首度在股市中公開買賣。

¹⁴ **debut** [dɪ`bju] ⁴★
名 1.首次露面 2.初上市場

¹⁵ **prospectus** [prə`spɛktəs] ⁴★
名 上市說明書；創辦計劃書

¹⁶ **feasible** [`fizəbl] ⁴★
viable [`vaɪəbl]
形 可實行的；可用的

¹⁷ **market capitalization** ⁵★
片 市值

¹⁸ **market-to-market** ²★
[`mɑrkɪtu`mɑrkɪt]
形 逐日盯市的

¹⁹ **volume** [`vɑljəm] ³★
名 (生產、交易等的)量；額

²⁰ **trading volume** ³★
片 交易量

◉ MP3 064

投資市場

1 the ups and downs 2★
片 (股市)行情起伏

2 turnaround 3★
[`tɝnə,raʊnd]
名 (經濟等的)突然好轉；突然轉壞

3 economic 2★
[,ikə`nɑmɪk]
形 經濟上的

4 economical 2★
[,ikə`nɑmɪkl̩]
形 經濟的；節約的

5 economically 3★
[,ikə`nɑmɪkl̩ɪ]
副 1.在經濟上 2.節約地

📎 economic意味經濟上的；economical 則強調節約與節省花費。

6 drastically 3★
[`dræstɪkl̩ɪ]
副 大幅地；激烈地

7 volatile [`vɑlət]] 5★
形 反覆無常的；易變的

▶ Mr. Watson suffered a lot in the volatile market.
華生先生在大起大落的市場損失慘重。

8 dramatically [drə`mætɪkl̩ɪ] 2★
副 戲劇性地；引人注目地

▶ Kenny has dramatically made a great fortune in the stock market.
肯尼戲劇性地在股市大賺一筆。

9 salient [`seliənt] 5★
形 顯著的；明顯的

10 bear market 3★
片 熊市(空頭市場)

11 drop [drɑp] 1★
動 下降；下跌

12 sell off 2★
片 (股票等的)跌價

13 bleakness 4★
[`bliknɪs]
名 陰鬱；蒼涼

14 bleak [blik] 4★
形 荒涼的；受風吹雨打的

15 bull market 3★
片 牛市(多頭市場)

16 rise [raɪz] 1★
動 名 上漲；升高

17 soar [sor] 2★
動 猛增；暴漲

18 arise [ə`raɪz] 1★
動 升起；上升

19 ascend [ə`sɛnd] 4★
動 登高；上升

▶ The ascending stock price makes investors more than pleased.
上升的股價讓投資者十分欣喜。

MP3 065

投資風險

1 investor [ɪn`vɛstə] 2★
名 投資者；出資者

2 shareholder [`ʃɛr͵holdə] 2★
名 股東；持股人

▶ All the shareholders are invited to join the dinner party in the headquarters.
所有的股東都獲邀參加總公司的晚宴。

3 venture [`vɛntʃə] 4★
動 以…做賭注
名 1.冒險事業 2.投機活動

4 speculator [`spɛkjə͵letə] 4★
名 投機者；投機商人

5 speculate [`spɛkjə͵let] 4★
動 投機；做投機買賣

6 speculation [͵spɛkjə`leʃən] 4★
名 投機；投機買賣

7 depend on 1★
片 依賴；信賴

8 depend [dɪ`pɛnd] 3★
動 1.依賴；依靠 2.取決於…
▶ dependent 依賴的；取決於…的

9 rely on 2★
片 仰賴；倚靠

10 fraught [frɔt] 3★
形 伴隨…的
▶ be fraught with 充滿…的

投資策略

11 trace [tres] 2★
動 追蹤；追溯

12 preempt [pri`ɛmpt] 4★
動 先佔有；先取得

13 give a shot 1★
片 給…一次機會

14 commencement [kə`mɛnsmənt] 5★
名 1.開始；發端 2.(美)畢業典禮

15 commence [kə`mɛns] 5★
動 開始；著手

▶ At the commencement of the negotiation, Ken made a toast to his business partner.
在協調會開始前，肯向他的合夥人敬酒。

16 irrelevant [ɪ`rɛləvənt] 4★
形 不相關的；無關的

17 relevant [`rɛləvənt] 3★
形 相關的；有關連性的

18 matter [`mætə] 2★
動 有關係；要緊

19 taboo [tə`bu] 3★
名 禁忌

20 tabooed [tə`bud] 3★
形 禁忌的

21 ban [bæn] 2★
名 禁止；禁令 動 禁止；取締

◉ MP3 **066**

投資行為

1 Federal Reserve System 4★
片 (美)聯邦準備系統

2 federal [`fɛdərəl] 4★
形 聯邦制的

▶ The Federal Reserve System had warned of the lowest foreign reserves ever.
聯邦準備系統已發出近年來最低外匯存款的警告。

3 exist [ɪg`zɪst] 1★
動 1.存在 2.生存

4 existence [ɪg`zɪstəns] 2★
名 1.存在；實在 2.生存

5 explain [ɪk`splen] 1★
動 解釋；說明

6 money supply 3★
片 現金供應

7 supply [sə`plaɪ] 3★
動 名 供給；供應

8 suggest [sə`dʒɛst] 2★
動 建議；提議

▶ Thanks to his billionaire father, Kenny's hair salon always has a continuous money supply.
多虧了他的億萬富翁父親，肯尼的髮廊總有源源不絕的現金供應。

▶ suggestive 建議的；暗示的
▶ suggestively 提示地

11 inside trading 3★
片 內線交易

9 landed class 3★
片 有土地階級

10 middle class 2★
片 中產階級

▶ The rumor of the inside trading has no foundation in fact.
內線交易的流言根本毫無根據。

12 gamut [`gæmət] 5★
名 全部；整個範圍

13 option [`ɑpʃən] 5★
名 選擇；選項

14 selection [sə`lɛkʃən] 1★
名 可供選擇的範圍；精選品

15 select [sə`lɛkt] 1★
動 選擇；挑選

16 broad [brɔd] 1★
形 廣泛的；各式各樣的

17 narrow [`næro] 2★
動 1.使變窄；縮小 2.限制
形 狹窄的；範圍狹小的

18 narrow down 2★
片 縮小(選擇)範圍

19 necessary [`nɛsə͵sɛrɪ] 1★
形 必需的；必要的

20 need [nid] 1★
動 需要

21 pull out 3★
片 撤資

◎ MP3 067

投資人心態 1

1 **mental** [`mɛntḷ] 4★
形 精神的；心理的

2 **habit** [`hæbɪt] 1★
名 習慣

3 **habitual** [hə`bɪtʃʊəl] 2★
形 習慣的；慣常的

4 **mature** [mə`tjʊr] 2★
形 成熟的；穩重的

5 **maturity** [mə`tjʊrətɪ] 2★
名 成熟；完善

6 **sober** [`sobɚ] 3★
形 清醒的；冷靜的

7 **plain** [plen] 2★
形 清楚的；明白的

8 **lucid** [`lusɪd] 4★
形 清楚易懂的；明晰的

9 **definitely** [`dɛfənɪtlɪ] 4★
副 明確地；清楚地

10 **loyal** [`lɔɪəl] 3★
形 忠誠的；忠心的

11 **faithfully** [`feθfəlɪ] 3★
副 忠實地；如實地

12 **committed** [kə`mɪtɪd] 4★
形 忠誠的；堅定的

13 **particular about** 3★
片 講究；挑剔

14 **particular** [pə`tɪkjələ] 3★
形 特有的；獨特的；特定的

15 **deliberate** [dɪ`lɪbərɪt] 5★
形 故意的；蓄意的

16 **deliberately** [dɪ`lɪbərɪtlɪ] 5★
副 故意地；蓄意地

17 **arbitrarily** [ˌɑrbə`trɛrəlɪ] 5★
副 任意地；武斷地

18 **arbitrary** [`ɑrbəˌtrɛrɪ] 5★
形 任意的；隨意的

19 **piggy bank** 1★
片 撲滿

▶ No one can make arbitrary alterations on the order once the shipment is made.
一旦寄出貨品，沒有人可以任意更改訂單內容。

20 **timeliness** [`taɪmlɪnɪs] 4★
名 及時；適時

21 **float** [flot] 2★
動 (謠言等)傳播中

22 **exclusive** [ɪk`sklusɪv] 5★
形 獨佔的；獨家的

◎ MP3 068

投資人心態 2

1 tighten one's belt ──2★
片 節約度日

2 thrifty [`θrɪftɪ] ──5★
frugal [`frugl]
形 節約的；簡樸的

3 economize ──3★
[ɪ`kɑnə,maɪz]
動 節約；節省

4 hand-to-mouth ──3★
[`hæntə`mauθ]
形 勉強糊口的

5 conservative ──3★
[kən`sɝvətɪv]
形 謹慎的；保守的

6 gingerly [`dʒɪndʒəlɪ] ──4★
形 副 極為謹慎的(地)

7 hesitate [`hɛzə,tet] ──2★
動 遲疑；猶豫

8 hesitation [,hɛzə`teʃən] ──2★
名 遲疑；躊躇

9 hope for ──1★
片 期待；期望

10 look forward to ──4★
片 期待；盼望

11 forward [`fɔrwəd] ──3★
副 向前 形 前面的

12 prospect [`prɑspɛkt] ──3★
名 前景；(成功的)可能性

▶ The cosmetic business has prospects of great margin.
化妝品生意有很大的獲利前景。

13 sanguine [`sæŋgwɪn] ──5★
形 懷著希望的；樂觀的

▶ They are not sanguine about the project.
他們對計畫不抱希望。

14 apprehensive ──5★
[,æprɪ`hɛnsɪv]
形 憂慮的；恐懼的

15 dismal [`dɪzml] ──5★
形 憂鬱的；陰沈的

▶ Jason is too dismal to be a qualified salesperson.
傑森太陰沈，不適合擔任銷售員。

16 fretful [`frɛtfl] ──5★
形 煩惱的；焦躁的

▶ The manager was very fretful about Mr. Watson's order.
經理對於華生先生的訂單感到十分焦躁。

17 mournful [`mornfəl] ──5★
形 1.憂傷的 2.悲觀的

▶ Have you ever heard a mournful story about this aircraft?
你曾聽說過有關這架飛機的一個悲傷故事嗎？

18 timorous [`tɪmərəs] ──5★
形 膽小的；提心吊膽的

▶ The talented yet timorous violinist refused to hold a recital.
這名有才華的小提琴家生性膽怯，不願舉辦獨奏會。

19 coward [`kauəd] ──2★
名 懦夫；膽怯者

◎ MP3 069

投資成功

1 **chance** [tʃæns] 1★
名 機會；良機

2 **coincidence** [koˋɪnsɪdəns] 4★
名 巧合；巧事；同時發生

▶ Jack's promotion is not a coincidence at all.
傑克的升遷絕對不是巧合。

3 **succeed** [səkˋsid] 1★
動 成功；獲得成效

▶ succeed in 成功；順利完成

4 **influx** [ˋɪnflʌks] 5★
名 1.湧進；匯入 2.流入；注入

5 **inevitable** [ɪnˋɛvətəbḷ] 5★
形 不可避免的；必然(發生)的

6 **ahead** [əˋhɛd] 1★
副 預先；事前

投資失敗

7 **overlook** [ˌovəˋluk] 3★
動 看漏；忽略

8 **ignore** [ɪgˋnor] 2★
動 忽視；忽略

📎 overlook 是因粗心或草率而沒有注意到；ignore 則是有意地忽略。

11 **blow one's buffer** 4★
片 使某人失去頭緒

▶ Mary has been talking for more than half an hour, which really blew Jason's buffer.
瑪麗已經說了超過半個小時，這真的讓傑森失去頭緒。

9 **negligence** 2★
[ˋnɛglɪdʒəns]
名 疏忽；粗心；玩忽行為

10 **missing** [ˋmɪsɪŋ] 2★
形 遺失的；錯過的

▶ miss 錯過；失去

12 **poignant** [ˋpɔɪnənt] 5★
形 辛酸的；慘痛的

▶ Not being able to win the contract is a poignant failure for the whole team.
未能贏得合約是整個團隊慘痛的失敗。

13 **catastrophe** 5★
[kəˋtæstrəfɪ]
名 大災；大災難

14 **catastrophic** 5★
[ˌkætəˋstrɑfɪk]
形 1.悲慘的 2.慘敗的

15 **misfortune** 3★
[mɪsˋfɔrtʃən]
名 不幸；厄運；災難

16 **unfortunate** 2★
[ʌnˋfɔrtʃnɪt]
形 不幸的

17 **unfortunately** 3★
[ʌnˋfɔrtʃənɪtlɪ]
副 1.不幸地 2.可惜

◎ MP3 070

會計部門

1 auditor [`ɔdɪtɚ] 5★
名 查帳員;稽核員

2 accountant [ə`kauntənt] 3★
名 會計師;會計人員

4 on a monthly basis 2★
片 每月一次

3 audit [`ɔdɪt] 5★
動 審計;查帳

5 fiscal year 4★
片 財政年度

6 accounting period 4★
片 會計年度(進行會計結算的時期)

7 account receivable 4★
片 可收帳款

8 the amount due 3★
片 應付的款項

▶ Account receivable is the total amount
of money owed to a business.
可收帳款是積欠某企業的總金額。

▶ You can see the invoice for the
amount due.
請見付費通知發票上的應付款項。

補充單字 ┼財務情況┼
+ **financial record** 片 財務紀錄
+ **financial health** 片 財務健康
+ **financial advice** 片 財務建議

9 ledger [`lɛdʒɚ] 4★
名 分類帳

10 books [buks] 2★
名 帳冊

11 journal [`dʒɝnl] 2★
名 流水帳;記帳本

12 journalize [`dʒɝnl͵aɪz] 3★
動 記入流水帳;記入帳本

13 bookkeeping [`buk͵kipɪŋ] 3★
名 記帳;簿記

14 slip [slɪp] 2★
名 記帳單

15 overwhelming 4★
[͵ovɚ`hwɛlmɪŋ]
形 壓倒的;勢不可擋的

16 overwhelm 4★
[͵ovɚ`hwɛlm]
動 壓倒;戰勝

17 myriad [`mɪrɪəd] 4★
名 無數;大量

18 digital [`dɪdʒɪtl] 2★
形 數字的

19 digit [`dɪdʒɪt] 2★
名 數字;位元

20 mathematical 2★
[͵mæθə`mætɪk]]
形 數學的;數學上的

SCENE 4　會計業務

◎ MP3 071

會計業務

1 **finance** [faɪˋnæns] ³★
名 金融；財政

2 **capitalize** [ˋkæpətḷ͵aɪz] ³★
動 供給(資本)

▶ capital 資本

3 **gross** [gros] ³★
形 總的；毛的

4 **clearing and settlement** ³★
片 清算；結算

5 **budget** [ˋbʌdʒɪt] ²★
名 預算；經費
動 將…編入預算

6 **calculate** [ˋkælkjə͵let] ³★
動 計算；估算

▶ calculation 計算；推測

7 **estimate** [ˋɛstə͵met] ³★
動 估計；估算

▶ estimated 估計的；概估的

8 **ballpark** [ˋbɔlpark] ²★
動 預估；估算

▶ Can you ballpark the cost of the insurance plan for me?
你可以替我預估這份保險計畫的費用嗎？

9 **assessment** ⁴★
[əˋsɛsmənt]
名 估價；估計

10 **within** [wɪˋðɪn] ²★
介 在…內；不超過

11 **approximate** ⁴★
[əˋpraksəmɪt]
形 近似的；大概的

12 **approximately** ²★
[əˋpraksəmɪtlɪ]
副 大約地；近乎

13 **approximation** ⁵★
[ə͵praksəˋmeʃən]
名 1.接近 2.概算

14 **discrepancy** [dɪˋskrɛpənsɪ] 名 不一致；不符	5★	15 **miscalculate** [ˋmɪsˋkælkjə͵let] 動 計算錯誤	3★
16 **mistake** [mɪˋstek] 名 錯誤	1★	17 **clerical mistake** 片 書記錯誤	4★
18 **typo** [ˋtaɪpo] 名 打字排版錯誤	2★	19 **question** [ˋkwɛstʃən] 名 問題 動 疑問；質疑	2★
20 **matter** [ˋmætə] 名 事情；問題	1★	21 **deceptive accounting** 片 虛報帳務	4★
22 **flawed** [flɔd] 形 有缺陷的；錯誤的	2★	23 **wrong** [rɔŋ] 形 錯誤的	1★

MP3 072

資產清算

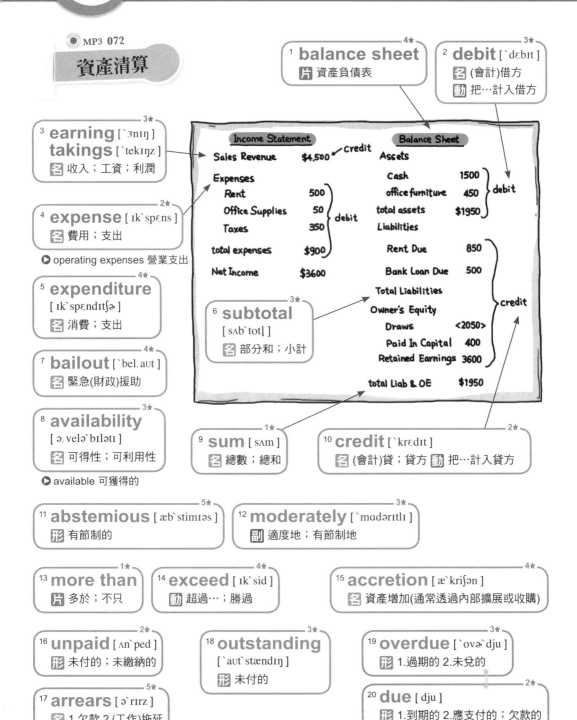

1 balance sheet 4★
片 資產負債表

2 debit [`dɛbɪt] 3★
名 (會計)借方
動 把…計入借方

3 earning [`ɜnɪŋ] 3★
takings [`tekɪŋz]
名 收入；工資；利潤

4 expense [ɪk`spɛns] 2★
名 費用；支出

▶ operating expenses 營業支出

5 expenditure 4★
[ɪk`spɛndɪtʃə]
名 消費；支出

6 subtotal 3★
[sʌb`totl]
名 部分和；小計

7 bailout [`bel,aʊt] 4★
名 緊急(財政)援助

8 availability 3★
[ə,velə`bɪlətɪ]
名 可得性；可利用性

▶ available 可獲得的

9 sum [sʌm] 1★
名 總數；總和

10 credit [`krɛdɪt] 2★
名 (會計)貸；貸方 動 把…計入貸方

圖表內文

Income Statement

| Sales Revenue | $4,500 | ← credit |

Expenses
Rent 500
Office Supplies 50 } debit
Taxes 350
total expenses $900
Net Income $3600

Balance Sheet

Assets
Cash 1500
office furniture 450 } debit
total assets $1950
Liabilities
Rent Due 850
Bank Loan Due 500
Total Liabilities
Owner's Equity } credit
Draws <2050>
Paid In Capital 400
Retained Earnings 3600
total Liab & OE $1950

11 abstemious [æb`stimɪəs] 5★
形 有節制的

12 moderately [`mɑdərɪtlɪ] 3★
副 適度地；有節制地

13 more than 1★
片 多於；不只

14 exceed [ɪk`sid] 4★
動 超過…；勝過

15 accretion [æ`kriʃən] 4★
名 資產增加(通常透過內部擴展或收購)

16 unpaid [ʌn`ped] 2★
形 未付的；未繳納的

18 outstanding 3★
[`aʊt`stændɪŋ]
形 未付的

19 overdue [`ovə`dju] 3★
形 1.過期的 2.未兌的

17 arrears [ə`rɪrz] 5★
名 1.欠款 2.(工作)拖延

20 due [dju] 2★
形 1.到期的 2.應支付的；欠款的

◎ MP3 073

財務狀況

1 financial condition 3★
片 財務狀況

2 fiscal period 4★
片 財政期間

3 fiscal [`fɪsk]] 4★
形 財政的；會計的

4 harvest [`hɑrvɪst] 2★
動 收獲；收成

5 remain [rɪ`men] 2★
動 剩下；餘留

6 deduct [dɪ`dʌkt] 4★
動 扣除；減除

7 overdraft [`ovə͵dræft] 4★
名 透支；透支數額

8 overdraw [`ovə`drɔ] 4★
動 1.透支 2.誇張；誇大

9 deficit [`dɛfɪsɪt] 4★
名 1.赤字 2.不足

10 cumulative 5★
[`kjumju͵letɪv]
形 漸增的；蓄積的

11 accumulation 4★
[ə͵kjumjə`leʃən]
名 累積；積聚

12 accumulate 4★
[ə`kjumjə͵let]
動 累積；積聚；積攢

13 escalation 4★
[͵ɛskə`leʃən]
名 逐步上升

14 growth [groθ] 2★
名 成長；進步

15 even [`ivən] 1★
形 1.一致的 2.平穩的

16 downward 2★
[`daʊnwəd]
形 下降的；日趨沒落的

17 deteriorate 5★
[dɪ`tɪrɪə͵ret]
動 使惡化；使下降

18 stage [stedʒ] 1★
名 階段；時期

19 phase [fez] 5★
名 階段；時期

20 interim [`ɪntərɪm] 5★
名 間歇；過渡時期

▶ You should send a copy of the interim report to the Board for review.
你應該寄送一份期中報告的副本給委員會審查。

補充單字 ╋利潤・帳戶╋

╋ **margin** 名 利潤
╋ **account** 名 帳戶
╋ **account title** 片 帳戶名稱
╋ **account value** 片 帳戶價值(帳戶內資產)
╋ **profit margin** 片 利潤率
╋ **operating margin** 片 營業利益
╋ **absorbed fee** 片 自行吸收的費用(不外加至客戶身上)

◎ MP3 074

獲利與破產

1 needy [`nidɪ] 2★
形 貧窮的

2 poor [pʊr] 1★
形 貧窮的；窮困的

3 distress [dɪ`strɛs] 3★
名 悲痛；窮苦

4 impoverish [ɪm`pɑvərɪʃ] 3★
動 使貧窮；使赤貧

5 penury [`pɛnjərɪ] 4★
名 貧窮；拮据

6 penurious [pə`njʊrɪəs] 5★
形 小氣的；窮困的

7 lucrative [`lukrətɪv] 3★
形 有利可圖的；賺錢的

8 profitability [ˌprɑfɪtə`bɪlətɪ] 4★
名 收益性

► profit 有益於…；利潤
► profitable 可獲利的

STOCK EXCHANGE

9 rich [rɪtʃ] 1★
形 富有的

10 affluence [`æfluəns] 4★
名 豐富；富裕

11 luxury [`lʌkʃərɪ] 2★
名 奢侈品；奢華

12 terrific [tə`rɪfɪk] 2★
形 糟糕的；極糟的

🔊 口語會話中，terrific 亦有「極好」之意。

13 insolvent [ɪn`sɑlvənt] 4★
形 無力償還的；破產的

14 crash [kræʃ] 2★
動 失敗；垮台；破產

15 stony broke 2★
片 一毛不剩的；徹底破產的

16 bankruptcy [`bæŋkrəptsɪ] 4★
名 破產；倒閉

17 bankrupt [`bæŋkrəpt] 3★
形 破產的；倒閉的

18 jeopardy [`dʒɛpədɪ] 4★
名 危機；危險的處境

19 liability [ˌlaɪə`bɪlətɪ] 4★
名 1.負債；債務 2.不利條件

20 indebted [ɪn`dɛtɪd] 3★
形 1.負債的 2.受惠的

21 liquidation [ˌlɪkwɪ`deʃən] 5★
名 (債務的)償付；了結

► long-term liability 長期負債

SCENE 5 假日生活

◉ MP3 075

招待朋友

1 hospitality 5★
[ˌhɑspɪˋtælətɪ]
名 好客；有禮招待

2 refrigerator 2★
[rɪˋfrɪdʒəˌretə]
名 冰箱；冷藏室
▶ fridge 冰箱
▶ cold storage 冷藏

3 rectangle 2★
[rɛkˋtæŋgl]
名 矩形；長方形

4 microwave oven 2★
片 微波爐

5 toaster [ˋtostə] 2★
名 烤麵包機

7 grill [grɪl] 3★
動 (用烤架)烤(魚或肉)
名 烤架；燒烤的肉類食物

6 kettle [ˋkɛtl] 2★
名 快煮壺

8 slice [slaɪs] 2★
名 一片；薄片

9 dish washer 2★
片 洗碗機

14 blunt [blʌnt] 5★
形 鈍的；不鋒利的

10 pie [paɪ] 1★
名 派；餡餅

15 snack [snæk] 1★
名 零食；小吃

16 scrambled eggs 2★
片 炒蛋

11 wipe [waɪp] 2★
動 擦拭；擦去

12 salad [ˋsæləd] 1★
名 沙拉

13 fresh [frɛʃ] 1★
形 新鮮的

◀補充單字▶
＋餞別＋
＋ farewell 形 送別的
名 告別；送別
＋ farewell gift 片 餞別禮

106

◎ MP3 076

廚藝

¹ **daily** [`delɪ]
形 日常生活的 ¹★

² **weekend** [`wik`ɛnd]
名 週末；週末的休假 ²★

³ **self-catering**
[ˌsɛlf`ketərɪŋ] 形 自炊式的 ⁴★

⁴ **ingredient**
[ɪn`ɡrɪdɪənt]
名 (烹調的)原料 ³★

⁶ **can opener**
片 開罐器 ²★

⁷ **recipe** [`rɛsəpɪ]
名 食譜；烹飪法 ²★

⁸ **tip** [tɪp]
secret [`sikrɪt]
名 秘密；秘訣 ¹★

⁵ **separate** [`sɛpəˌrɪt]
形 分開的；個別的 ¹★

▶ separately 分開地；分別地

⁹ **stove** [stov]
名 爐子；火爐 ²★

¹⁰ **simmer** [`sɪmə]
動 煨；燉 ⁴★

¹¹ **pair** [pɛr]
名 一雙；一對 ¹★
couple [`kʌpl]
名 (一)對；(一)雙

¹² **sink** [sɪŋk]
名 水槽
動 沉沒；沈下 ¹★

¹³ **unkempt** [ʌn`kɛmpt]
形 不整潔的；未整理的 ⁵★

¹⁴ **unsavory** [ʌn`sevərɪ]
形 1.討厭的 2.難聞的 ⁴★

¹⁵ **savory** [`sevərɪ]
形 美味可口的 ⁴★

¹⁶ **perishable** [`pɛrɪʃəbl]
形 易腐爛的；易腐敗的 ³★

¹⁷ **rotten** [`rɑtn]
形 腐爛的；爛掉的 ²★

¹⁸ **preserve** [prɪ`zɝv]
動 保存；防腐 ¹★

¹⁹ **conserve** [kən`sɝv]
動 保存；節省 ²★

²⁰ **reserve** [rɪ`zɝv]
動 1.儲備 2.預約 ¹★

📎 preserve 意謂「保持物品良好的狀態」，保存食物就用這個單
字；conserve 則有「保留物品，使其日後不匱乏」的意思，在
談保育時，用的往往是這個單字，例如 conserve the rainforest。

◎ MP3 077

友誼派對

1 **club** [klʌb]
名 俱樂部

2 **bar** [bɑr]
名 酒吧；小吃店

3 **party** [ˋpɑrtɪ]
名 派對；宴會

4 **eager** [ˋigə]
形 渴望的；熱切的

5 **strenuous** [ˋstrɛnjuəs]
形 奮發的；激烈的

8 **hug** [hʌg]
名 擁抱

6 **dazzling**
[ˋdæzlɪŋ]
形 令人目眩的

7 **overjoyed** [ˏovəˋdʒɔɪd]
形 狂喜的；極度高興的

9 **embrace** [ɪmˋbres]
動 1.擁抱 2.環繞

10 **run into**
片 遇見(某人)

11 **bottle**
[ˋbɑtḷ]
名 瓶子

12 **attire** [əˋtaɪr]
名 服裝；衣著

13 **beverage**
[ˋbɛvərɪdʒ]
名 飲料

14 **glad** [glæd]
pleased [plizd]
形 高興的；喜悅的

17 **courtesy** [ˋkɝtəsɪ]
名 禮貌；禮節

18 **grateful** [ˋgretfəl]
形 感激的；表示感謝的

15 **passion** [ˋpæʃən]
名 熱情；激情

16 **amorous** [ˋæmərəs]
形 戀愛的；多情的

克漏字

請參考中文例句中被標記的單字，並將其英文填入空格中。

(1) What should we do about the _____ complaints among the factory workers?

我們該如何處理工廠員工日益增多的抱怨呢？

(2) A _____ toilet design is adopted in this hotel.

這間旅館採用獨立式廁所的設計。

(3) The chicken has been _____ with vinegar, sugar and spices for about 3 hours.

雞肉已使用醋、糖和香料燉了將近三小時。

(4) Mr. and Mrs. Chen have asked an expert to _____ their antique vase.

陳氏夫婦已經邀請專家來為他們的古董花瓶估價。

(5) Those dried strawberries have been _____ well in our specially-made fridge.

這些乾草莓被妥善存放在我們特製的冰箱內。

(6) This _____ product has been patented and is only available at certain shops.

這個獨家商品已取得專利，只能在某些商家購得。

(7) It is a _____ to stand your customers up.

放客戶鴿子絕對是禁忌。

(8) The accountant keeps a _____ visit to every branch of the bank.

會計師定期到銀行的每間分行視察。

(9) You forgot to plug the _____ into an electrical outlet.

你忘記替快煮壺插上電源了。

(10) You should be extremely _____ while driving on a mountain road.

駕駛山路時，你應該保持高度清醒的狀態。

Answer Key

(1) cumulative	(2) separate	(3) simmered	(4) assess
(5) preserved	(6) exclusive	(7) taboo	(8) periodic
(9) kettle	(10) sober		

單字選填

請參考框內的英文單字，將最適合的單字填入句中。
若該單字在置入句中時需有所變化，請填入單字的變化型。

accuracy	appreciate	withdrawal	overdue
preempt	catastrophe	committed	over time
forecast	encash	diversify	economical
inevitable	slice	exceed	commence
creditor	owe	mortgage	cashback
incline	blunt	lucrative	overlook
rigorous			

(1) We believe that the profit will be higher and higher _____.

(2) Mrs. Jennings was very angry about being _____ by the waitress.

(3) There are 3 _____ of pizza left on the kitchen table.

(4) The _____ edge is made to protect the children.

(5) Jason has promised to pay off the _____ within five years.

(6) A prudent investor should _____ his or her stock holdings.

(7) The rent was nearly three months _____.

(8) You should not _____ the speed limit of 60 mph.

(9) The _____ has asked for the payment in three days.

(10) _____ in inventory index is of great importance.

(11) A good salesperson is _____ to his company.

(12) It is indeed a _____ that all the orders are null due to the Internet disconnection.

(13) No _____ can be made without the PIN and the bankbook.

(14) The company _____ an attempt to enter the India market.

(15) How much did we _____ the International Bank?

(16) The conference is scheduled to _____ at 10 a.m. on Friday.

(17) A _____ control on the stock price can protect its investors.

(18) The ramp is _____ at an angle of 30 degrees.

(19) The waffle business seems to be _____, so Ms. Hsu decides to put in more money.

(20) Ink-jet printers can be a more _____ choice for printing.

(21) The bonds are expected to _____ in value within two years.

(22) To _____ your virtual electronic checks, you have to send out the application first.

(23) The news anchorman has _____ the bankruptcy of the computer company.

(24) The new credit card offers a _____ policy up to 7% for its premium clients.

(25) It is _____ to reduce the percentage of cotton in our products under the pressure of the rising price of cotton.

Answer Key

(1) over time	(2) overlooked	(3) slices	(4) blunt
(5) mortgage	(6) diversify	(7) overdue	(8) exceed
(9) creditor	(10) Accuracy	(11) committed	(12) catastrophe
(13) withdrawal	(14) preempted	(15) owe	(16) commence
(17) rigorous	(18) inclined	(19) lucrative	(20) economical
(21) appreciate	(22) encash	(23) forecasted	(24) cashback
(25) inevitable			

note

Part 4

房屋仲介茱蒂
Judy, The Real Estate Agent

茱蒂是一位經驗豐富的房屋仲介。

對工作充滿熱情的她，閒暇時最喜歡研究傢俱與室內設計。

工作之餘，為人母的茱蒂也得花心思照顧兩個孩子。

身兼母職的房仲一定要學會的單字是哪些呢？跟著茱蒂就知道囉！

Scenes

圖像聯想　請看下面的圖及英文，自我測驗一下，你能寫出幾個單字的中文意思呢？

1.

entry _____　concise _____

glimpse _____　catalog _____

emphasis _____　comprehend _____

2.

plaid _____　pillow _____

furniture _____　durable _____

blanket _____　anti-slip _____

3.

floor _____　fixture _____

library _____　elevator _____

comprise _____　spare room _____

4.

suitable _____　becoming _____

felicitous _____　pleasure _____

willing _____　extraordinary _____

5.

EASTERN DELIGHTS

Noodle Bowl

Apple Cobbler

Veggie Salad

advertise _____　classified ads _____

leaflet _____　jingle _____

coupon _____　giveaway _____

◎ MP3 078

販售房屋

¹ **estate agent** ⁴★
片 房地產經紀人

² **agent** [`edʒənt] ³★
名 仲介人；經紀人

³ **housing** [`hauzɪŋ] ⁴★
名 1.住房供給 2.房屋；住宅

● house 居住；房子
● house insurance 房屋險

⁴ **construction** ³★
[kən`strʌkʃən]
名 建設；建築物

⁵ **construct** ²★
[kən`stʌkt]
動 建設；建造

⁷ **locate** [lo`ket] ¹★
動 使…座落於；確定…的地點

⁶ **replace** [rɪ`ples] ²★
動 1.取代 2.將…放回原處

⁸ **location** [lo`keʃən] ¹★
名 位置；場所；地點

⁹ **relocate** [ri`loket] ³★
動 將…重新安置

房屋仲介

¹⁰ **track** [træk] ¹★
動 追蹤；跟蹤

¹¹ **update** [ʌp`det] ³★
動 更新資訊

¹² **previous** [`priviəs] ¹★
形 先前的；之前的

¹³ **further** [`fɝðə] ³★
形 更進一步的

¹⁴ **inform** ¹★
[ɪn`fɔrm]
動 通知；告知

¹⁵ **get in touch with** ¹★
片 與某人聯絡

¹⁶ **in reply to** ²★
片 作為…的回覆

¹⁷ **peer pressure** ³★
片 同儕壓力

¹⁸ **contemporary** ³★
[kən`tɛmpə,rɛri]
形 當代的；同時期的

● peer 同儕

¹⁹ **request** [rɪ`kwɛst] 名 要求；請求 動 做出請求；要求給予	1★	²⁰ **yield** [jild] 動 讓步；退讓	4★
²¹ **succumb** [sə`kʌm] 動 屈服	4★	²² **least** [list] 形 1.最少的 2.最不重要 的(little 的最高級)	1★
²³ **at least** 片 至少	1★	²⁴ **at most** 片 最多	1★

◉ MP3 079

仲介公司

1 **laminate**
[`læmə,net]
動 將…護貝

2 **catalog** [`kætələg]
動 為…編目 名 目錄

3 **index** [`ɪndɛks] 名 索引
動 為…編索引

4 **curtly** [`kɝtlɪ] 4★
副 簡慢地；簡短地

5 **concise** [kən`saɪs] 3★
形 簡潔的；簡要的；簡明的

6 **emphasis** [`ɛmfəsɪs] 2★
名 強調；重點

7 **summary** [`sʌmərɪ] 2★
名 摘要；簡述

8 **entry** [`ɛntrɪ] 2★
名 輸入資料

9 **get down** 1★
片 記下；寫下

10 **duplicate** [`djupləkɪt] 4★
形 複製的；副本的

11 **specify** [`spɛsə,faɪ] 2★
動 具體指定；詳細說明

12 **description**
[dɪ`skrɪpʃən] 2★
名 形容；說明

13 **snapshot** [`snæp,ʃɑt] 3★
名 簡要印象；點滴的了解

14 **comprehension**
[,kɑmprɪ`hɛnʃən] 4★
名 理解；理解力

▶ comprehend 理解

15 **newspaper** [`njuz,pepɚ] 2★
名 1.報紙 2.報社 動 從事報業

16 **subscribe** [səb`skraɪb] 4★
動 訂閱；訂購

▶ subscription 訂閱

17 **glimpse** [glɪmps] 2★
名 動 瞥見；一瞥

補充單字 ＋省略・刪除＋

＋ **omit** 動 省略；刪去；遺漏
＋ **deletion** 名 刪除

◎ MP3 080

仲介調查

1 demographics 5★
[ˌdɪmə`græfɪks]
名 人口統計資料(如性別、年齡)

2 poll [pol] 3★
動 進行民意調查
名 民意調查

3 population [ˌpɑpjə`leʃən] 2★
名 人口;特定居民

▶ popular 受歡迎的

18-22 Single
22-30 Young Married
31-42 Young Family
46-50 Family, College Kids
50+ Empty Nesters
60+ Retired

4 relationship 3★
[rɪ`leʃənˌʃɪp]
名 關係;人際關係

5 enlarge [ɪn`lardʒ] 2★
動 擴大;擴展

補充單字 ＋最新・目前＋
＋ **current** 形 現今的;目前的
＋ **currently** 副 目前地;現今地
＋ **existing** 形 現存的;現行的
＋ **exist** 動 存在
＋ **latest** 形 最新的;最近的
＋ **at the latest** 片 最晚;最遲

補充單字 ＋退休＋
＋ **resign** 動 辭職
＋ **resignation** 名 1.辭職 2.辭職信
＋ **pension** 名 退休金;養老金
＋ **retire** 動 退休
＋ **retirement plan** 片 退休計畫
＋ **gratuity** 名 (退休時的)慰勞金;遣散費

客戶行為

6 enquire [ɪn`kwaɪr] 4★
動 詢問;查詢

7 inquiry [ɪn`kwaɪrɪ] 5★
名 1.詢問 2.調查

📎 enquire 用於普通的場合;inquire 涉及較正式的情境(例如法律案件的調查)。

8 confusion 3★
[kən`fjuʒən]
名 困惑;慌亂

9 resolve 3★
[rɪ`zalv]
動 解決;解答

10 reverberating 5★
[rɪ`vɜbəˌretɪŋ]
形 有反應的;有迴響的

11 asinine 5★
[`æsnˌaɪn]
形 愚鈍的;頑固的

12 individual 2★
[ˌɪndə`vɪdʒuəl]
形 個別的;個人的
名 個人;個體

13 importune 5★
[ˌɪmpə`tjun]
動 向…強求

14 fussy [`fʌsɪ] 5★
形 1.難以取悅的
2.過分裝飾的

15 offensive 4★
[ə`fɛnsɪv]
形 冒犯人的;
令人不悅的

◎ MP3 081

仲介性格 1

□ APPROVE
■ DISAPPROVE

100%
80%
60%
40%
20%
0%

1 propensity [prə`pɛnsətɪ] 5★
名 (性格上的)傾向；習性

2 inherent [ɪn`hɪrənt] 5★
形 固有的；與生俱來的

3 effectively 2★
[ɪ`fɛktɪvlɪ] 副 有效率地

4 effective [ɪ`fɛktɪv] 3★
形 有效率的；起作用的

5 efficient [ɪ`fɪʃənt] 2★
形 有效率的；有能力的

📌 effective 是指採取的方法可以達成目標；efficient 則代表用了對的方法，因此能減少時間或金錢。

6 fleet [flit] 2★
形 快速的；敏捷的

7 hurry [`hɝɪ] 1★
動 催促；使趕快

8 delay [dɪ`le] 1★
動 名 延遲

9 detain [dɪ`ten] 2★
動 使耽擱

10 assiduous [ə`sɪdʒuəs] 5★
形 勤勉的；殷勤的

11 painstaking 5★
[`penz͵tekɪŋ]
形 勤勉的；刻苦的

▶ Kevin is a painstaking man.
凱文很勤勉刻苦。

12 laborious [lə`borɪəs] 5★
形 費力的；吃力的

13 persistent [pɚ`sɪstənt] 5★
形 堅持不懈的；持久的

▶ Hank's persistent efforts had won him the Invention Award this year.
漢克不懈的努力讓他贏得今年的發明獎。

14 tenacious [tɪ`neʃəs] 5★
形 堅持的；堅韌的

▶ Kenny is very tenacious in winning Mr. Watson's order.
肯尼非常堅持想贏得華生先生的訂單。

15 persevering 4★
[͵pɝsə`vɪrɪŋ]
形 堅忍的；固執的

16 glib [glɪb] 5★
形 能言善道的；善辯的

17 talkative [`tɔkətɪv] 2★
形 1.健談的 2.喜歡說話的

補充單字 +副詞+
+ **deeply** 副 強烈地；深刻地
+ **directly** 副 直接地
+ **namely** 副 即；那就是

18 inspiring [ɪn`spaɪrɪŋ] 2★
形 激勵人心的；鼓舞人心的

19 humorous [`hjumərəs] 2★
形 幽默的；詼諧的

● MP3 082
仲介性格 2

¹ honest [`ɑnɪst] 2★
形 誠實的；正直的

² honesty [`ɑnɪstɪ] 2★
名 誠實；誠信

▶ Honesty is the best policy.
誠實為上策。

⁷ conscientious 5★
[ˌkɑnʃɪˋɛnʃəs]
形 認真的；誠實的
▶ conscientiously 憑良心地

³ frankly [`fræŋklɪ] 2★
副 坦白地；直率地

⁶ genuinely [`dʒɛnjʊɪnlɪ] 3★
副 真誠地；誠實地

⁴ integrity [ɪnˋtɛgrətɪ] 3★
名 正直；誠實

▶ You should genuinely answer these
questions according to how you feel.
你應該依據你的感受誠實回答這些問題。

⁵ keep promise 1★
片 遵守承諾

⁸ absurd [əbˋsɝd] 4★
形 荒謬的；可笑的

⁹ unconscionable 5★
[ʌnˋkɑnʃənəbḷ]
形 無理的；荒謬的

¹⁵ dishonest [dɪsˋɑnɪst] 2★
形 不誠實的；不正直的

¹⁰ overstate [`ovɚˋstet] 3★
動 把…講得過分；誇張

¹⁴ perfidious [pɚˋfɪdɪəs] 5★
形 不誠實的；背信棄義的

¹¹ concoct [kənˋkɑkt] 5★
動 1.捏造 2.圖謀；策劃

▶ Jason concocted a ridiculous story
as an excuse for his absence.
傑森為他的缺席編了一個十分荒謬
的故事。

¹³ break promise 1★
片 不守信用

¹² pretend [prɪˋtɛnd] 2★
動 佯裝；假裝

¹⁶ self-disciplined [ˌsɛlfˋdɪsəplɪnd] 形 自律的；有自我約束力的	3★	¹⁷ compliant [kəmˋplaɪənt] 形 順從的；應允的	5★
¹⁸ altruistic [ˌæltrʊˋɪstɪk] 形 利他的；愛他的	5★	¹⁹ egoistic [ˌigəˋɪstɪk] 形 利己的；自我本位的	5★
²⁰ empathic [ɛmˋpæθɪk] 形 有同理心的	5★	²¹ granted [`græntɪd] 形 理所當然的	3★

◎ MP3 083

介紹房屋

¹ **residency** [`rɛzədənsɪ] ⁴★
名 定居；住處

² **position** [pə`zɪʃən] ¹★
名 位置；地點

³ **assortment** [ə`sɔrtmənt] ²★
名 1.分類 2.各色各樣的搭配

⁴ **assort** [ə`sɔrt] ²★
動 把…分類

⁵ **same** [sem] ¹★
形 相同的

⁶ **each** [itʃ] ¹★
形 每一個

⁷ **another** [ə`nʌðə] ¹★
形 另一個；再一個

⁸ **other** [`ʌðə] ¹★
形 其他的

⁹ **edifice** [`ɛdəfɪs] ⁵★
名 大廈；雄偉的建築物

¹⁰ **condominium** [`kɑndə͵mɪnɪəm] ⁵★
名 各戶有獨立產權的公寓(大廈)

¹¹ **apartment** ¹★
[ə`pɑrtmənt]
名 公寓大樓

¹² **duplex** [`djuplɛks] ⁵★
名 雙層樓公寓(每戶佔有
上下兩層樓)

¹³ **solar energy board** ³★
片 太陽能板

¹⁴ **dormitory** ⁴★
[`dɔrmə͵torɪ]
名 宿舍；團體寢室

▶ dorm 宿舍

¹⁵ **curfew** [`kɜfju] ⁵★
名 宵禁

▶ The building is under curfew
after two in the morning.
這棟建築物凌晨兩點起實施宵禁。

¹⁶ **humid** [`hjumɪd] ²★
形 潮溼的

¹⁷ **humidity** [hju`mɪdətɪ] ³★
名 濕氣；濕度

¹⁸ **basically** [`besɪklɪ] 副 基本上地	2★	¹⁹ **primary** [`praɪ͵mɛrɪ] 形 首要的；主要的	2★
²⁰ **main** [men] 形 主要的	1★	²¹ **quite** [kwaɪt] 副 相當地	1★
²² **certainly** [`sɜtənlɪ] 副 無疑地；確實	2★	²³ **otherwise** [`ʌðə͵waɪz] 副 在其他方面；除此之外	3★

◉ MP3 084

房屋平面圖

1 plot [plɑt] ³★
名 (建築物的)平面圖

2 space [spes] ¹★
名 空間

3 whole [hol] ¹★
形 1.全部的 2.健全的

4 part [pɑrt] ¹★
名 部分

5 story [`storɪ] ¹★
名 樓層

6 floor [flor] ¹★
名 1.地板 2.(樓房的)樓層

8 elevator [`ɛlə,vetə] ¹★
名 電梯；升降機

7 flat [flæt] ¹★
名 (樓房的)一層

▶ first floor (英)二樓；(美)一樓
▶ ground floor (英)一樓
▶ lift (英)電梯

9 spare room ³★
片 客房

10 fixture
[`fɪkstʃə] ⁴★
名 (房屋等的)
固定裝置、配件

11 including
[ɪn`kludɪŋ] ³★
介 包含；包括

12 comprise
[kəm`praɪz] ³★
動 包含；包括

13 master bedroom ²★
片 主臥房

14 library [`laɪ,brɛrɪ] ¹★
名 1.圖書館 2.書房

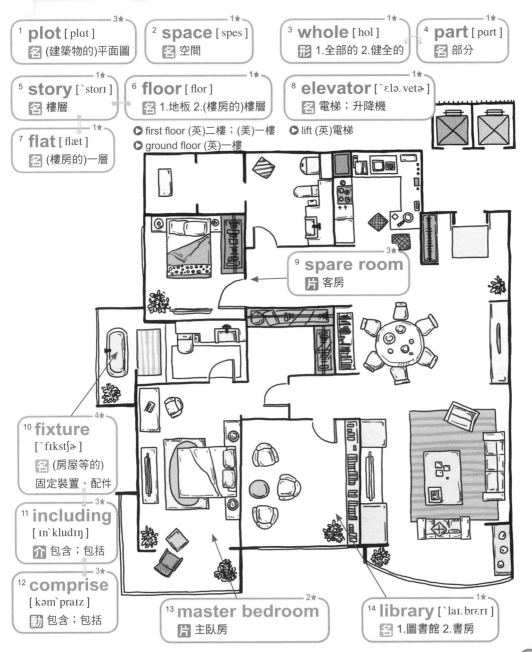

SCENE 3 服務客戶

◎ MP3 085

介紹房屋

1 entail [ɪn`tel] 3★
動 必需；必需要有

2 essential [ɪ`sɛnʃəl] 2★
形 必要的；必需的

3 necessity [nə`sɛsətɪ] 3★
名 必需品

4 necessary [`nɛsə͵sɛrɪ] 2★
形 必需的；必要的

5 unnecessary [ʌn`nɛsə͵sɛrɪ] 2★
形 非必需的

6 must [mʌst] 2★
名 必不可少的事物
助 必須；一定是

7 have to 1★
片 必須；一定

帶客戶看屋

8 familiar [fə`mɪljə] 3★
形 熟悉的；親近的

9 familiarize [fə`mɪljə͵raɪz] 4★
動 使熟悉；使親近

▶ Be sure to be familiar with what you sell before you try to sell them.
進行銷售前，記得要熟悉你所賣的產品。

10 arrangement [ə`rendʒmənt] 2★
名 安排；佈置；排列

11 arrange [ə`rendʒ] 1★
動 安排；排列

▶ The arrangement of the posters can draw the consumers' attention to the target product.
張貼海報可吸引消費者注意產品。

13 consistent [kən`sɪstənt] 3★
形 一致的；符合的

14 consistency [kən`sɪstənsɪ] 2★
名 一致；符合

補充單字 ✦時間頻率✦
+ **normally** 副 通常地；照慣例地
+ **usually** 副 通常地
+ **sometimes** 副 有時候地；偶爾地
+ **temporarily** 副 暫時地
+ **minutely** 副 每隔一分鐘地；持續地
+ **hourly** 副 每小時地

12 door-to-door [`dortə͵dor] 2★
形 逐門逐戶的

◉ MP3 086

實地看屋

¹ **interior** [ɪnˋtɪrɪə] ⁴★
形 內部的；室內的

² **configure** [kənˋfɪgə] ³★
動 安裝；裝配

³ **configuration** [kənˌfɪgjəˋreʃən] ³★
名 結構；表面配置

⁴ **bedroom** [ˋbɛdˌrʊm] ¹★
名 臥室；寢室

⁵ **drainpipe** [ˋdrenˌpaɪp] ²★
名 排水管
▶ pipe 導管；管子

⁶ **cushion** [ˋkʊʃən] ³★
名 墊子；抱枕

⁷ **kitchen** [ˋkɪtʃɪn] ¹★
名 廚房

⁹ **socket** [ˋsɑkɪt] ³★
名 插座；插口

⁸ **blinds** [blaɪndz] ²★
名 百葉窗

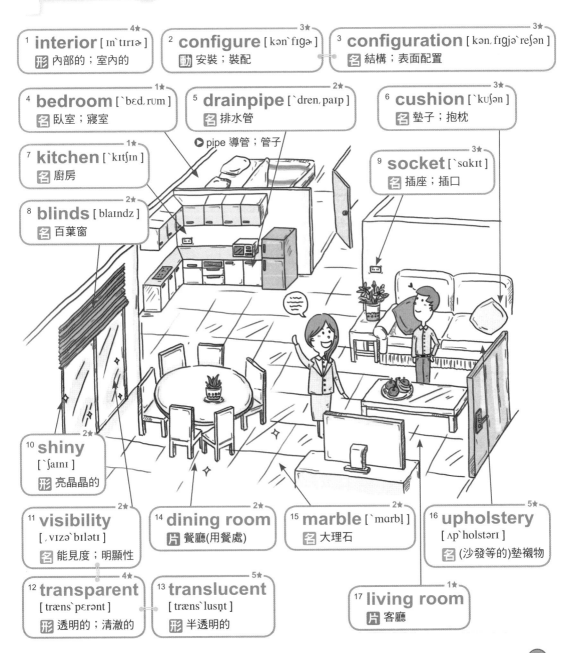

¹⁰ **shiny** [ˋʃaɪnɪ] ²★
形 亮晶晶的

¹¹ **visibility** [ˌvɪzəˋbɪlətɪ] ²★
名 能見度；明顯性

¹⁴ **dining room** ²★
片 餐廳(用餐處)

¹⁵ **marble** [ˋmɑrbḷ] ²★
名 大理石

¹⁶ **upholstery** [ʌpˋholstərɪ] ⁵★
名 (沙發等的)墊襯物

¹² **transparent** [trænsˋpɛrənt] ⁴★
形 透明的；清澈的

¹³ **translucent** [trænsˋlusn̩t] ⁵★
形 半透明的

¹⁷ **living room** ¹★
片 客廳

◎ MP3 087

房屋各處

¹ **fire escape** ²★
片 太平門

² **barrier** [`bærɪr] ³★
名 障礙；阻隔

³ **preclude** ³★
[prɪ`klud]
動 阻止；妨礙

⁴ **impede** [ɪm`pid] ⁵★
動 阻礙；妨礙

⁵ **fire-extinguisher** ³★
[`faɪrɪk͵stɪŋgwɪʃɚ]
名 滅火器

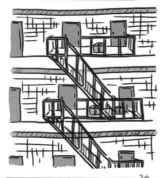

⁶ **cellar** [`sɛlɚ] ⁴★
名 地下室；地窖

⁷ **receptacle** [rɪ`sɛptək]] ⁵★
名 容器；貯藏器；貯藏所

⁸ **container** [kən`tenɚ] ²★
名 容器(如箱、盒、罐等)

⁹ **attic** [`ætɪk] ⁴★
名 閣樓；頂樓

▶ The attic on the top of the house is the property of the co-owner.
屋頂的閣樓為共同屋主所有。

¹⁰ **garret** [`gærət] ⁴★
名 (小而簡陋的)閣樓

¹¹ **library** [`laɪ͵brɛrɪ] ¹★
名 1.圖書館 2.書房

▶ There are at least hundreds of books and magazines in the library.
書房裡至少有上百本書籍和雜誌。

¹² **terrace** [`tɛrəs] ⁴★
名 大陽台；平台屋頂

▶ This terrace is used to hang up the laundry.
這個大陽台是用來晾衣服的。

¹³ **rooftop garden** ³★
片 (屋頂上的)空中花園

◎ MP3 088

室外環境

¹ **outside** [`aʊt`saɪd] 1★
副 在外面；向外面
形 外部的；外面的

² **inside** [`ɪn`saɪd] 1★
副 在裡面；往裡面
名 內部；裡面

⁴ **garage** [gə`rɑʒ] 1★
名 車房；車庫

⁶ **parking pass** 1★
片 停車證

⁵ **driveway** 3★
[`draɪv,we]
名 私人車道

⁷ **parking space
parking lot** 1★
片 停車場

³ **mailbox** [`mel,bɑks] 1★
名 信箱；郵筒；郵箱

▶ Have you checked the
mailbox today?
你今天收信了嗎？

⁸ **empty** [`ɛmptɪ] 2★
形 空的；空曠的

⁹ **vacant** [`vekənt] 2★
形 空缺的；閒置的

¹⁰ **backward** [`bækwəd] 1★
形 向後的；反向的

¹¹ **back** [bæk] 1★
副 返回；向後地

¹² **reverse** [rɪ`vɝs] 4★
動 顛倒；翻轉
形 顛倒的；反向的；向後的

¹³ **yard** [jɑrd] 1★
名 庭院

¹⁴ **garden** [`gɑrdṇ] 1★
名 花園；庭院

¹⁵ **fence** [fɛns] 1★
名 籬笆；圍籬

¹⁶ **meadow** [`mɛdo] 2★
名 草坪；草地

¹⁷ **mow** [mo] 3★
動 修剪(草坪上的)草

▶ The castle has a 1,000
square feet meadow.
這座城堡有片一千平方英呎大
的草坪。

¹⁸ **shear** [ʃɪr] 5★
動 修剪

¹⁹ **greenhouse** 2★
[`grin,haʊs] 名 溫室

²⁰ **wheelchair access** 4★
片 輪椅通道

²¹ **access** [`æksɛs] 4★
名 通道；入口

SCENE
3

滿意的客戶

◎ MP3 089

滿意的客戶

1 **reason** [`rizn] ²★
名 理由；原因

2 **concrete** [`kɑnkrit] ⁴★
形 具體的；實在的

3 **deem** [dim] ³★
動 認為；視作

4 **turn out** ¹★
片 結果變成…

5 **therefore** [`ðɛr, for] ²★
副 因此；所以

6 **eventually** [ɪ`vɛntʃʊəlɪ] ³★
副 最後；終於

7 **proper** [`prɑpɚ] ²★
形 適當的；適合的

8 **suitable** [`sutəbl̩] ²★
形 適當的；合適的

9 **applicable** [`æplɪkəbl̩] ³★
形 合用的；合適的；適當的

▶ properly 適當地

▶ suit 適合；合…的意

10 **becoming** [bɪ`kʌmɪŋ] ³★
形 合適的；適宜的

11 **felicitous** [fə`lɪsətəs] ⁵★
形 1.適當的 2.幸福的

12 **opportune** [ˏɑpɚ`tjun] ⁵★
形 恰好的；及時的；適宜的

13 **match** [mætʃ] ¹★
動 和…相配、相稱

14 **fine** [faɪn] ¹★
形 1.纖細的 2.美好的

15 **peculiar** [pɪ`kjuljɚ] ³★
形 特殊的；特別的

16 **extraordinary** [ɪk`strɔrdn̩, ɛrɪ] ⁴★
形 非凡的；特別的

▶ She has extraordinary craft in art design.
她在藝術設計上具備絕佳的工藝技巧。

17 **delighted** [dɪ`laɪtɪd] ³★
形 喜悅的；高興的

18 **pleasure** [`plɛʒɚ] ²★
名 愉快；喜悅

▶ please 取悅

19 **willing** [`wɪlɪŋ] ²★
形 樂意的；自願的

20 **be willing to** ²★
片 樂意；願意

不滿的客戶

◎ MP3 090

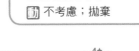

不滿的客戶

1 dismiss [dɪs`mɪs] 3★
勭 不考慮；拋棄

2 satisfactory 2★
[ˌsætɪs`fæktərɪ]
形 令人感到滿意的

3 unsatisfactory 4★
[ˌʌnsætɪs`fæktərɪ]
形 令人不滿的

4 contentment 3★
[kən`tɛntmənt]
名 滿意；知足

5 discontent [dɪskən`tɛnt] 3★
形 不滿的 名 不滿足

▶ discontent with 不滿的

6 prosaic [pro`zeɪk] 5★
形 普通的；平凡的

7 mediocre [`midɪˌokə] 5★
形 中等的；平凡的；二流的

8 blemish [`blɛmɪʃ] 4★
勭 使有缺點；有損⋯的完美

📌 以 mediocre 描述事物時，代表某樣東西不差，只是說話者認為可以更好；prosaic 則用來表達無趣之感。

9 perfect [`pɝfɪkt] 1★
形 完美的；理想的

10 nevertheless [ˌnɛvəðə`lɛs] 3★
副 然而；不過；仍然

11 however [hau`ɛvə] 2★
連 然而；不過

12 yet [jɛt] 1★
副 (用於否定句)還(沒)

13 completion [kəm`pliʃən] 3★
名 1.完成；結束 2.圓滿；實現

14 subject to 2★
片 容易遭受⋯

15 time-consuming [`taɪmkənˌsjumɪŋ] 3★
形 浪費時間的；耗時的；曠日持久的

16 fruitless [`frutlɪs] 2★
形 無成果的；無益的

17 salmon day 2★
片 辛苦一整天，卻無所獲的日子

18 inconvenience [ˌɪnkən`vinjəns] 名 不便；麻煩事	3★	**19 convenient** [kən`vinjənt] 形 便利的；方便的	2★
20 facility [fə`sɪlətɪ] 名 便利；方便	3★	**21 utilize** [`jutlˌaɪz] 勭 利用	2★
22 nearby [`nɪrˌbaɪ] 副 在附近地 形 附近的	1★	**23 nearest** [`nɪrɪst] 形 最近的	1★

◉ MP3 091

臥房內傢俱

¹ **furniture** [`fɝnɪtʃə] 2★
名 傢俱；設備

² **a piece of furniture** 2★
片 一件傢俱

³ **durable** [`djʊrəbl] 3★
形 耐用的；經久的

⁴ **durability** [ˏdjʊrə`bɪlətɪ] 4★
名 耐久性

⁵ **pillow** [`pɪlo] 1★
名 枕頭；靠墊

⁷ **soft** [sɔft] 1★
形 柔軟的

⁸ **smooth** [smuð] 2★
形 光滑的；平滑的

¹¹ **put away** 1★
片 收好；儲存

⁶ **pillow case** 1★
片 枕頭套

⁹ **silk** [sɪlk] 1★
名 絲；蠶絲

¹⁰ **curtain** [`kɝtn] 1★
名 窗簾；門簾；帷幔

¹² **closet** [`klɑzɪt] 1★
名 衣櫃；壁櫃；碗櫃

¹³ **plaid** [plæd] 4★
形 有格子圖案的

¹⁴ **electric radiator** 4★
片 電暖爐

¹⁵ **mattress** [`mætrɪs] 3★
名 床墊；褥墊

¹⁶ **quilt** [kwɪlt] 3★
名 1.被子 2.床單

¹⁸ **mat** [mæt] 1★
名 地墊

²⁰ **blanket** [`blæŋkɪt] 2★
名 毛毯；毯子

¹⁷ **quilting** [kwɪltɪŋ] 3★
名 縫被子

¹⁹ **anti-slip** [ˏæntɪ`slɪp] 2★
形 止滑的

▶ Allergens may easily get collected on the mattress.
床墊可能很容易積聚過敏原。

MP3 092

其他傢俱

1 rollaway bed ³★
片 摺疊床

2 folding bed ²★
片 摺疊床

3 clothesline ³★
[`kloz,laɪn]
名 曬衣繩

▶ A certain kind of meat is hung on the clothesline.
曬衣繩上吊著某種肉品。

4 hot tub ¹★
片 浴缸

5 Jacuzzi ³★
[dʒə`kuzɪ]
名 按摩浴缸

6 take a bath ¹★
片 洗澡(通常是指泡澡)

7 dip [dɪp] ²★
動 浸；泡

8 maintain [men`ten] ¹★
動 保持；維持

9 retain [rɪ`ten] ¹★
動 保留；留住

10 perpetuate [pə`pɛtʃʊ,et] ⁵★
動 使永久存在；使不朽

maintain 強調「維持狀態」，retain 則偏向「留住、保有」之意。

11 due to 片 由於；因為	1★	**12 such as** 片 例如	1★
13 instead of 片 而非；而不是	1★	**14 as stated** 片 如所述	2★
15 unless [ʌn`lɛs] 連 如果不；除非…	2★	**16 not only..., but also...** 片 不僅…還有…	2★
17 no longer 片 不再；再也不	2★	**18 what is more** 片 而且	2★
19 even more so 片 甚至是…	2★	**20 in the case of** 片 至於…；就…	2★
21 everything in one's power 片 盡一切所能的	3★	**22 out-of-pocket expenses** 片 (為職務或其他人)暫墊費用	4★

SCENE 5 母親的日常

◎ MP3 093

家中場景

1 stuffed toy 3★
片 布偶；玩偶

2 treasure [`trɛʒɚ] 1★
名 寶藏；寶物

3 alarm [əˋlɑrm] 1★
名 警報；警報器

4 alert [əˋlɜt] 3★
名 動 警戒；警報
形 使警覺；警覺的

5 lock up 1★
片 鎖住；上鎖

6 highchair [`haɪˌtʃɛr] 2★
名 高腳椅；附托盤的嬰兒椅

7 naive [nɑˋiv] 4★
形 天真無邪的

8 vacuum
[`vækjʊəm] 4★
動 用吸塵器清潔

▶ vacuum machine
吸塵器

9 protection [prəˋtɛkʃən] 3★
名 1.保護 2.保護措施(如海棉墊等)

10 maternal
[məˋtɜnl] 5★
形 母親的；母性的；母系的

11 heed [hid] 4★
動 留心；注意

12 stroller
[`strolɚ] 2★
名 折疊式嬰兒車

13 versatile
[`vɜsətl] 5★
形 多才多藝的

14 foster
[`fɔstɚ] 5★
動 1.培養 2.領養

15 pasteboard [`pestˌbord] 3★
名 厚紙板；硬紙板

16 paint [pent] 1★
動 1.畫 2.塗以顏色

17 imagination
[ɪˌmædʒəˋneʃən] 2★
名 想像力；創造力

▶ image 影像；圖像

補充單字 ＋婚後＋

＋ **spouse** 名 配偶
＋ **anniversary** 名 週年紀念
＋ **infant** 形 初生的；起初的

◎ MP3 094

居家生活

1 keep a diary
片 寫(記)日記　2★

2 journal [ˋdʒɝnl]
diary [ˋdaɪərɪ]　2★
名 日記；日誌

📎 談到報章雜誌時，就只能用 journal。

3 obsolete [ˋɑbsəˏlit]　5★
形 廢棄的；淘汰的

4 litter [ˋlɪtə] 名 廢棄物　2★
動 把…弄得亂七八糟

5 junk [dʒʌŋk]　1★
trash [træʃ]
garbage [ˋgɑrbɪdʒ]
名 垃圾；廢物

6 squash [skwɑʃ]　4★
動 壓扁；擠壓

7 laundry [ˋlɔndrɪ]　2★
名 洗衣店；洗衣房

8 do the laundry　2★
片 洗衣服

9 machine wash　2★
片 機器洗滌(指可放入洗衣機內洗滌)

10 detergent [dɪˋtɝdʒənt]　4★
名 洗潔劑；洗衣粉

▶ bleach 漂白劑
▶ fabric conditioner 衣物柔軟精

11 make the bed　2★
片 整理床鋪

12 sheet [ʃit]　2★
名 床單

13 pest control　3★
片 害蟲防疫控制

14 broom [brum]　2★
名 掃帚 動 用掃帚掃；掃除

15 mop [mɑp]　2★
名 拖把；拖地

16 bucket [ˋbʌkɪt]　2★
名 水桶；提桶

17 iron [ˋaɪən]　2★
名 熨斗 動 用熨斗燙…

18 ironing board　2★
片 燙衣板

▶ My mom is ironing a shirt on the ironing board.
我母親正在使用燙衣板燙襯衫。

◎ MP3 095

購買家用品

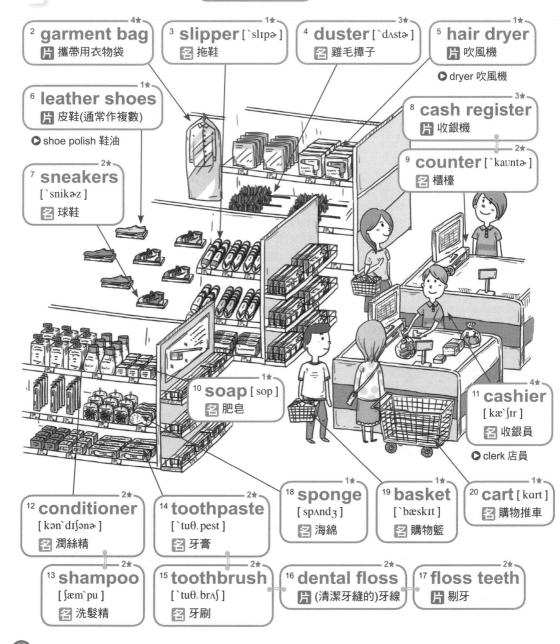

1 **chain store**
片 連鎖商店

2 **garment bag**
片 攜帶用衣物袋

3 **slipper** [`slɪpə]
名 拖鞋

4 **duster** [`dʌstə]
名 雞毛撢子

5 **hair dryer**
片 吹風機
▶ dryer 吹風機

6 **leather shoes**
片 皮鞋(通常作複數)
▶ shoe polish 鞋油

7 **sneakers**
[`snikəz]
名 球鞋

8 **cash register**
片 收銀機

9 **counter** [`kaʊntə]
名 櫃檯

10 **soap** [sop]
名 肥皂

11 **cashier**
[kæ`ʃɪr]
名 收銀員
▶ clerk 店員

12 **conditioner**
[kən`dɪʃənə]
名 潤絲精

13 **shampoo**
[ʃæm`pu]
名 洗髮精

14 **toothpaste**
[`tuθ, pest]
名 牙膏

15 **toothbrush**
[`tuθ, brʌʃ]
名 牙刷

16 **dental floss**
片 (清潔牙縫的)牙線

17 **floss teeth**
片 剔牙

18 **sponge**
[spʌndʒ]
名 海綿

19 **basket**
[`bæskɪt]
名 購物籃

20 **cart** [kɑrt]
名 購物推車

◉ MP3 096

教養小孩

1 semester 1★
[sə`mɛstə] 名 學期

▶ This premium will be calculated on a semester basis.
這份保費將依學期作計算。

2 blackboard 2★
[`blæk͵bord]
名 黑板

3 grow [gro] 1★
動 成長;生長

4 moral [`mɔrəl] 2★
名 道德 形 道德的

5 ethic [`ɛθɪk] 4★
名 道德;倫理 形 道德的

🗣 moral vs. ethic 前者指的是個人的認知;後者則偏向說明一個團體 (社會、公司…) 的道德標準。

6 hymn [`hɪm] 4★
名 1.歡樂的歌 2.聖歌

▶ Rita has worked out a hymn for the new digital camera.
芮塔替新數位相機做了一首歌。

7 grimace [grɪ`mes] 5★
動 扮鬼臉;做怪相

▶ The interviewee grimaced at the interviewer, which is improper.
面試者對面試官做鬼臉,這是不適宜的。

8 childish [`tʃaɪldɪʃ] 1★
形 幼稚的;傻氣的

▶ He cannot accept such a childish and ridiculous idea.
他無法認同這種幼稚而可笑的想法。

9 resemble [rɪ`zɛmbl] 3★
動 與…相像

10 generation gap 3★
片 代溝(指因年齡差距造成的彼此不了解)

▶ gap (知識等的)分歧;代溝

11 misunderstand 2★
[`mɪsʌndə`stænd] 動 誤解;誤會

12 misunderstanding 2★
[`mɪsʌndə`stændɪŋ]
名 誤解;誤會

13 slam [slæm] 4★
動 猛地關上

▶ The door to the India market was slammed due to Mandy's mistake.
由於曼蒂的失誤,進軍印度市場的大門被關上了。

玩耍

14 bicycle [`baɪsɪkl] 1★
名 腳踏車;自行車

▶ bike 腳踏車

補充單字 ✦喜好與娛樂✦

+ **lottery** 名 樂透;彩券
+ **circus** 名 馬戲團
+ **brainstorming** 名 腦力激盪

15 cycling [`saɪklɪŋ] 2★
名 騎腳踏車、自行車

16 cyclist [`saɪklɪst] 2★
名 腳踏車騎士

17 bicycler [`baɪsɪklə] 2★
名 騎自行車者

◉ MP3 097

廣告單

1 advertise 2★
[`ædvɚ͵taɪz]
動 為…作廣告、宣傳

2 advertisement 2★
[͵ædvɚ`taɪzmənt]
名 廣告；宣傳

3 classified ads 3★
片 分類廣告

📎 縮寫 ad

4 slogan [`slogən] 3★
名 口號；標語

5 jingle [`dʒɪŋgl] 4★
名 (朗朗上口的)廣告詞

6 layout [`le͵aʊt] 3★
名 版面編排；版面設計

▶ Let's check the layout of the flyer for the new headphones.
我們一起來檢查新的耳機宣傳單的版面設計。

EASTERN DELIGHTS

HIT

Noodle Bowl

Apple Cobbler

Veggie Salad

7 hit [hɪt] 1★
名 暢銷產品

8 fly sheet 4★
片 宣傳單

9 leaflet [`liflɪt] 3★
名 小傳單
動 發送傳單

10 logo [`logo] 2★
名 標誌；商標

▶ Do you know how to put the logo on a shirt?
你知道要如何把這個標誌印到襯衫上嗎？

11 coupon [`kupɑn] 4★
名 折扣券；減價優待券

12 gift certificate 4★
片 禮券

▶ Customers who pay with gift certificates will not get invoices.
用禮券付款的客人不會拿到收據。

13 set [sɛt] 1★
名 一套；一副

14 free [fri] 1★
形 免費的

15 giveaway [`gɪvə͵we] 4★
名 贈品 形 贈送的

16 mosquito net 片 蚊帳		2★	**17 pantie** [`pæntɪ] 名 婦女或兒童之內褲		2★
18 pajamas [pə`dʒæməs] 名 睡衣		2★	**19 guidebook** [`gaɪd͵bʊk] 名 使用手冊		2★
20 grocery [`grosərɪ] 名 1.雜貨店 2.食品雜貨		2★	**21 greengrocer** [`grin͵grosɚ] 名 菜販；蔬菜水果商		4★

◉ MP3 098

型錄

1 list price 2★
片 目錄上的定價

2 actual price 2★
片 實際售價

3 price [praɪs] 1★
名 價格

▶ cost 某物花費…錢

4 catalog [`kætəlɔg] 3★
名 目錄；型錄

7 bargain [`bɑrgɪn] 3★
名 特價商品
動 討價還價

8 barter [`bɑrtɚ] 4★
動 1.以物易物 2.討價還價

5 cheap [tʃip] 1★
形 便宜的

6 expensive [ɪk`spɛnsɪv] 2★
形 昂貴的

9 discount [`dɪskaʊnt] 2★
名 折扣 動 將…打折扣

10 on the block 3★
片 打折的

🏷 原指將商品展示於街頭販售，後衍生為打折、拍賣中之意。

▶ The department store is on the block, and thus attracts a lot of people.
這間百貨公司正在打折，因此吸引了許多人潮。

11 special offer 2★
片 特別折扣

▶ Do you provide special offer for students?
對學生是否提供特別折扣？

12 price-cutting [`praɪs͵kʌtɪŋ] 2★
形 削價競爭的

▶ charm price 吸引人的價格
▶ competitive pricing 具有市場競爭力的價格

13 half-price [`hæf praɪs] 形 半價的 1★

14 variety [və`raɪətɪ] 2★
名 多樣化；多變化

15 a number of 2★
片 許多(形容可數名詞)

16 considerable [kən`sɪdərəbl] 3★
形 相當多的；相當大的

17 between [bɪ`twin] 1★
介 在…之間(兩者之間)

18 among [ə`mʌŋ] 1★
介 在…之間(三者以上之間)

19 alternative [ɔl`tɜnətɪv] 4★
形 兩者(或若干)中擇一的

SCENE 6 促銷活動

促銷活動

MP3 099

4 publicity [pʌbˋlɪsətɪ] 4★
名 1.名聲 2.宣傳；宣傳品

5 publicize [ˋpʌblɪˏsaɪz] 5★
動 替…作宣傳

▶ Jolin Tsai is invited to publicize the latest digital camera.
蔡依林受邀宣傳最新的數位相機。

1 promote [prəˋmot] 3★
動 1.促進 2.促銷

2 promotion [prəˋmoʃən] 3★
名 促銷；宣傳

3 promotional [prəˋmoʃənl] 4★
形 1.促銷的 2.增進的

6 prevail [prɪˋvel] 5★
動 流行；普遍

▶ The smart phone is becoming more and more prevailing to the public.
智慧型手機現在越來越普及了。

7 best buy 2★
片 物超所值的商品

▶ All the best buys are marked with red tape.
所有特價商品都用紅膠帶標示。

拍賣會

8 clearance [ˋklɪrəns] 4★
名 清倉大拍賣

9 closeout [ˋklozˏaut] 3★
名 結束大拍賣

10 yard sale 2★
片 庭院拍賣

在自家庭院拍賣二手用品，稱為庭院拍賣。

11 garage sale 2★
片 車庫拍賣

車庫拍賣是在自家的草坪或車庫出售二手物品之拍賣方式。

12 auction [ˋɔkʃən] 5★
動 拍賣(掉)
名 拍賣；拍賣會

13 flea market 3★
片 跳蚤市場

▶ The most famous flea market in Thailand is Chatucha.
泰國最有名的跳蚤市場是洽圖洽。

14 booth production cost 4★
片 設攤費用

▶ The booth production cost was so high that few companies joined the trade show.
由於設攤費用過高，貿易展很少公司參加。

15 interested [ˋɪntərɪstɪd] 2★
形 感到有興趣的

16 impulse buying 3★
片 衝動購買

17 regret [rɪˋgrɛt] 1★
動 後悔；感到遺憾

▶ impulse 衝動；一時的念頭

◎ MP3 **100**

喜好

¹ for sale ⁱ★
片 出售中；待售

² on sale ⁱ★
片 拍賣中的；出售中的

³ hand-picked ³★
[`hænd`pɪkt]
形 精選的

⁴ classy [`klæsɪ] ³★
形 漂亮的；別緻的

▶ The classy vase costs over 500,000 dollars.
這個漂亮的花瓶價值超過五十萬元。

⁵ dark green ¹★
片 深綠色

▶ The frame was painted dark green to match the overall design.
這個外框被漆成深綠色，以配合整體的設計風格。

⁶ red [rɛd] ¹★
形 紅色的

⁷ reddish [`rɛdɪʃ] ³★
形 帶紅色的；淡紅的

⁸ color [`kʌlɚ] ¹★
名 顏色；色彩

⁹ yellow [`jɛlo] ¹★
形 黃色的

¹⁰ orange [`ɔrɪndʒ] ¹★
形 橘色的

¹¹ gold [gold] ¹★
形 金色的

¹² light blue ¹★
片 淺藍色

¹³ garnet [`gɑrnɪt] ⁵★
形 深紅色的

▶ The box wrapped with gold ribbon looks very beautiful.
這個用金色緞帶包裝的盒子看來十分漂亮。

▶ The T-shirt in light blue is much cheaper than the red one.
那件淺藍色的T恤比紅色那件便宜得多。

▶ There are garnet deposits on the bottom of the bottle.
瓶底可以發現深紅色的沉澱物。

¹⁴ silver [`sɪlvɚ] ¹★
形 銀色的

¹⁵ gray [gre] ¹★
形 灰色的

¹⁶ bright [braɪt] ¹★
形 明亮的

¹⁷ light [laɪt] ¹★
形 淺色的

¹⁸ dark [dɑrk] ¹★
形 深色的

 補充單字

＋介詞・連詞＋
＋ **by** 介 在…時候之前
＋ **for** 介 為了…；代替…
＋ **if** 連 如果(表示條件)；假如(表示假設)

SCENE 7 詞彙應用再升級

克 漏 字

請參考中文例句中被標記的單字，並將其英文填入空格中。

(1) May I _____ to the e-newsletter of Art Contests?
我可以訂閱這份藝文競賽的電子報嗎？

(2) Please state your question _____ below.
請在下面簡要敘述您的問題。

(3) Great fluency makes Karen one of the most popular real _____ in the city.
完美的說話流暢度，讓凱倫成為市內最受歡迎的房地產專員之一。

(4) Our new branch will be _____ to Taipei 101 Building.
我們新的分公司將搬遷到台北 101 大樓。

(5) Karen's marketing plan isn't concrete enough and _____ revision will be needed.
凱倫的行銷計畫不夠具體，需做進一步的修改。

(6) Dad _____ a photo of our family to protect it from being damaged.
父親把一張全家福相片拿去護貝，以避免損壞。

(7) I would like to advance a research report on the _____ structure of this area.
我想要提出有關本區人口結構的研究報告。

(8) _____ your complaint letter, we will offer you a free stay in our hotel.
回覆您的申訴信，我們會提供您本飯店免費住宿一晚。

(9) The mother asked the boy to tidy up his toys and _____.
這個母親叫男孩把玩具收好，然後整理床鋪。

(10) The event was documented by a _____ historian.
這起事件被一位當代歷史學者記錄下來。

Answer Key

(1) subscribe	(2) curtly	(3) estate agent	(4) relocated
(5) further	(6) laminated	(7) population	(8) In reply to
(9) make the bed	(10) contemporary		

單字選填

請參考框內的英文單字，將最適合的單字填入句中。
若該單字在置入句中時需有所變化，請填入單字的變化型。

maintain	enlarge	overstate	alternative
resemble	comprise	edifice	no longer
efficient	preclude	humidity	grocery
nevertheless	enquire	pretend	propensity
retain	integrity	laborious	reverberating
individual	resolve	interior	necessity
keep promise			

(1)   The installment policy is _____ and makes extra 10% sales.

(2)   You can get fresh imported lettuce in this _____ store.

(3)   I think the accountant has _____ our financial problem.

(4)   The financial report has manifested a loss, but _____ a great potential to profit in six months.

(5)   Their salary cannot afford the basic costs of _____ a child.

(6)   The second copy of the invoice should be _____ unless till the deal is closed.

(7)   Do we have any _____ ways to have more insights into the financial status of the company?

(8)   The chairman of the Board has shown a _____ for decisiveness.

(9)   Redoing the research report is so _____ that Kevin has to stay up.

(10) The lessee cannot change the _____ design of the house without the permission of the leaser.

(11) All the problems from customers will be _____ by our special agents.

(12) Once you sign the contract, you have to _____ and pay the rent on time.

(13) The placebo _____ a drug in appearance but no active ingredient.

(14) I am writing to _____ about the delivery date of my order.

(15) New procedures for lamp-making are much more _____.

(16) A unique number is issued to each _____ invoice.

(17) There are many _____ in the downtown.

(18) The category of children's supplies _____ bibs, tableware, and even strollers.

(19) The manager would like us to _____ the scope of the target market.

(20) The old lady was just _____ to be listening to the salesman.

(21) Jason's bad relationship with his colleagues _____ his promotion.

(22) Due to the terrible service, Jennie said she would _____ shop in the store.

(23) Mr. Watson is known to be a man of _____.

(24) The temperature is twenty-eight, while the _____ in the low thirties.

(25) A good book is a _____ when traveling.

Answer Key

(1) reverberating	(2) grocery	(3) overstated	(4) nevertheless
(5) maintaining	(6) retained	(7) alternative	(8) propensity
(9) laborious	(10) interior	(11) resolved	(12) keep the promise
(13) resembles	(14) enquire	(15) efficient	(16) individual
(17) edifices	(18) comprises	(19) enlarge	(20) pretending
(21) precluded	(22) no longer	(23) integrity	(24) humidity
(25) necessity			

Part 5

企業老闆安東尼
Anthony, The Entrepreneur

安東尼年輕時白手起家，成立了一家公司，

在他的經營與員工的努力下，公司已成為同領域的龍頭企業。

工作之餘，安東尼喜好品嚐佳饌，年終時更會大方地犒賞員工，

這樣的他，在生活中所需的英文詞彙，又會是哪些呢？

Scenes

圖像聯想　　請看下面的圖及英文，自我測驗一下，你能寫出幾個單字的中文意思呢？

1.

corporation ＿＿＿＿＿＿　　founder ＿＿＿＿＿＿＿

inception ＿＿＿＿＿＿＿　　sponsor ＿＿＿＿＿＿＿

heir ＿＿＿＿＿＿＿＿　　institute ＿＿＿＿＿＿

2.

secretary ＿＿＿＿＿＿＿　　paperwork ＿＿＿＿＿＿

aquarium ＿＿＿＿＿＿＿　　pending ＿＿＿＿＿＿＿

turnover ＿＿＿＿＿＿＿　　misgiving ＿＿＿＿＿＿

3.

typist ＿＿＿＿＿＿＿＿　　consultant ＿＿＿＿＿＿

C-level ＿＿＿＿＿＿＿＿　　approbation ＿＿＿＿＿＿

executive ＿＿＿＿＿＿＿　　ask for ＿＿＿＿＿＿＿

4.

promote ＿＿＿＿＿＿＿　　takeover ＿＿＿＿＿＿＿

raise ＿＿＿＿＿＿＿＿　　incentive ＿＿＿＿＿＿＿

congratulate ＿＿＿＿＿＿　　authorize ＿＿＿＿＿＿

5.

champagne ＿＿＿＿＿＿　　escort ＿＿＿＿＿＿＿＿

tray ＿＿＿＿＿＿＿＿　　greeting ＿＿＿＿＿＿＿

offense ＿＿＿＿＿＿＿＿　　apologize ＿＿＿＿＿＿

◎ MP3 **101**

企業

1 badge [bædʒ] ⁴★
名 標記;象徵

2 trademark ³★
[ˋtred͵mɑrk]
名 商標;標記

3 corporation [͵kɔrpəˋreʃən] ⁴★
名 股份有限公司

4 corporate [ˋkɔrpərɪt] ⁴★
形 法人的;團體的

5 corporate identity ⁴★
片 企業形象認同

▶ Corporate identity creates assets that can translate into more sales and profits.
企業形象認同可創造出增進銷售量和利潤之資產。

6 enterprise [ˋɛntɚ͵praɪz] ⁴★
名 企業;公司

7 private enterprise ⁴★
片 私人企業

8 institution [͵ɪnstəˋtjuʃən] ⁴★
名 機構;團體

9 institute [ˋɪnstətjut] ⁴★
名 1.機構 2.協會;會館

10 complex [ˋkɑmplɛks] ²★
名 聯合企業;集團

11 joint venture ⁵★
片 合資企業

12 joint ownership ³★
片 共同持有

13 set up ¹★
片 設立;設置

14 found [faund] ²★
動 創立;創建

▶ founder 創立者

15 pioneer [͵paɪəˋnɪr] ³★
動 開闢;倡導
名 先驅者;開拓者

16 establishment ³★
[ɪsˋtæblɪʃmənt]
名 設立;創立;建立

17 commencement ⁵★
[kəˋmɛnsmənt]
名 開始;發端

18 initiate [ɪˋnɪʃɪ͵et] ⁵★
動 開始;創始

19 establish [əˋstæblɪʃ] ³★
動 設立;創辦

20 inception [ɪnˋsɛpʃən] ⁴★
名 開始;開端;起初

SCENE 2 企業發展・財產

◎ MP3 102

企業發展

1 plan [plæn] 1★
動 計畫；籌劃 名 計畫

2 gradually [`grædʒʊəlɪ] 2★
副 逐漸地；漸進地

3 subjugate [`sʌbdʒə‚get] 5★
動 征服；制服；使屈從
▶ conquer 征服；攻取

4 representative
[rɛprɪ`zɛntətɪv] 4★
名 代表 形 具代表性的
▶ represent 代表

5 sponsor [`spɑnsɚ] 4★
名 贊助商 動 贊助；給予補助
▶ This artistic activity was sponsored and organized by many patrons.
本次藝術活動由多位資助者共同贊助及籌辦。

6 patronize [`petrən‚aɪz] 4★
動 資助；光顧；贊助
▶ The deli is well patronized by students every Friday night.
每週五晚上，學生的光顧讓這間小吃店生意興隆。

7 coterie [`kotərɪ] 5★
名 圈內人；夥伴

8 principal [`prɪnsəpl] 1★
形 主要的；資本的 名 資本

財產

9 property [`prɑpɚtɪ] 2★
名 財產；資產；所有物
▶ propertied class 有產階級

10 belongings
[bə`lɔŋɪnz] 名 所有物 4★
▶ belong 屬於

11 possession
[pə`zɛʃən] 3★
名 所有物；財產

12 appurtenance
[ə`pɝtənəns] 5★
名 附加物；附屬物

13 chattel [`tʃætl] 5★
名 家財；動產

14 real estate 3★
片 不動產

15 freehold [`fri‚hold] 5★
名 可終身保有的不動產

16 ownership [`onɚ‚ʃɪp] 2★
名 物主身分；所有權

17 private assets 4★
片 私有資產

18 intangible assets 5★
片 無形資產

◎ MP3 103

財產

1 apportionment [ə`porʃənmənt] ─5★
名 分配；配置財產

▶ The apportionment of overhead costs should be considered before a decision is made.
決策前應先考量管理成本上的分配情況。

2 appraisal [ə`prezl] ─5★
名 估量；估價

3 appraiser [ə`prezɚ] ─5★
名 評價人；鑑定人

4 assessed valuation ─5★
片 預估價格

6 conveyance ─5★
[kən`veəns]
名 (財產等的)讓與

7 heir [ɛr] ─3★
名 繼承人

5 assessment [ə`sɛsmənt] ─5★
名 1.被估定的金額 2.評價；估計

▶ The assessment report shows that the price has been underestimated.
估價報告顯示價格被低估了。

▶ Do you know the procedures on legal conveyance of property to another?
你知道將財產合法讓與他人的程序有哪些嗎？

▶ The heir will get more than five million dollars after his father's death.
那位繼承人在他父親過世後，可以得到超過五百萬元的遺產。

富裕

8 enrich [ɪn`rɪtʃ] ─4★
動 使充實；使富裕

9 enrichment [ɪn`rɪtʃmənt] ─4★
名 豐富；致富

▶ Job enrichment is an attempt to motivate the employees by offering them opportunities to use their abilities.
工作內容充實化，是藉由提供員工發揮能力的機會，以激勵員工。

10 resource [rɪ`sors] ─2★
名 資源；財力；物力

12 wealthy [`wɛlθɪ] ─2★
形 富有的；富裕的

11 petty cash ─3★
片 手邊可運用的現金

13 wealth [wɛlθ] ─2★
名 財富；財產；富有

14 affluent [`æfluənt] ─3★
形 豐富的；富裕的

▶ Petty cash is an amount of cash kept on hand and used for small payments.
手邊可運用的現金，是一筆隨時可以用來支付小額費用的現金。

▶ Mike bought several boats and houses to display his wealth to his family.
麥克買了好幾艘船和房子來向他的家人炫耀財富。

▶ The old man's affluent possession of antique vases gave his daughters a big surprise.
這個老人豐富的古董花瓶收藏，讓他的女兒們嚇了一大跳。

出門前盥洗

◉ MP3 104

出門前盥洗

2★
1 **appearance** [ə`pɪrəns]
名 1.外貌;外表 2.景象

1★
2 **look** [luk]
名 外表;面容

2★
3 **shave** [ʃev]
動 刮鬍子

2★
4 **brow** [braʊ]
名 額頭;面容

2★
5 **eyebrow**
[`aɪˏbraʊ]
名 眉毛

▶ She raised her eyebrow
at what I said.
她揚起眉毛,對我說的
話表示懷疑。

1★
6 **ear** [ɪr]
名 耳朵

2★
7 **earlobe**
[ˏɪr`lob]
名 耳垂

2★
8 **cheek** [tʃik]
名 臉頰

▶ His left cheek is
swollen due to a fall.
因為摔跤,他的臉頰
左側腫了一個包。

1★
9 **nose** [noz]
名 鼻子
動 聞出

2★
10 **bridge of the nose**
片 鼻樑

▶ Swelling over the bridge of the nose
is associated with nasal diseases.
鼻樑上腫脹跟鼻腔疾病有關。

2★
11 **razor** [`rezɚ]
名 剃刀 動 用剃刀刮

▶ My sister is arching her eyebrows
with a razor.
我妹妹正在用剃刀刮出弧形的眉毛。

1★
12 **eye** [aɪ]
名 眼睛

1★
13 **eyeball** [`aɪˏbɔl]
名 眼球;眼珠

4★
14 **eyelid** [`aɪˏlɪd]
名 眼皮;眼瞼

2★
15 **pupil** [`pjupḷ]
名 瞳孔

3★
16 **mustache** [`mʌstæʃ]
名 小鬍子

▶ They had the man with mustache
lay on the examination table.
他們請這個留小鬍子的男子躺在
檢查台上。

2★
17 **beard** [bɪrd]
名 (下巴上的)鬍鬚

3★
18 **stubble** [`stʌbḷ]
名 鬍渣

1★
19 **bang** [bæŋ]
名 前瀏海

2★
20 **pouty lips**
片 翹唇

1★
21 **loose eyebrows**
片 稀疏的眉毛

1★
22 **thick eyebrows**
片 濃眉毛

● MP3 105

主管辦公室

1 **honorarium** [ˌɑnəˈrɛrɪəm] 5★
名 謝禮；報酬

尤指針對不要求報酬的專業服務所提供之謝禮。

2 **administrative support** 4★
片 行政支援

3 **newsletter** [ˈnjuzˌlɛtə] 2★
名 商務通訊

4 **armchair** [ˈɑrmˌtʃɛr] 2★
名 扶手椅

5 **plant** [plænt] 1★
名 植物

▶ swivel chair 旋轉椅

6 **aquarium** [əˈkwɛrɪəm] 3★
名 水族箱

7 **in-house newspaper** 3★
片 公司內部刊物

8 **desk lamp** 2★
片 桌燈；檯燈

9 **air cleaner** 2★
片 空氣清淨機

10 **answering machine** 2★
片 電話答錄機

11 **carpet** [ˈkɑrpɪt] 1★
名 地毯 動 舖地毯

14 **paperwork** [ˈpepəˌwɜk] 2★
名 文書工作；書面作業

18 **wastebasket** [ˈwestˌbæskɪt] 2★
名 廢紙籃；字紙簍

12 **assistant** [əˈsɪstənt] 2★
名 助理；助手

15 **report** [rɪˈport] 1★
名 報告 動 報告；呈報

19 **calendar** [ˈkæləndə] 1★
名 日曆；行事曆

13 **secretary** [ˈsɛkrəˌtɛrɪ] 1★
名 秘書；書記

16 **desk** [dɛsk] 1★
名 書桌；辦公桌

20 **routine** [ruˈtin] 2★
名 例行公事

▶ private secretary 私人秘書

17 **superficial** [ˌsupəˈfɪʃəl] 4★
形 1.表面的；外表的 2.膚淺的

21 **schedule** [ˈskɛdʒul] 2★
名 行事曆；行程表

▶ reschedule 重新安排時間

SCENE 2　憂慮・營收檢討

● MP3 106

憂慮

1 mood [mud] —2★
名 心情；情緒

2 temper [`tɛmpə] —2★
名 情緒；脾氣

6 ponder [`pɑndə] —4★
動 深思；沉思於…

3 earning report —3★
片 業績報表

7 reconsider [ˌrikən`sɪdə] —2★
動 重新考慮；重新討論

4 income statement —3★
片 (會計)損益表

● We are reconsidering about hiring Jason, who seems to be a material for an excellent agent.
我們正重新考慮雇用傑森，他似乎是名優秀的經紀人才。

5 income [`ɪn, kʌm] —3★
名 收入；收益

8 sigh [saɪ] —2★
動 嘆氣；嘆息

9 concern [kən`sɜn] —2★
名 關心或擔心的事

10 misgiving [mɪs`gɪvɪŋ] —4★
名 擔憂；不安；疑慮

11 bother [`bɑðə] —3★
動 煩惱；擔心

12 uneasy [ʌn`izɪ] —1★
形 不安的；擔心的

13 excruciating [ɪk`skruʃɪ, etɪŋ] —5★
形 使苦惱的；難忍受的

14 worried [`wɜɪd] —2★
形 感到擔憂的；擔心的

● worry 擔心；擔憂

營收檢討

15 turnover [`tɜn, ovə] —3★
名 營業額；交易額

16 gross margin —4★
片 毛利

> 補充單字　＋季度＋
> ＋ **quarter** 名 季度
> ＋ **quarterly** 形 季度的；按季度的
> 　　　　　　　 副 一季一次地

17 baseline [`beslaɪn] —3★
名 基線；底線

18 benchmark [`bɛntʃ, mɑrk] —4★
名 水準點；基準

19 operating cost —3★
片 營業成本

20 operating [`ɑpəretɪŋ] —3★
形 業務上的

21 in the black —3★
片 有盈餘

22 in the red —3★
片 虧損；負債

MP3 105
主管辦公室

1 honorarium [ˌɑnəˈrɛrɪəm] 5★
名 謝禮；報酬

尤指針對不要求報酬的專業服務所提供之謝禮。

2 administrative support 4★
片 行政支援

3 newsletter [ˈnjuzˌlɛtə] 2★
名 商務通訊

4 armchair [ˈɑrmˌtʃɛr] 2★
名 扶手椅

5 plant [plænt] 1★
名 植物

▶ swivel chair 旋轉椅

6 aquarium [əˈkwɛrɪəm] 3★
名 水族箱

7 in-house newspaper 3★
片 公司內部刊物

8 desk lamp 2★
片 桌燈；檯燈

10 answering machine 2★
片 電話答錄機

9 air cleaner 2★
片 空氣清淨機

11 carpet [ˈkɑrpɪt] 1★
名 地毯 動 舖地毯

14 paperwork [ˈpepəˌwɜk] 2★
名 文書工作；書面作業

18 wastebasket [ˈwestˌbæskɪt] 2★
名 廢紙籃；字紙簍

12 assistant [əˈsɪstənt] 2★
名 助理；助手

15 report [rɪˈport] 1★
名 報告 動 報告；呈報

19 calendar [ˈkæləndə] 1★
名 日曆；行事曆

13 secretary [ˈsɛkrəˌtɛrɪ] 1★
名 秘書；書記

20 routine [ruˈtin] 2★
名 例行公事

▶ private secretary 私人秘書

16 desk [dɛsk] 1★
名 書桌；辦公桌

21 schedule [ˈskɛdʒʊl] 2★
名 行事曆；行程表

17 superficial [ˈsupəˈfɪʃəl] 4★
形 1.表面的；外表的 2.膚淺的

▶ reschedule 重新安排時間

147

◎ MP3 106

憂慮

¹ **mood** [mud] ²★
名 心情；情緒

² **temper** [`tɛmpɚ] ²★
名 情緒；脾氣

⁶ **ponder** [`pɑndɚ] ⁴★
動 深思；沉思於…

³ **earning report** ³★
片 業績報表

⁷ **reconsider** [ˌrikən`sɪdɚ] ²★
動 重新考慮；重新討論

► We are reconsidering about hiring Jason, who seems to be a material for an excellent agent.
我們正重新考慮雇用傑森，他似乎是名優秀的經紀人才。

⁴ **income statement** ³★
片 (會計)損益表

⁵ **income** [`ɪn,kʌm] ³★
名 收入；收益

⁸ **sigh** [saɪ] ²★
動 嘆氣；嘆息

⁹ **concern** [kən`sɜn] ²★
名 關心或擔心的事

¹⁰ **misgiving** [mɪs`gɪvɪŋ] ⁴★
名 擔憂；不安；疑慮

¹¹ **bother** [`bɑðɚ] ³★
動 煩惱；擔心

¹² **uneasy** [ʌn`izɪ] ¹★
形 不安的；擔心的

¹³ **excruciating** [ɪk`skruʃɪ,etɪŋ] ⁵★
形 使苦惱的；難忍受的

¹⁴ **worried** [`wɜɪd] ²★
形 感到擔憂的；擔心的

► worry 擔心；擔憂

營收檢討

補充單字　＋季度＋
＋ **quarter** 名 季度
＋ **quarterly** 形 季度的；按季度的
　　　　動 一季一次地

¹⁵ **turnover** [`tɜn,ovɚ] ³★
名 營業額；交易額

¹⁶ **gross margin** ⁴★
片 毛利

¹⁷ **baseline** [`beslaɪn] ³★
名 基線；底線

¹⁸ **benchmark** [`bɛntʃ,mɑrk] ⁴★
名 水準點；基準

¹⁹ **operating cost** ³★
片 營業成本

²⁰ **operating** [`ɑpəretɪŋ] ³★
形 業務上的

²¹ **in the black** ³★
片 有盈餘

²² **in the red** ³★
片 虧損；負債

◎ MP3 107

檔案

1 profile [`profaɪl] — 2★
名 檔案 動 用數據圖表示

2 document — 4★
[`dɑkjə͵mɛnt] 動
[`dɑkjəmənt] 名
記錄；文件

8 file holder — 2★
片 檔案夾；文件夾

7 binder [`baɪndɚ] — 4★
名 紙夾；夾子

▶ loose-leaf binder 活頁夾

6 portfolio [port`folɪ͵o] — 3★
名 文件夾；卷宗夾

▶ Bring the portfolio of your work, and that might help you win the job.
把你的工作經歷文件夾帶來，或許可以讓你贏得這份工作。

3 documentation — 5★
[͵dɑkjəmɛn`teʃən]
名 使用說明；文件

4 document copy — 4★
片 文件副本

5 documentary — 4★
[͵dɑkjə`mɛntərɪ]
名 記錄片 形 文件的

▶ We should send a document copy to the R&D Dept.
我們應該寄一份文件副本給研發部門。

處理公文

9 business contracts — 3★
片 企業合約書

10 confirmation — 3★
[͵kɑnfɚ`meʃən]
名 確認；確定

11 confirm [kən`fɝm] — 2★
動 確認；證實

12 confidential [͵kɑnfə`dɛnʃəl] — 5★
形 1.機密的；機要的 2.獲信任的

13 decision [dɪ`sɪʒən] — 1★
名 決定；決心

14 decide [dɪ`saɪd] — 3★
動 決定；決意

15 pending [`pɛndɪŋ] — 4★
形 懸而未決的；迫近的

16 dispatch [dɪ`spætʃ] — 5★
名 (公文)急件 動 派遣；發送

17 imperative [ɪm`pɛrətɪv] — 5★
形 必要的；緊急的

◎ MP3 108

老闆性格 1

1 rational [`ræʃənl] 3★
形 合理的；有理性的

2 sensible [`sɛnsəbl] 2★
形 明智的；合情理的

3 reasonable [`riznəbl] 2★
形 通情達理的；講理的；合理的

▶ These indoor slippers are cozy and in reasonable prices.
這些室內拖鞋穿起來很舒服，而且價格合理。

4 logical [`lɑdʒɪkl] 1★
形 合邏輯的；合理的

5 ambition [æm`bɪʃən] 2★
名 抱負；雄心；追求的目標

6 ambitious [æm`bɪʃəs] 2★
形 有野心的；野心勃勃的

▶ We are hiring an ambitious sales manager.
我們欲聘請有野心的銷售經理。

7 keen [kin] 3★
形 渴望的；極想的

8 covet [`kʌvɪt] 3★
動 渴望；貪圖

9 intend [ɪn`tɛnd] 1★
動 打算；想要

10 attempt [ə`tɛmpt] 2★
名 企圖；嘗試 動 試圖去做；企圖

▶ The man attempted to smuggle illegal drugs in this flight.
這名男子打算在這趟航程走私非法藥物。

11 volition [vo`lɪʃən] 5★
名 意志；決斷力

12 determination [dɪˌtɝmə`neʃən] 3★
名 決心

13 determine [dɪ`tɝmɪn] 2★
動 決定；下決心

14 goal [gol] 1★
名 目標

15 aim [em] 1★
名 目標；目的
動 致力；意欲

16 objective [əb`dʒɛktɪv] 3★
名 目標；目的

17 object [`ɑbdʒɪkt] 2★
名 對象；目標；目的

▶ The sales team had achieved their objective.
銷售團隊已達成他們的目標了。

18 humility [hju`mɪlətɪ] 5★
名 謙卑；謙遜

19 introspective [ˌɪntrə`spɛktɪv] 5★
形 內省的；自省的

20 modest [`mɑdɪst] 3★
形 適度的；審慎的

◎ MP3 109

老闆性格 2

1 generous [`dʒɛnərəs] — 2★
形 慷慨的；大方的

2 generosity [`dʒɛnəˏrɑsətɪ] — 4★
名 寬宏大量；慷慨

3 profuse [prə`fjus] — 5★
形 毫不吝惜的；十分慷慨的

▶ The custodian who made mistakes was profuse in his apologies.
犯錯的保管人員一再表示歉意。

4 ungenerous [ʌn`dʒɛnərəv] — 4★
形 不大方的；吝嗇的

5 mean [min] — 1★
形 卑鄙的；小氣的

6 miserly [`maɪzəlɪ] 形 吝嗇的 — 4★

7 stingy [`stɪndʒɪ] — 3★
形 1.小氣的；吝嗇的 2.缺乏的

▶ The stingy recruiter only made an offer of 20 thousand dollars per month.
那個小氣的招募者只提供每個月兩萬元薪水的工作。

8 annoyance [ə`nɔɪəns] — 5★
名 1.惱人之事 2.煩惱

9 annoying [ə`nɔɪɪŋ] — 3★
形 惱人的；討厭的

10 annoyed [ə`nɔɪd] — 3★
形 惱怒的；氣惱的

11 stickler [`stɪklə] — 5★
名 頑固的人

12 bigot [`bɪgət] — 4★
名 偏執的人；頑固者

13 bigoted [`bɪgətɪd] — 4★
形 頑固的；有偏見的

14 persistence [pə`sɪstəns] — 4★
名 1.堅持；固執 2.持續；持久

15 hard-nosed [`hɑrdˏnozd] — 5★
形 固執的；頑固的

▶ Mr. Rodman was so hard-nosed that he didn't want to talk to any other agents except Gina.
羅德曼先生非常固執，不願與吉娜以外的業務員說話。

16 pushy [`puʃɪ] — 3★
形 堅持己見的；愛出鋒頭的

17 adamant [`ædəmənt] — 5★
形 固執的；堅定不移的

▶ Jason's adamant devotion to fashion business wins him the position of chief designer.
傑森對時尚產業的執著努力，讓他贏得首席設計師的職位。

18 demanding [dɪ`mændɪŋ] — 3★
形 苛求的；難搞的

19 fastidious [fæs`tɪdɪəs] — 5★
形 愛挑剔的

◎ MP3 110

管理員工

1 lead [lid] 1★
動 1.領導；帶領 2.通向；導致

▶ The onus is on you to lead the team to the right direction.
你的責任就是將團隊往正確的方向上帶領。

2 conduct [kən`dʌkt] 4★
動 處理；經營

3 harness [`hɑrnɪs] 4★
動 治理；利用；駕馭

4 pep talk 3★
片 精神講話

5 indicate [`ɪndə͵ket] 2★
動 1.指示；指出 2.表明

6 reiterate [ri`ɪtə͵ret] 4★
動 重申；重複講

7 regarding [rɪ`ɡɑrdɪŋ] 3★
介 關於；就…而論

8 crew [kru] 2★
名 工作人員；全體員工

9 staff [stæf] 1★
名 全體職員；工作人員

▶ staff directory 員工名單

訓斥員工

10 pursuit [pə`sut] 3★
名 追求；尋求

11 go after 1★
片 追求…

12 consume [kən`sjum] 3★
動 花費；消耗；耗盡

13 retrench [rɪ`trɛntʃ] 5★
動 節省；刪除；節約

14 curtail [kɜ`tel] 5★
動 縮減；削減

15 rebuke [rɪ`bjuk] 5★
動 指責；訓斥

16 scold [skold] 4★
動 斥責；責罵

17 stress [strɛs] 1★
動 給予壓力 名 壓力

18 pressure [`prɛʃɚ] 2★
名 壓力

◉ MP3 111

公司規範

1 code [kod]
名 規則；規範

2 policy [`pɑləsɪ]
名 政策；方針

3 discipline [`dɪsəplɪn]
名 紀律；訓練
動 訓練；使有紀律

▶ The staff in the restaurant obviously lack discipline.
餐廳裡的員工明顯缺乏紀律。

4 rule of thumb
片 基本原則

5 rule [rul]
名 規則；規定

6 rework [ri`wɜk]
動 重做；修訂

7 formulate [`fɔrmjə,let]
動 規劃(制度等)；想出(計畫等)

8 frame [frem]
動 制定；構想出

9 regulation [,rɛgjə`leʃən]
名 規定；標準

10 regulate [`rɛgjə,let]
動 規定；制訂規章

11 democratic [,dɛmə`krætɪk]
形 民主的

12 method [`mɛθəd]
名 方法；手段

13 methodology [,mɛθəd`ɑlədʒɪ]
名 方法論

14 means [minz]
名 手段；方法；工具

15 measure [`mɛʒɚ]
名 措施；手段

組織架構

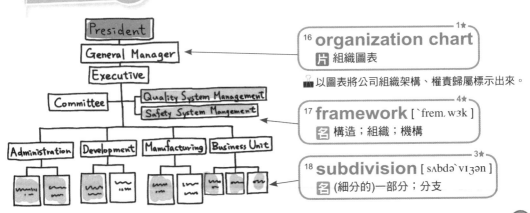

President
General Manager
Executive
Committee
Quality System Management
Safety System Management
Administration Development Manufacturing Business Unit

16 organization chart
片 組織圖表

📖 以圖表將公司組織架構、權責歸屬標示出來。

17 framework [`frem,wɜk]
名 構造；組織；機構

18 subdivision [sʌbdə`vɪʒən]
名 (細分的)一部分；分支

◎ MP3 112

公司部門

¹ **section** [ˋsɛkʃən] 1★
名 部門；處；科

² **unit** [ˋjunɪt] 1★
名 公司內部之單位

³ **cross-departmental** 4★
[ˋkrɔsdɪˏpartˋmɛntl] 形 跨部門的

⁴ **Purchasing Dept.** 5★
片 採購部門

⁵ **procurement** 5★
[proˋkjurmənt]
名 採購；獲得

⁶ **outsource** [ˋautsɔrs] 4★
動 對外採購；委外；外包

⁷ **board** [bord] 1★
名 董事會

⁸ **discrete** 5★
[dɪˋskrit]
形 分離的

⁹ **R&D Dept.** 3★
片 研發部門

📎 全稱為 Research and
Design Department

¹⁰ **Accounts Dept.** 4★
片 會計部門

¹¹ **Sales Dept.** 2★
片 銷售部門

¹² **Personnel Dept.** 4★
片 人事部門

¹³ **second** [sɪˋkɑnd] 4★
動 暫調

¹⁴ **transfer** [trænsˋfɝ] 3★
動 轉調(單位)

¹⁵ **flight risk** 3★
片 疑似有計劃離
職或換部門的員工

¹⁶ **Marketing Dept.** 2★
片 行銷部門

¹⁷ **PR** 2★
縮 公關

📎 全稱為 public
relations

補充單字

＋負責・權責＋

＋ **in charge of** 片 負責掌管；對…負責
＋ **incumbent** 形 現職的；負有責任的
＋ **onus** 名 責任；義務
＋ **responsible** 形 負責任的；對…有責任的
＋ **duty** 名 責任；權責

◎ MP3 113

公司職務

1 **post** [post]
名 職位;職稱 1★

2 **task** [tæsk]
名 工作;任務 1★

3 **perform the duties of** 3★
片 擔任職務;執行職務

4 **approbation** 5★
[ˌæprə`beʃən] 名 認可;核准

5 **refusal** [rɪ`fjuzl] 3★
名 拒絕

6 **approval** [ə`pruvl] 3★
名 1.同意 2.批准;認可

7 **C.E.O.** 2★
縮 行政總裁
🔖 全稱為 chief executive officer

8 **president** [`prɛzədənt] 2★
名 1.總裁;董事長 2.主席

9 **vice president** 2★
[vaɪs `prɛzədənt] 片 副總裁

10 **paymaster** [`peˌmæstə] 2★
名 (工資、薪水等)發款員;主計官

11 **examiner** [ɪg`zæmɪnə] 3★
名 檢查員;審查員

12 **ask for** 1★
片 要求

13 **request** 1★
[rɪ`kwɛst]
動 名 要求;請求

14 **acceptable** 2★
[ək`sɛptəbl]
形 可被接受的

15 **executive** [ɪg`zɛkjutɪv] 4★
名 經理;業務主管

16 **manager** [`mænɪdʒə] 2★
名 經理;業務主管
▶ product manager 產品經理

17 **typist** [`taɪpɪst] 3★
名 打字員

▶ Every typist has more than eight work hours each day.
每一名打字員每天工作超過八小時。

18 **consultant** [kən`sʌltənt] 3★
名 顧問;諮詢者

19 **advisor** [əd`vaɪzə] 2★
名 顧問;指導者
🔖 又做 adviser

155

◉ MP3 **114**

管理階層

1 managerial level — 4★
片 管理階層

2 managerial [ˌmænəˈdʒɪrɪəl] — 4★
形 管理人的；管理方面的

3 management [ˈmænɪdʒmənt] — 2★
名 1.管理；經營；處理 2.經營手段

4 manage [ˈmænɪdʒ] — 2★
動 管理；經營；處理

5 fat cat — 1★
名 公司肥貓(指領高薪、有權勢的高級主管)

▶ Georgia was upset about the fat cats and their relatives, and thus decided to quit the job.
喬治亞對公司肥貓及他們的親戚感到失望，因此決定離職。

6 leadership [ˈlidəʃɪp] — 1★
名 領導者的地位；統御力

7 leader [ˈlidə] — 1★
名 領袖；領導者

▶ The manager decided to take initiatives to strengthen his leadership.
這名經理打算採取一些行動來加強統御力。

8 C-level [ˈsiˌlɛvl] — 2★
形 高階的

9 chief [tʃif] — 1★
形 主要的；首要的

10 director [dəˈrɛktə] — 1★
名 主管；經理

11 direct supervisor — 3★
片 直屬上司

▶ direct 指揮；主持；管理

12 administer [ədˈmɪnəstə] — 5★
動 1.管理；掌管 2.實施；執行

13 contribute [kənˈtrɪbjut] — 3★
動 貢獻；提供

14 contribution [ˌkɑntrəˈbjuʃən] — 3★
名 1.貢獻 2.捐獻；捐助

▶ Jack has made a lasting contribution for over thirty years to our company.
傑克已對我們公司辛苦貢獻超過三十年了。

補充單字　＋傳統學徒＋
＋ **apprentice** 名 學徒；徒弟
＋ **artisan** 名 工匠；技工

15 entitle [ɪnˈtaɪtl] — 4★
動 給予權力或資格

16 entitled [ɪnˈtaɪtld] — 4★
形 被授與(職位或權力等)的

17 authorize [ˈɔθəˌraɪz] — 5★
動 授權給…；批准

◉ MP3 115

獎金・股息

¹ **welfare** [`wɛl.fɛr] ³★
名 福利 形 福利的

² **bonus** [`bonəs] ³★
名 獎金；紅利

³ **premium** [`primɪəm] ⁴★
名 獎金；額外費用

⁴ **annuity** [ə`njuətɪ] ⁴★
名 1.年金 2.年金保險

⁵ **allowance** [ə`lauəns] ³★
名 津貼；零用金；補貼

⁶ **double time** ²★
片 (週末、假日工作的)雙倍工資

▶ Anyone who does the Christmas shift can get double time.
耶誕假期值班的人都能拿到雙倍薪水。

⁷ **all-expense** [`ɔlɪk.spɛns] ³★
形 包含一切費用的；全額的

⁸ **moving expense** ³★
片 搬家補助

⁹ **dividend** [`dɪvə.dɛnd] ⁴★
名 紅利；股息

¹⁰ **stock option** ⁴★
片 認股權

¹¹ **share** [ʃɛr] ¹★
動 分享 名 股份

🔖 認股權，指公司給予員工購買特定數量公司股票的權利。

¹² **percent** [pɚ`sɛnt] ³★
名 百分之一 形 副 百分之…

¹³ **percentage** [pɚ`sɛntɪdʒ] ³★
名 百分率；百分比

其他福利

¹⁴ **annual leave** ³★
片 年假

¹⁵ **company car** ²★
片 公司用車；公務車

¹⁶ **amount** [ə`maunt] ¹★
名 1.數量 2.總數；總額

¹⁷ **company trip** ²★
片 公司旅遊

¹⁸ **compensation package** ⁵★
片 薪酬配套措施

🔖 薪酬配套措施，為由基本薪資、零用金、紅利、佣金等直接收益，以及間接收益如保險、退休計畫、假期等所組成的一套薪酬組合。

◎ MP3 116

宣佈晉升

⁴ **recognition** [ˌrɛkəgˋnɪʃən] ^{3★}
名 賞識;表彰;報償

¹ **promote** [prəˋmot] ^{2★}
動 晉升;升職

⁵ **recognize** [ˋrɛkəgˏnaɪz] ^{3★}
動 承認;表彰;賞識

² **promotion**
[prəˋmoʃən] ^{2★}
名 提升;晉級

⁶ **congratulate**
[kənˋgrætʃəˏlet] ^{3★}
動 恭喜;祝賀

³ **takeover**
[ˋtekˏovɚ] ^{3★}
名 接收;接管

⁷ **congratulation**
[kənˏgrætʃəˋleʃən] ^{2★}
名 恭喜;祝賀

⁸ **incentive** [ɪnˋsɛntɪv] ^{4★}
形 獎勵的;刺激的
名 刺激;鼓勵;動機

⁹ **honor** [ˋɑnɚ] ^{2★}
動 給予榮譽;尊敬
名 敬意;榮耀

¹⁰ **merit** [ˋmɛrɪt] ^{3★}
名 優點;功績;功勞

▶ The winner of the project contest
can get an incentive payment of
fifty thousand dollars.
企劃競賽的贏家可獲得五萬元激
勵獎金。

¹¹ **glory** [ˋglorɪ] ^{2★}
名 光榮;榮譽

¹² **enough** [əˋnʌf] ^{1★}
副 足夠地;充分地
形 足夠的;充足的

¹³ **deserve** [dɪˋzɝv] ^{3★}
動 應受;該得;值得

¹⁴ **worth** [wɝθ] ^{1★}
形 1.有…的價值 2.值得…

¹⁵ **worthwhile** [ˋwɝθˋhwaɪl] ^{4★}
形 值得的;有真實價值的

▶ With his outstanding
merits, Tom definitely
deserves the promotion.
憑藉著過人的優點,湯姆
當然值得晉升。

¹⁶ **worthy** [ˋwɝðɪ] ^{3★}
形 值得的;配得上的

▶ Extra investigation of the potential
market will make a worthwhile
contribution to the profit.
針對潛在市場進行額外的調查,將
對營收產生實質的貢獻

¹⁷ **anticipate** [ænˋtɪsəˏpet] ^{4★}
動 預期;期待;預料

¹⁸ **anticipation** [ænˏtɪsəˋpeʃən] ^{4★}
名 1.期望;預期 2.預感;預知

▶ What is your anticipation for salary?
您的預期薪資是多少?

◎ MP3 117

拔擢

¹ **evaluate** [ɪˋvæljʊ‚et] ³★
動 為…評價；評估

² **evaluation** [ɪ‚væljʊˋeʃən] ²★
名 評等；評鑑

³ **performance rating** ⁴★
片 績效評核

▶ All the new employees will take the annual evaluation six months later.
所有新進職員將在六個月後接受年度評鑑。

⁴ **score** [skor] ¹★
名 得分；分數
動 給…打分數；評分

⁵ **grade** [gred] ¹★
動 評比；分等級

⁶ **rank** [ræŋk] ¹★
名 等級；地位
動 分等級；評等

¹⁰ **acme** [ˋækmɪ] ⁴★
名 最高點；頂點

⁷ **criterion** [kraɪˋtɪrɪən] ⁵★
名 (判斷、批評的)標準；條件

⁸ **criteria** [kraɪˋtɪrɪə] ⁴★
名 標準(複數)

⁹ **by a long shot** ³★
片 大幅領先

▶ Jackson beat the rest of his colleagues and won the promotion by a long shot.
傑克森打敗其他的同事，以大幅領先姿態獲得晉升。

降職

¹¹ **downgrade** [ˋdaʊn‚gred] ³★
動 使降級；使降職

▶ Anyone who cannot achieve the sales goal will be downgraded.
達不到銷售目標的人將被降級。

¹² **demote** [dɪˋmot] ⁴★
動 降級；降職

¹³ **belie** [bɪˋlaɪ] ⁵★
動 辜負；使落空

補充單字 ↝報酬・獎金↜

+ **raise** 名 加薪
+ **prize** 名 獎品；獎賞
+ **plus** 名 好處；利益
+ **award** 名 獎品；獎狀 動 授與；給予…獎
+ **reward** 名 報酬；獎賞 動 酬謝；報答

¹⁴ **degrade** [dɪˋgred] ⁴★
動 使降級；降低…的地位

¹⁵ **disappoint** [‚dɪsəˋpɔɪnt] ³★
動 使失望；挫敗

¹⁶ **backsliding** [ˋbækslaɪdɪŋ] ⁴★
名 退步；墮落

▶ Some employees are thinking about quitting the job because of the backsliding on employees' welfare and insurance policy.
因為員工福利和保險方案退步，有些員工正在醞釀離職。

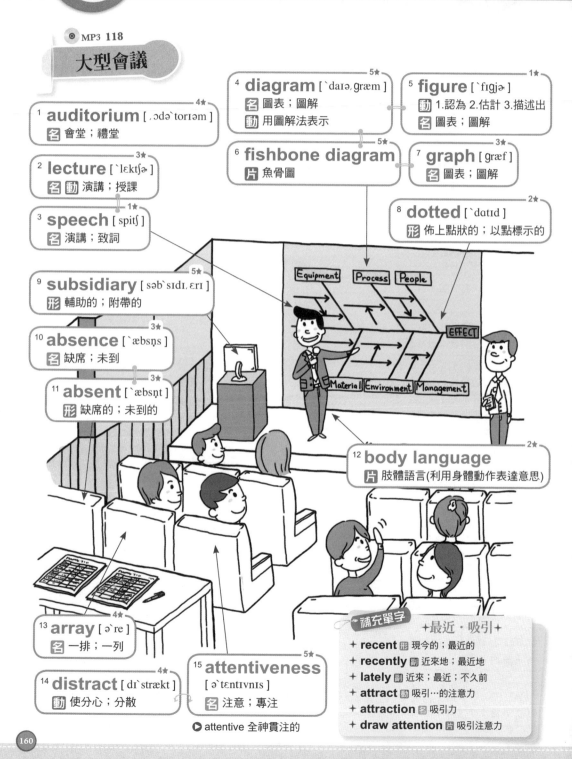

◉ MP3 118

大型會議

4 **diagram** [`daɪə͵græm] 5★
名 圖表;圖解
動 用圖解法表示

5 **figure** [`fɪgjə] 1★
動 1.認為 2.估計 3.描述出
名 圖表;圖解

1 **auditorium** [͵ɔdə`torɪəm] 4★
名 會堂;禮堂

6 **fishbone diagram** 5★
片 魚骨圖

7 **graph** [græf] 3★
名 圖表;圖解

2 **lecture** [`lɛktʃə] 3★
名 動 演講;授課

3 **speech** [spitʃ] 1★
名 演講;致詞

8 **dotted** [`datɪd] 2★
形 佈上點狀的;以點標示的

9 **subsidiary** [səb`sɪdɪ͵ɛrɪ] 5★
形 輔助的;附帶的

10 **absence** [`æbsṇs] 3★
名 缺席;未到

11 **absent** [`æbsṇt] 3★
形 缺席的;未到的

12 **body language** 2★
片 肢體語言(利用身體動作表達意思)

13 **array** [ə`re] 4★
名 一排;一列

15 **attentiveness** [ə`tɛntɪvnɪs] 5★
名 注意;專注

14 **distract** [dɪ`strækt] 4★
動 使分心;分散

▶ attentive 全神貫注的

補充單字 ✦最近・吸引✦
✦ **recent** 形 現今的;最近的
✦ **recently** 副 近來地;最近地
✦ **lately** 副 近來;最近;不久前
✦ **attract** 動 吸引⋯的注意力
✦ **attraction** 名 吸引力
✦ **draw attention** 片 吸引注意力

◉ MP3 119

會議

1 convention [kən`vɛnʃən] 3★
名 會議；大會；全體與會者
▶ Mr. Watson has been against Jack's promotion in the convention.
華生先生在會議上反對傑克的晉升。

2 council [`kaunsḷ] 3★
名 1.會議 2.議事；商討
▶ When is the council being held?
會議何時舉行？

3 assembly [ə`sɛmblɪ] 3★
名 1.與會者 2.集會；集合

4 seminar [`sɛmə,nɑr] 5★
名 專題討論會

5 workshop [`wɜk,ʃɑp] 2★
名 工作坊(共同討論、聽演講)
▶ All the employees must attend the workshop today.
所有員工都必須參加今天的工作坊。

6 symposium [sɪm`pozɪəm] 5★
名 討論會；座談會
▶ The symposium is in Barcelona this year.
今年的討論會在巴塞隆納舉行。

7 topic of interest 3★
片 討論主題

8 scope [skop] 5★
名 範圍；領域

主持人

9 host [host] 1★
名 主持人(男性)

10 introduction [,ɪntrə`dʌkʃən] 2★
名 引言；序言

11 preface [`prɛfɪs] 4★
名 序言；引語
動 為⋯做序言

12 begin with 3★
片 以⋯開始

13 opening remarks 3★
片 開場白(通常由主席致詞)

14 conclude [kən`klud] 3★
動 為⋯作總結；下結論

15 wrap up 3★
片 為⋯作總結

16 summarize [`sʌmə,raɪz] 4★
動 總結；做概述；概括

17 conclusion [kən`kluʒən] 3★
名 總結；結論；推論；決定

18 come to conclusion 3★
片 下結論

▶ After hours of debate, the Board finally came to conclusion.
在數個小時的辯論後，董事會終於達成共識。

補充單字 ＋引言・重述＋
＋ **quotation** 名 引述；引言
＋ **quote** 動 引述；引用
＋ **citation** 名 引用；引述
＋ **recapitulate** 動 扼要重述

◎ MP3 120

報告・演講

1 **depict** [dɪ`pɪkt] 4★
動 描述；描寫

2 **explanation** [ˌɛksplə`neʃən] 3★
名 說明；解釋

3 **express** [ɪk`sprɛs] 2★
動 表達；表示

4 **relate** [rɪ`let] 3★
動 敘述

5 **verbally** [`vɝblɪ] 3★
副 口頭上；言詞上

6 **report verbally to** 3★
片 向…口頭報告

7 **Ladies and Gentlemen** 2★
片 各位女士先生

用於開會、演講等場合之開場用語，與觀眾打招呼，屬正式用法。

8 **referral** [rɪ`fɝəl] 4★
名 提及；參考

9 **emphasize** [`ɛmfəˌsaɪz] 3★
動 1.強調；著重 2.使顯得突出

10 **emphasis** [`ɛmfəsɪs] 3★
名 強調；重視；重點

11 **register** [`rɛdʒɪstə] 3★
動 正式提出；表達；顯示

Equipment　Process　People

EFFECT

Material　Environment　Management

12 **focus** [`fokəs] 2★
名 焦點；重點

13 **key point** 4★
片 重點；要點

14 **outline** [`autˌlaɪn] 2★
名 大綱；概要
動 製作大綱、概述

15 **demonstrate** [`dɛmənˌstret] 3★
動 1.示範；展示 2.論證；證明

16 **articulate** [ɑr`tɪkjəlɪt] 5★
形 發音清晰的；可聽懂的

17 **think straight** 3★
片 頭腦清晰地思考

20 **fluency** [`fluənsɪ] 4★
名 流暢；通順

18 **trenchant** [`trɛntʃənt] 5★
形 有力的；中肯的

19 **clear** [klɪr] 1★
形 清楚的；明白的

▶ clearly 清楚地；明白地

21 **fluent** [`fluənt] 3★
形 流暢的；通順的

22 **smoothly** [`smuðlɪ] 3★
副 流暢地；平順地

● MP3 **121**

輔助工具

1 visual aids — 3★
片 視覺輔助工具(如投影片、海報等)

2 flow chart — 2★
片 流程圖

3 statistical [stə`tɪstɪk!] — 4★
形 統計的；統計學的

▶ statistic 統計(上)的；統計學的

4 interactive pen — 3★
片 互動式簡報筆

5 pointer [`pɔɪntə] — 3★
名 指示物；投影片用指示器

6 slide [slaɪd] — 3★
名 (單張)投影片

▶ Interactive pens make presentation not a boring burden any more.
互動式簡報筆讓簡報不再是個無聊的負荷。

出席者

7 sign-in sheet — 2★
片 簽到表

10 attend [ə`tɛnd] — 2★
動 出席參加…

8 present [`prɛznt] — 2★
形 出席的；與會的

11 attendance [ə`tɛndəns] — 4★
名 1.到場；出席 2.到場人數

9 represent [ˏrɛprɪ`zɛnt] — 3★
動 代表某人出席或發言

12 attendee [ə`tɛndi] — 4★
名 出席者；與會者

13 participant [par`tɪsəpənt] — 4★
名 參與者；與會者

14 participate [par`tɪsəˏpet] — 4★
動 參與；參加

15 remark [rɪ`mark] — 3★
動 評論；談論；議論

16 comment [`kamɛnt] — 4★
名 評論；評語 動 對…評論

17 commentary [`kamənˏtɛrɪ] — 5★
名 1.評論；評注 2.紀事

18 commentator [`kamənˏtetə] — 4★
名 評論者；評注者

19 criticize
[`krɪtɪˏsaɪz] — 3★
動 批評；批判

20 critique [krɪ`tik] — 2★
名 批評；評論

21 critical [`krɪtɪk!] — 3★
形 批評的；批判的

◎ MP3 122

宴會場合

¹ **compliment** [`kampləmənt]
動 名 讚美；恭維　5★

² **complimentary** [ˌkamplə`mɛntərɪ]
形 表示恭維的；充滿敬意的　5★

⁵ **champagne** [ʃæm`pen]　名 香檳　4★

³ **glass** [glæs]　1★
名 玻璃杯

⁴ **amplify** [`æmplə.faɪ]　5★
動 放大(聲音等)；加強

⁶ **wine** [waɪn]　1★
名 酒；葡萄酒

⁷ **gourmet** [`gʊrme]　4★
名 美食家

⁸ **skirting** [`skɜtɪŋ]　3★
名 1.壁腳板 2.裙料

⁹ **waiter** [`wetɚ]　2★
名 服務生(男)

¹⁰ **wait** [wet]　1★
動 服侍；伺候

¹¹ **serve** [sɜv]　1★
動 侍候(顧客等)；
供應(飯菜等)；端上

¹² **waitress** [`wetrɪs]　2★
名 女服務生

¹³ **sorry** [`sarɪ]　1★
形 感到抱歉；遺憾的

¹⁴ **apologize** [ə`palə.dʒaɪz]　3★　動 道歉

¹⁵ **apology** [ə`palədʒɪ]　3★
名 歉意；道歉

¹⁶ **tuxedo** [tʌk`sido]　2★
名 燕尾服

¹⁷ **greeting** [`gritɪŋ]　2★
名 1.問候 2.迎接

¹⁸ **introduce** [ˌɪntrə`djus]　3★
動 介紹；引見

◉ MP3 123

宴會

1 escort [`ɛskɔrt]   4★
動 護送…；陪同某人…

2 presence [`prɛzn̩s]   2★
名 風采；風度

▶ a man of poor presence
沒有風度的人

3 accompany
[ə`kʌmpənɪ] 動 陪伴…   3★

4 convoy [kən`vɔɪ]   4★
動 為…護航；護送

5 go along with   2★
片 1.和…一起 2.同意某人

6 pick up   1★
片 接送

7 insult   4★
[`ɪnsʌlt] 名 羞辱；污辱
[ɪn`sʌlt] 動 侮辱；辱罵

8 irascible [ɪ`ræsəbl̩]   5★
形 易怒的；暴躁的

9 fractious [`frækʃəs]   4★
形 易怒的；難以對待的

10 offense [ə`fɛns]   2★
名 冒犯；觸怒；引起
反感的事物

11 egotist [`igətɪst]   5★
名 自大者；自我中心的人

12 complacent   5★
[kəm`plesn̩t]
形 自滿的；滿足的

13 proud [praʊd]   1★
形 驕傲的；傲慢的

14 contemptuous   5★
[kən`tɛmptʃʊəs]
形 表示輕蔑的；瞧不起的

邀請函

15 invitation [ˌɪnvə`teʃən]   2★
名 1.邀請 2.請帖

16 invite [ɪn`vaɪt]   2★
動 邀請；招待

17 banquet [`bæŋkwɪt]   4★
名 宴會；盛宴
動 宴請；設宴款待

18 join [dʒɔɪn]   1★
動 參加

◀ 補充單字 ▶
➕ 佳饌 ➕

➕ **cuisine** 名 烹調；菜餚
➕ **French cuisine** 片 法式料理
➕ **delicacy** 名 美味；佳餚
➕ **diet** 名 飲食；食物
➕ **tray** 名 1.一盤的量 2.餐盤

SCENE 6 高級餐廳內

MP3 124

高級餐廳內

1★ 1 **restaurant** [ˋrɛstərənt]
名 餐廳；餐館

2★ 2 **luncheon** [ˋlʌntʃən]
名 午餐；(正式的)午餐會

4★ 3 **deluxe** [dɪˋlʌks]
形 奢華的；高級的

3★ 4 **luxurious** [lʌgˋʒʊrɪəs]
形 豪華的；奢侈的

1★ 5 **tip** [tɪp]
動 給…小費 名 小費

1★ 6 **pull** [pʊl]
動 拉

3★ 7 **vegetarian** [ˌvɛdʒəˋtɛrɪən]
名 素食者 形 素食主義者的
▶ vegetable 蔬菜

1★ 8 **order** [ˋɔrdɚ]
動 點餐；點菜

1★ 9 **candle** [ˋkændḷ]
名 1.蠟燭 2.燭光

3★ 10 **chef** [ʃɛf]
名 主廚

2★ 11 **chew** [tʃu]
動 嚼

2★ 12 **delicious** [dɪˋlɪʃəs]
形 美味的

2★ 13 **seasoning** [ˋsizṇɪŋ]
名 調味料；調味

1★ 14 **pepper** [ˋpɛpɚ]
名 1.胡椒粉 2.胡椒

1★ 15 **salt** [sɔlt]
名 鹽

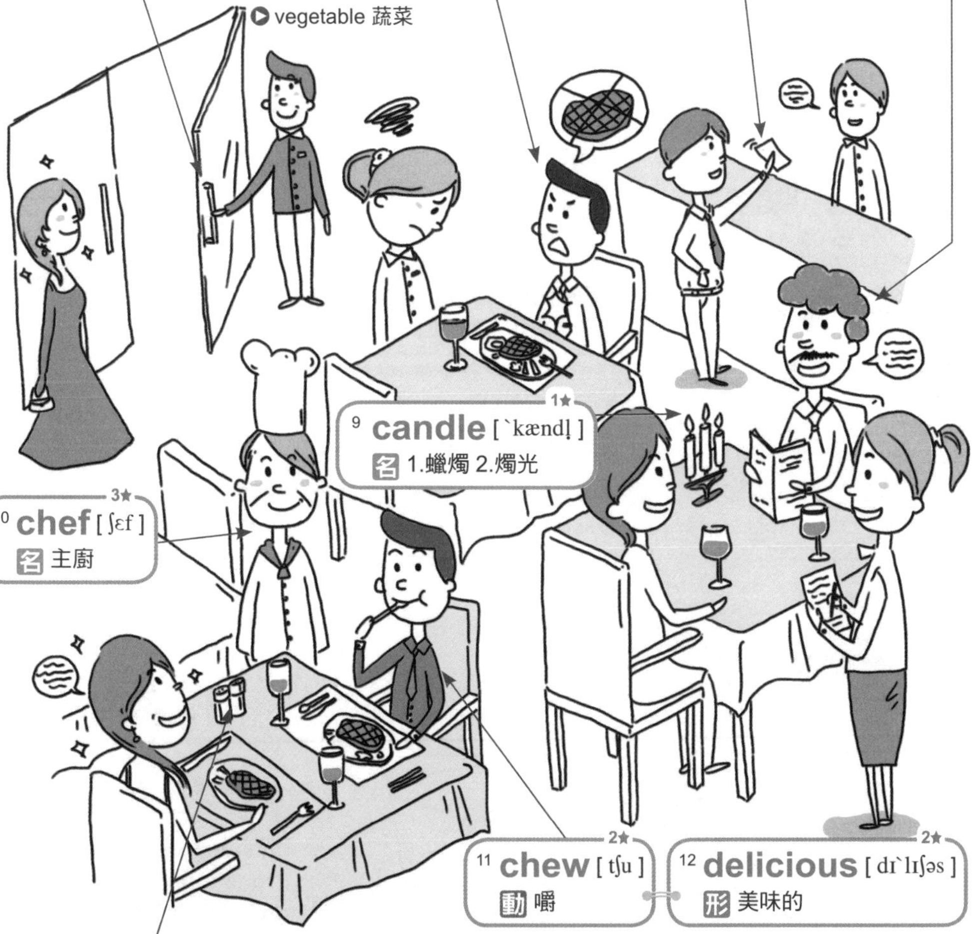

◉ MP3 125

餐具

¹ **spoon** [spun]　1★
名 湯匙

⁴ **dish** [dɪʃ]　1★
名 1.菜餚 2.盤子

⁵ **plate** [plet]　1★
名 盤子

² **knife** [naɪf]　1★
名 刀子

⁶ **steak** [stek]　1★
名 牛排

³ **fork** [fɔrk]　1★
名 叉子

⁷ **chopstick** [`tʃɑpˌstɪk]　1★
名 筷子(常做複數)

菜單

⁸ **menu** [`mɛnju]　1★
名 菜單

⁹ **appetizer** [`æpəˌtaɪzɚ]　2★
名 開胃菜；開胃小吃

▶ The dinner includes an appetizer,
a main course and a dessert.
這頓晚餐包含開胃菜、主餐以及
甜點。

¹² **today's special**　1★
片 今日特餐；本日推薦

¹³ **recommendation**　4★
[ˌrɛkəmɛn`deʃən]
名 推薦；建議

¹⁴ **recommend**　3★
[ˌrɛkə`mɛnd]
動 推薦；介紹

▶ Mr. Jennings has recommended
Mandy to be the new sales
manager.
傑寧先生已推薦曼蒂為新任行銷
經理。

¹⁰ **entree** [`ɑntre]　5★
名 主菜

¹¹ **main course**　2★
片 主菜

▶ She ordered a main course
of salmon and a beer.
她點了一份鮭魚當主餐，以及一杯啤酒。

¹⁵ **title** [`taɪtl]　1★
名 (菜餚)名稱；標題

¹⁶ **dessert** [dɪ`zɝt]　1★
名 點心；甜點

¹⁷ **chop** [tʃɑp]　2★
動 切細；剁碎
名 (豬、羊的)肋骨肉；排骨

¹⁸ **tenderloin** [`tɛndɚˌlɔɪn]　5★
名 (牛、豬的)里肌肉

¹⁹ **undercut** [`ʌndɚˌkʌt]　5★
名 (牛、豬的)腰肉

SCENE 7 詞彙應用再升級

克漏字 請參考中文例句中被標記的單字,並將其英文填入空格中。

(1) The man has occasion to wear a _____ about once a year.
這個男子每年約有一次需要穿著燕尾服的場合。

(2) Helen was elected as the team leader through a _____ procedure.
經由民主程序,海倫被選為小組長。

(3) The _____ salary for the position of a unit manager is about seventy thousand dollars.
小組經理職位的全額薪水大約是七萬元。

(4) The _____ level had asked Josh to be transferred to the Sales Department.
管理階層已要求喬許轉調至銷售部門。

(5) Mr. Watson's _____ of the Board hit the headline today.
華生先生接管董事會的消息登上今日頭條。

(6) If the company just wants to _____ the expenditure at the cost of the quality, they will lose their customers.
若公司只想節省開支而不顧品質,他們將失去客戶。

(7) Jenny is responsible for the _____ from foreign countries, such as Japan.
珍妮負責向國外公司進行外包事務,像是日本。

(8) Mr. Watson has given his _____ to Jack's raise.
華生先生已經同意傑克加薪。

(9) The _____ of this bridge is robust enough to withstand daily use.
這座橋的構造相當堅固,足以承受日復一日的使用。

(10) The administrator didn't _____ your access to the database.
管理者未授權你進入資料庫。

Answer Key

(1) tuxedo	(2) democratic	(3) all-expense	(4) managerial
(5) takeover	(6) retrench	(7) outsourcing	(8) approval
(9) framework	(10) authorize		

單字選填　請參考框內的英文單字，將最適合的單字填入句中。
若該單字在置入句中時需有所變化，請填入單字的變化型。

pep talk	recognition	reiterate	regarding
fractious	auditorium	belie	approbation
welfare	worth	convoy	preface
acme	distract	verbally	seasoning
go after	fastidious	wrap up	egotist
rank	discrete	subsidiary	formulate
routine			

(1)　Allen's professor made a _____ to his résumé.

(2)　Too many pictures in your presentation may _____ your audience.

(3)　The Board had brought up a _____ clause to Mr. Watson's contract.

(4)　Surfing the Internet is her daily _____.

(5)　Let's _____ here so that we can get back to our desks.

(6)　Each engineer should report _____ to their supervisor once a week.

(7)　The stock price of Allen's company has reached its _____.

(8)　The sluggish market sales _____ the CEO's promise to give raise to everyone.

(9)　The annual gathering of stockholders is in the company _____.

(10)　Jessica's devotion to the job is definitely _____ the high pay.

(11)　There is a reason for Jack to have such a _____ in the company, that is, his great devotion to his job.

(12)　The technician tore the cell-phone into _____ parts so that he could find out the problem.

(13)　The new cook added too much _____ in the dish.

(14)　This Japanese guest is _____ about the quality of meal.

(15)　Sarah has been very patient _____ the company policy to the old man with hearing problems.

(16) The Board has been taking care of the _____ of the retired.

(17) Mrs. Thompson received the Best Employee Award in _____ of her diligent work over the past twenty years.

(18) The chairman of the Board is an _____.

(19) This is in reply of your recent letter _____ the purchase made on July 2nd.

(20) Kevin's proposal met with high _____ in the Board meeting.

(21) The army was _____ by a fleet for safety of personnel.

(22) Do you know why he is _____ and irritable these days?

(23) Kevin has _____ a new system to resolve the problem of overheated machinery in Factory One.

(24) Mr. Jennings told me that it is not money, but a sense of achievement that he is _____ on the job.

(25) The sales manager always gives the staff a _____ the very first thing in the morning.

Answer Key

(1) preface	(2) distract	(3) subsidiary	(4) routine
(5) wrap up	(6) verbally	(7) acme	(8) belied
(9) auditorium	(10) worth	(11) rank	(12) discrete
(13) seasoning	(14) fastidious	(15) reiterating	(16) welfare
(17) recognition	(18) egotist	(19) regarding	(20) approbation
(21) convoyed	(22) fractious	(23) formulated	(24) going after
(25) pep talk			

Part **6**

SOHO族潔西
Jessie, Small Office/Home Office

潔西是一位在家接案的 SOHO 族作家。上班時間彈性的她，
一年當中總會抽空出國遊玩，順便來一趟紀念品之旅。
如果你也是接案的 SOHO 族，或者對購物、旅遊充滿熱情，
那就千萬別錯過潔西的生活！

Scenes

圖像聯想

請看下面的圖及英文，自我測驗一下，你能寫出幾個單字的中文意思呢？

1.

self-employed _____ flexible _____

peak _____ readership _____

honk _____ midmorning _____

2.

eviction _____ dislodge _____

sanitary _____ controversial _____

hygiene _____ rental _____

3.

bazaar _____ trademark _____

unique _____ characteristic _____

bill _____ pattern _____

4.

peregrination _____ tourist _____

famous _____ impressive _____

sightsee _____ passage _____

5.

square _____ booth _____

delicate _____ exotic _____

conventional _____ loot _____

◎ MP3 126

工作時間

1 home office 2★
片 在家上班；家庭辦公室

2 self-employed 3★
[ˌsɛlfɪm`plɔɪd]
形 自雇的；自己經營的

3 on one's own 1★
片 靠某人獨自地

4 a.m. 縮 午前 1★
(自凌晨十二點至中午十二點)
📎 全稱為 ante meridiem

5 p.m. 縮 午後 3★
(自中午十二點至半夜十二點)
📎 全稱為 post meridiem

6 midmorning 3★
[`mɪd,mɔrnɪŋ]
名 上午之中段時間
(約十點左右)

7 flexible [`flɛksəbl] 3★
形 可變通的；靈活的

8 fixed [fɪkst] 1★
形 固定的；制式的

9 honk [hɔŋk] 3★
動 按喇叭表示；鳴(汽車喇叭)

10 horn [hɔrn] 2★
名 喇叭

11 rush hour 2★
片 交通尖峰時刻

12 traffic jam 1★
片 塞車

13 peak [pik] 2★
名 頂端；高峰 形 最高的
▶ peak hours 尖峰時間

14 alarm clock 1★
片 鬧鐘

15 frame [frem] 2★
名 相框

16 readership [`ridəʃɪp] 5★
名 讀者們

17 weekdays [`wik,dez] 名 平常日(週一至週五)	1★	**18 Monday** [`mʌnde] 名 星期一	1★
19 Tuesday [`tjuzde] 名 星期二	1★	**20 Wednesday** [`wɛnzde] 名 星期三	1★
21 Thursday [`θɝzde] 名 星期四	1★	**22 Friday** [`fraɪ,de] 名 星期五	1★
23 Saturday [`sætəde] 名 星期六	1★	**24 Sunday** [`sʌnde] 名 星期日	1★

◎ MP3 127

工作狀況

1 look for
片 尋找 ⁱ★

2 search for
片 尋找；搜尋 ²★

3 optimal [`ɑptəməl] ⁴★
形 最理想的；最佳的

▶ What's the optimal shipment in my case?
對我來說，最理想的運送方式為何？

4 fit [fɪt] ¹★
動 適合；與…相稱

▶ The dress fits Jessica perfectly.
這件洋裝很適合潔西卡。

5 keep [kip] ¹★
動 保留；保存

6 fair [fɛr] ¹★
形 合理的；公平的

7 deadline [`dɛd͵laɪn] ³★
名 截止期限；最後期限

8 extend a deadline ²★
片 延長最後期限

9 meet the deadline ²★
片 遵守期限

10 set the deadline ²★
片 確定最後期限

11 miss a deadline ²★
片 錯過最後期限

12 before [bɪ`for] ¹★
介 在…以前

13 stay up ¹★
片 熬夜

14 pull an all-nighter ³★
片 熬夜；熬通宵

15 overnight [`ovɚ͵naɪt] ³★
副 整夜地；通宵地

▶ You will receive the updated insurance policy through an overnight delivery.
我們將會經由隔夜快遞寄送最新的保險單給您。

16 dash [dæʃ] ³★
動 匆忙完成

▶ dash in the details
匆匆把細節寫下來

17 occur [ə`kɝ] ²★
動 被想到；被想起

▶ occur to 想到

18 conjure [`kʌndʒɚ] ⁴★
動 令人想起…

▶ conjure up 想像出

19 remember [rɪ`mɛmbɚ] ²★
動 記得；想起；回憶起

NEW CASE

◎ MP3 128

租屋事宜

1 lessee [ˈlɛsˈi] 5★
名 承租人

▶ The lessee is obliged to pay the rent on the fifteenth every month.
承租人有義務在每個月十五號繳交房租。

2 tenant [ˈtɛnənt] 4★
名 承租戶；房客

▶ The tenant asked the landlord to fix the air conditioner.
這名房客要求房東修好空調。

3 resident [ˈrɛzədənt] 4★
名 住客；居民

▶ There are more than twenty thousand residents in this town.
鎮上有超過兩萬名居民。

4 owner [ˈonə] 1★
名 擁有者；所有權人

5 landlady [ˈlændˌledɪ] 4★
名 房東；地主(女性)

6 lessor [ˈlɛsɔr] 5★
名 出租人

7 landlord [ˈlændˌlɔrd] 4★
名 房東；地主(男性)

▶ The lessor should pay every maintenance fee.
出租人應支付維修費用。

▶ Who is the landlord? Is it that guy with grey hair over there?
誰是房東先生？是那邊那位灰髮的人嗎？

8 super [ˈsupə] 1★
名 (公寓或辦公大樓內)管理員

▶ The super always takes out the garbage at six in the morning.
這個管理員總是在早上六點時把垃圾拿出去。

9 under [ˈʌndə] 1★
介 在…的管理下；在…情況下

▶ Mandy will be fined five thousand dollars under the existing lease.
在現行租約規定下，曼蒂將被罰款五千元。

10 sublet [sʌbˈlɛt] 5★
動 分租給…

▶ Mary decided to sublet the apartment to her colleague.
瑪麗決定將公寓分租給她的同事。

11 sublease [ˈsʌbˌlis] 5★
名 動 分租；轉租

▶ Sublease is not tolerable and you will lose the deposit.
分租是不被容許的，且押金會被沒收。

12 subtenant [sʌbˈtɛnənt] 4★
名 轉租租戶；分租人

▶ Mandy is looking for a new subtenant for her flat.
曼蒂正為她的公寓尋找新的分租人。

13 maintain [menˈten] 2★
動 維修；保養；保持

14 maintenance [ˈmetənəns] 3★
名 1.維修；保養 2.維持；保持

◎ MP3 129

租約

1 charter [`tʃɑrtɚ] —5★
動 租；包租

2 rent [rɛnt] —2★
動 租用；租入

3 occupancy [`ɑkjəpənsɪ] —5★
名 1.佔有；佔有期 2.居住

4 period [`pɪrɪəd] —1★
名 時期；期間

5 compact [`kɑmpækt] —4★
名 契約；合同

▶ They have just signed a compact with the car company.
他們剛剛和那家車商簽訂了一項契約。

6 lease [lis] —5★
名 1.租約 2.租賃物
動 出租(房屋、土地等)

8 break a lease —5★
片 破壞租約；不遵守租約

9 leasing contract —5★
片 租賃契約

7 sign a lease —5★
片 簽署租約

▶ Every lessee should sign a lease under the monitor of the agent.
每個房客都應在仲介的監督下簽署租約。

租金

10 rental [`rɛnt]] —5★
名 1.租賃 2.租金

11 payment [`pemənt] —2★
名 支付；付款

▶ pay 付錢；付帳

12 biweekly [baɪ`wiklɪ] —3★
形 雙週的；每兩週一次的

13 monthly [`mʌnθlɪ] —3★
形 每月的；每月一次的

14 prepay [pri`pe] —4★
動 預付

15 prepaid [pri`ped] —4★
形 預付的

16 prepayment [pri`pemənt] —5★
名 預付；提前繳納

▶ The landlady asks the lessee to prepay a two-month rent.
房東太太要求房客預付兩個月的房租。

17 during [`djʊrɪŋ] —1★
介 在…期間

18 until [ən`tɪl] —1★
介 直到…為止

19 perennial [pə`rɛnɪəl] —5★
形 終年的；常年的

◎ MP3 130

翻修房屋

1 rebuild [rɪˋbɪld] — 2★
動 重建；改建

2 repair [rɪˋpɛr] — 2★
動 修理；修繕

3 refurbish [rɪˋfɝbɪʃ] — 5★
動 刷新；重新裝飾

4 refurbished [rɪˋfɝbɪʃt] — 5★
形 整修的；重新整理過

5 refurbishment [rɪˋfɝbɪʃmənt] — 5★
名 整修；翻新；刷新

6 decrepit [dɪˋkrɛpɪt] — 5★
形 衰老的；破舊的

7 tear down — 3★
片 拆除；扯下

8 wallpaper [ˋwɔl.pepɚ] — 2★
名 壁紙 動 貼壁紙

◆補充單字 ＋其他物件＋

+ **pallet** 名 床墊；簡陋小床
+ **utilities** 名 公用事業(水電等)
+ **leakage** 名 漏；洩漏(漏水、瓦斯等)
+ **leak** 動 洩漏；漏；滲

逐出房客

9 leave [liv] — 1★
動 1.離開 2.遺留；留下

10 eviction [ɪˋvɪkʃən] — 5★
名 1.逐出 2.收回

11 dislodge [dɪsˋlɑdʒ] — 5★
動 1.離開住處 2.逐出

12 expel [ɪkˋspɛl] — 5★
動 驅逐；趕走

► The tenant was dislodged because of delay of rental for more than a year.
這個房客因積欠超過一年的房租被逐出住處。

► The tenant had been expelled because of his insanitary habits.
那位房客因為衛生習慣不良，已經被趕走了。

13 unsanitary [ʌnˋsænə.tɛrɪ] — 5★
形 不衛生的；不清潔的

14 sanitary [ˋsænə.tɛrɪ] — 4★
形 衛生的；清潔的

15 hygiene [ˋhaɪdʒin] — 5★
名 衛生

► hygienic 衛生的；保健的

16 controversial [ˌkɑntrəˋvɝʃəl] — 5★
形 1.有爭議的 2.爭論的；可疑的

17 controversy [ˋkɑntrə.vɝsɪ] — 5★
名 爭論；爭議；辯論

◉ MP3 **131**

購物中心

1 ² **department store**
片 百貨公司 — 2★

2 **mall** [mɔl] — 1★
名 百貨商場

3 **shopping center** — 2★
片 購物中心

▶ There is a shopping center two blocks away.
兩個街區外有一間購物中心。

4 **outlet** [`aʊt͵lɛt] — 4★
名 商店；銷路

5 **factory outlet** — 3★
片 工廠附設商店(價格通常低廉)

6 **ascending** [ə`sɛndɪŋ] — 3★
形 上升的；向上傾斜的

7 **accelerate** [æk`sɛlə͵ret] — 5★
動 加速；使…加速

9 **window display** — 5★
片 櫥窗展示

8 **escalator** [`ɛskə͵letə] — 3★
名 手扶梯；電扶梯

10 **display** [dɪ`sple] — 2★
名 動 展示；顯示；表現

11 **sample** [`sæmpl] — 1★
名 樣品；試用品

12 **demo** [`dɛmo] — 2★
名 樣品

13 **window shopping** — 2★
片 瀏覽商店櫥窗(通常無意購買)；逛街

14 **grooming** [`grumɪŋ] — 4★
名 打扮；修飾

15 **style** [staɪl] — 2★
名 風格；作風

16 **posh** [pɑʃ] — 3★
形 時尚的

17 **voguish** [`vogɪʃ] — 4★
形 時髦的

◉ MP3 **132**

櫥窗內

1 **brand** [brænd] 2★
名 品牌；商標

2 **brand loyalty** 2★
片 對某品牌的熱中

3 **price tag** 2★
片 價格標籤

4 **label** [`lebḷ] 2★
名 貼紙；標籤

5 **pattern** [`pætɜn] 2★
名 圖案；花樣

6 **design** [dɪ`zaɪn] 2★
名 1.設計 2.圖案；花樣

7 **uniqueness** [ju`niknɪs] 4★
名 獨特性；獨一無二

8 **unique** [ju`nik] 3★
形 獨特的；特別的

▶ Every one of us has a unique fingerprint.
我們每個人都有獨特的指紋。

9 **feature** [`fitʃɚ] 2★
動 以…為特色
名 特色；特徵

10 **characteristic**
[͵kærəktə`rɪstɪk] 3★
名 特徵；特色；特性
形 特有的；獨特的

▶ Are you looking for a
new cell phone with all
the latest features?
你想購買一支具備所有
最新功能的新手機嗎？

逛市場

11 **swap meet** 2★
片 交換市集

12 **bazaar** [bə`zɑr] 3★
名 市場；商店街

13 **large bill** 2★
片 大額紙鈔

14 **small bill** 2★
片 小鈔

15 **change** [tʃendʒ] 1★
名 零錢

16 **bill** [bɪl] 1★
名 帳單

17 **by cash** 1★
片 用現金付款

18 **by check** 1★
片 用支票付款

▶ If you choose to pay by
check, you have to sign here.
如果您選擇用支票付款，必須
在此處簽名。

19 **by money order** 1★
片 用匯票付款

◎ MP3 133

商店內

1 showroom
[`ʃo,rum]
名 陳列室；商品展售空間
2★

2 merchandise
[`mɝtʃən,daɪz]
名 商品；貨物
動 買賣；經營
4★

3 abreast [ə`brɛst]
副 (朝同一方向)並列；並排
4★

4 surveillance
[sə`veləns] 名 監視
5★

6 prime [praɪm]
形 最好的；第一流的
3★

5 overlook [,ovə`luk]
動 監督；監視
3★

7 priceless [`praɪslɪs]
形 貴重的；無價的
4★

▶ cost a fortune 所費不貲

8 gift-wrap
[`gɪft,ræp]
動 包裝禮品
2★

9 browse [brauz]
動 瀏覽；四處看看
3★

10 purchase [`pɝtʃəs]
名 1.購買 2.購買之物 動 購買
4★

◯ make a purchase 購買
◯ repurchase 重新買回

11 vacillate [`væsl,et]
動 猶豫；躊躇
5★

12 hesitant [`hɛzətənt]
形 遲疑的；躊躇的
2★

15 sales resistance
片 拒絕購買
4★

13 demur [dɪ`mɝ]
動 猶豫；有顧慮
5★

14 ambivalence
[æm`bɪvələns]
名 猶豫；舉棋不定
5★

16 discriminating
[dɪ`skrɪmə,netɪŋ]
形 眼光挑剔的
4★

◉ MP3 134

試穿

1 **dressing room fitting room** 2★
片 更衣室；試衣室

2 **dress** [drɛs] 1★
名 洋裝；套裝

3 **size** [saɪz] 1★
名 尺寸；大小

4 **measurement** [`mɛʒəmənt] 2★
名 尺寸

5 **measure** [`mɛʒɚ] 2★
動 測量；計量

6 **put on** 1★
片 穿上(衣物等)

7 **get dressed** 1★
片 穿上衣服

8 **get undressed** 1★
片 脫掉衣服

9 **small** [smɔl] 1★
形 小的；小號的

10 **loose** [lus] 2★
形 鬆的；寬的

11 **tight** [taɪt] 2★
形 緊的；貼身的

購買

12 **consumer goods** 3★
片 消費者產品

📖 出售給一般消費者(非企業)的產品，稱之。

13 **VAT** 4★
縮 消費加值稅

📖 全稱為 Value-added Tax

14 **consumerism** [kən`sjuməˌrɪzm] 5★
名 消費者利益保護主義

▶ consume 消費

15 **billion** [`bɪljən] 3★
名 1.十億 2.大量；無數

▶ billionaire 億萬富翁

16 **credit card** 1★
片 信用卡

17 **credit limit** 3★
片 信用額度

18 **credit rating** 3★
片 信用評等

19 **debit card** 2★
片 現金卡(直接於帳戶內扣款)

20 **direct debit** 3★
片 (從帳戶中)直接扣款

21 **debit note** 3★
片 扣款通知書

22 **curb service** 4★
片 免下車購物服務
(可將商品送至車上)

MP3 135

女性用品

1 **lip gloss** 2★
片 唇蜜

2 **facial wash** 3★
片 洗面乳

3 **facial cleaner** 3★
片 洗面乳

4 **nail polish** 3★
片 指甲油

5 **toner** [`tonɚ] 2★
名 化妝水

補充單字 ＋內衣類＋
＋ **bra** 名 女用胸罩
＋ **underwear** 名 內衣

6 **lotion** [`loʃən] 3★
名 乳液(液狀)

7 **cream** [krim] 1★
名 面霜；身體霜(霜狀)

8 **necklace** [`nɛklɪs] 2★
名 項鍊

9 **pin** [pɪn] 1★
名 胸針；別針

10 **earring** [`ɪr͵rɪŋ] 1★
名 耳環；耳飾

▶ This lady has a long necklace around her neck.
這個女士在脖子上掛了一條很長的項鍊。

11 **comb** [kom] 1★
名 梳子 動 用梳子梳理

12 **nail clipper** 1★
片 指甲剪；指甲刀

衣物

13 **cap** [kæp] 1★
名 無邊便帽

14 **hat** [hæt] 1★
名 有邊的帽子

20 **coat** [kot] 1★
名 大衣

15 **sweater** [`swɛtɚ] 1★
名 毛線衣

21 **jacket** [`dʒækɪt] 2★
名 夾克；風衣

16 **vest** [vɛst] 2★
名 背心

22 **hanger** [`hæŋɚ] 1★
名 衣架

17 **jeans** [dʒinz] 2★
名 牛仔褲(常做複數)

18 **high heels** 2★
名 高跟鞋(常做複數)

19 **boots** 2★
名 靴子

▶ You should not use a hanger to hang your sweater.
你不應該用衣架晾毛線衣。

◉ MP3 136

網路購物

1 Internet selling 2★
片 網路銷售

2 on-line [`an,laɪn] 2★
形 在線上的
副 連線地;線上地

▶ off-line 離線的

3 accustomed to 4★
片 習慣於…

4 accustomed 4★
[ə`kʌstəmd]
形 慣常的;習慣的

5 diversification [daɪ,vɝsəfə`keʃən] 5★
名 多樣化;經營多樣化

6 trend [trɛnd] 2★
名 趨勢;時尚

7 vogue [vog] 5★
名 流行;風行

8 popularity 3★
[,papjə`lærətɪ]
名 流行;普及

9 prevailing 4★
[prɪ`velɪŋ]
形 流行的;普遍的

10 welcome [`wɛlkəm] 1★
形 受歡迎的;可接受的
動 歡迎;欣然接受

11 rife [raɪf] 4★
形 流行的;蔓延的

12 last [læst] 1★
動 持續

13 au courant 5★
片 趕上時代的

14 outdated [,aut`detɪd] 3★
形 過時的;舊式的

▶ lasting 持久的;持續的

15 article [`artɪkl] 3★
名 1.(物品的)一件 2.商品;物品

▶ There are six articles in the shopping basket.
購物籃裡有六件商品。

16 shopping basket 2★
片 購物籃

🛒 網路購物時,記錄欲購買物品的欄位稱之。

17 discount code 3★
片 折扣碼

▶ How can I get a discount code?
我要如何獲得折扣碼?

18 vendor [`vɛndɚ] 2★
名 賣主;賣方

19 picture [`pɪktʃɚ] 1★
名 照片;圖片

補充單字 ＋存貨量＋

＋ **N/A** 縮 沒貨的;缺貨的
🛒 全稱為 not available

＋ **out of stock** 片 無庫存

＋ **adequate** 形 足夠的;量夠的

20 retrieve [rɪ`triv] 5★
動 1.收回 2.(電腦)檢索資料

21 range [rendʒ] 1★
名 一排;一系列;範圍

◎ MP3 137

付款與交付

1 bid price 3★
片 投標價格

2 payment terms 2★
片 付款方式

3 COD 4★
縮 貨到付款

4 C.I.A. 3★
縮 出貨前預付款

🔖 全稱為 cash on delivery

🔖 全稱為 cash in advance

5 installment [ɪnˋstɔlmənt] 5★
名 分期付款；分期交付

6 pay bills online 2★
片 線上付帳單

▶ The purchase price is paid in installments.
購買金額將以分期付款方式繳納。

7 charge [tʃɑrdʒ] 1★
動 向…收費；索價

8 overcharge [ˋovɚˋtʃɑrdʒ] 3★
動 溢收(款)；超扣(款)

9 dealing fee 2★
片 處理費

▶ fee 費用

10 order [ˋɔrdɚ] 1★
動 訂購 名 訂單

11 order promising 2★
片 訂貨承諾

12 order number 2★
片 訂單編號

13 open order 4★
片 未結訂單

14 mail order 2★
片 郵購；函購

15 consular invoice 5★
片 貨運內容通知；領事發票

🔖 貨運內容通知包含出貨方、受
貨方及貨品價值等細節資料。

16 shipping and handling method 片 寄送方式	3★	**17 shipping address** 片 寄貨地址	3★
18 recipient [rɪˋsɪpɪənt] 名 收件人；接收者	2★	**19 billing address** 片 帳單地址	3★
20 distribute [dɪˋstrɪbjut] 動 寄送；配送	1★	**21 distribution** [ˏdɪstrəˋbjuʃən] 名 寄送；分配	2★

◉ MP3 **138**

注意事項

1 fraudulent [`frɔdʒələnt] 5★
形 欺詐的；欺騙的

2 gouge [ɡaʊdʒ] 5★
動 欺騙；詐欺

3 incredulous [ɪn`krɛdʒələs] 5★
形 不輕信的；懷疑的

▶ be incredulous of / about 不輕信的

4 quality [`kwɑlətɪ] 1★
名 品質；質量

5 crap [kræp] 2★
名 垃圾；破爛貨

6 certificate of manufacture 4★
片 製造證書

📎 製造證書用以證明商品已完備，可供買方使用。

7 certificate of origin 4★
片 來源證書

📎 來源證書用以證明貨品的原產地。

8 guarantee [͵ɡærən`ti] 2★
名 保證；保證書；擔保
動 保證；擔保

9 in case 3★
片 假使；假設

10 made of 2★
片 以…製成的

11 VOC 3★
縮 顧客意見；回饋

📎 全稱為 voice of the customer

12 feedback [`fid͵bæk] 4★
名 回饋意見

13 in return 2★
片 作為回報

▶ return 返回；回來

14 add-on [`æd`ɑn] 2★
名 (購物時)附購品；附加物

15 repossession [͵ripə`zɛʃən] 5★
名 附買回交易；回購

16 retrieval [rɪ`trivl] 5★
名 回收；取回；恢復

17 refund 4★
[`ri͵fʌnd] 名 退貨；退款
[rɪ`fʌnd] 動 退還

18 non-refundable [͵nɑnrɪ`fʌndəbl] 4★
形 不可退貨的

19 bring sth back 1★
片 將商品帶回換、退貨

20 interchangeable [͵ɪntɚ`tʃendʒəbl] 4★
形 可互換的；可交替的

◎ MP3 139

旅行社

¹ travel agency ²★
片 旅行社

▶ agency 代辦處；經銷處

² tourism [`tʊrɪzəm] ²★
名 旅遊業；觀光業

³ stopover [`stɑp،ovɚ] ³★
名 (尤指全程機票的旅行)中途停留

⁴ abroad [ə`brɔd] ¹★
副 在國外；到國外

⁵ overseas [`ovɚ`siz] ¹★
形 在海外的；在國外的
副 在海外地

⁶ tour package ²★
片 套裝行程

⁷ working holiday ²★
片 打工旅遊

⁸ backpack [`bæk،pæk] ³★
動 1.簡便旅行 2.把…放入背包
名 (登山、遠足用的)背包

⁹ brochure ⁴★
[bro`ʃʊr]
名 小冊子

¹⁰ pamphlet ⁵★
[`pæmflɪt]
名 小冊子

¹¹ handbook ²★
[`hænd،bʊk]
名 手冊

¹² tourist attraction ³★
片 (旅遊)景點

¹³ scenic spot ³★
片 (旅遊)景點

¹⁴ itinerary [aɪ`tɪnə،rɛrɪ] ⁵★
名 旅遊計畫；旅遊行程表

▶ Here is a copy of the itinerary we provide for your information.
這裡有一份旅遊行程表可供您參考。

¹⁵ tour [tʊr] 名 旅行 ¹★
動 遊覽；旅行參觀

¹⁶ journey [`dʒɜnɪ] ²★
名 旅程；旅行

¹⁷ indulge [ɪn`dʌldʒ] ⁴★
動 沉迷於；滿足(慾望等)

¹⁸ indulgency ³★
[ɪn`dʌldʒənsɪ]
名 嗜好；愛好

◉ MP3 **140**

行前準備

¹ **luggage** ^{2★}
[`lʌgɪdʒ] 名 行李

² **pack** [pæk] ^{1★}
動 打包；收拾行李

³ **make-up bag** ^{2★}
片 化妝包

⁴ **make-up** [`mek‚ʌp] ^{3★}
名 化妝；裝扮；化妝品

⁵ **sun block** ^{2★}
片 防曬乳／油

⁶ **bug spray** ^{2★}
片 防蟲噴霧

⁷ **passport** [`pæs‚port] ^{2★}
名 護照；通行證

⁸ **visa** [`vizə] ^{3★}
名 簽證

⁹ **e-ticket** [`ì‚tɪkɪt] ^{1★}
名 電子機票

¹⁰ **belongings** ^{3★}
[bə`lɔŋɪŋz]
名 財產；攜帶物品

¹¹ **personal belongings** ^{3★}
片 個人隨身行李

◉ He left his personal belongings at the
motel in Japan.
他把個人行李遺落在日本的汽車旅館。

¹² **carry-on** [`kærɪ‚ɑn] ^{1★}
形 可隨身攜帶的
名 手提行李

◉ One who travels with carry-on baggage
should comply with these regulations.
持手提行李者必須遵守以下規範。

¹³ **identification card** ^{3★}
片 身分證

◉ One of these students lost her
identification card.
這些學生團中，有一名學生弄丟了
她的身分證。

¹⁴ **identification** ^{2★}
[aɪ‚dɛntəfə`keʃən]
名 1.鑑別 2.身分證明

◉ There are some dots on the registration
form for identification.
登記表上有一些小圓點以作為辨識使用。

¹⁵ **identify** [aɪ`dɛntə‚faɪ] ^{3★}
動 確認；鑑定；驗明

¹⁶ **headshot** [`hɛd‚ʃɑt] ^{3★}
名 證件照

¹⁷ **traveler's check** ^{2★}
片 旅行支票

◉ The payment can be made by
credit card or by traveler's check.
款項可以信用卡或旅行支票支付。

¹⁸ **airfare** [`ɛrfɛr] ^{2★}
名 飛機票價

◉ Should I have to pay the
airfare in a lump sum?
我必須一次付清飛機票價嗎？

◎ MP3 **141**

性格

1 millennium [mɪˋlɛnɪəm] —3★
名 千年期;千禧年

2 prodigy [ˋprɑdədʒɪ] —5★
名 奇蹟;奇事

3 prodigious —5★
[prəˋdɪdʒəs] 形 驚人的

4 daylight-saving time —3★
片 日光節約時間

▶ When does the daylight-saving time start?
日光節約時間何時開始?

5 cultural value —4★
片 文化價值觀

6 yearly [ˋjɪrlɪ] —3★
形 每年的;一年一度的 名 年刊;年鑑

7 optimistic —2★
[ˏɑptəˋmɪstɪk] 形 樂觀的

8 pessimistic —3★
[ˏpɛsəˋmɪstɪk] 形 悲觀的

9 outgoing [ˋaʊtˏgoɪŋ] —3★
形 外向的;直率的

10 sociable [ˋsoʃəbḷ] —4★
形 1.好交際的 2.社交性的

11 associate [əˋsoʃɪˏet] —3★
動 結交;交往

12 novelty [ˋnɑvḷtɪ] —3★
名 新穎的事物;新奇的經驗

13 novel [ˋnɑvḷ] —3★
形 新奇的;新穎的

14 go for it —1★
片 放膽嘗試;努力爭取

15 cheerful [ˋtʃɪrfəl] —2★
形 興高采烈的

16 cheerfulness [ˋtʃɪrfəlnɪs] —2★
名 歡樂;愉快;爽朗

17 energy [ˋɛnədʒɪ] —1★
名 能量;精力

18 energetic [ˏɛnəˋdʒɛtɪk] —2★
形 充滿活力的;精力充沛的

◎ MP3 142

在機場

1 airport [`ɛr͵port]
名 機場

2 terminal [`tɜmənḷ]
名 航空站

3 security fee
片 安檢費

5 X-ray machine
片 X 光機

▶ X-ray X光線的；X光

4 security check
片 安全檢查

補充單字 ✛過境✛

+ **transit card** 片 過境卡
+ **transit visa** 片 過境簽證
+ **transit passenger** 片 過境旅客
+ **transit** 動 名 過境；經過

6 departure
[dɪ`partʃɚ]
名 離開；啟程

9 passport control
片 護照檢查

7 depart
[dɪ`part]
動 啟程；出發

8 set off
片 出發；啟程

10 baggage check
片 托運行李

12 weight [wet]
名 重量；重

15 check-in counter
片 報到櫃檯

11 baggage claim
片 托運行李提領單

13 net weight
片 淨重

▶ You must file a baggage claim to the staff in charge.
你必須向負責的人員出示托運行李提領單。

14 baggage allowance
片 行李限重

◎ MP3 143

空橋

¹ **boarding area** ²★
片 登機處

² **gate** [get] ¹★
名 登機門

³ **boarding pass** ²★
片 登機證

⁴ **embarkation card** ⁵★
片 出境卡

⁵ **disembarkation card** ⁵★
片 入境卡

⁶ **ramp** [ræmp] ⁵★
名 (上下飛機時)活動舷梯

⁷ **jetway** [`dʒɛt, we] ²★
名 空橋(搭飛機用)

啓程

⁸ **aircraft** [`ɛr, kræft] ¹★
名 航空器；飛機

⁹ **flight** [flaɪt] ¹★
名 航班

¹⁰ **airline** [`ɛr, laɪn] ¹★
名 (飛機的)航線

▶ airplane 飛機

¹¹ **take off** ¹★
片 起飛

¹² **bound** [baʊnd] ⁴★
形 前往…

¹³ **en route** ⁴★
片 在途中地(法)

¹⁴ **altitude** ⁴★
[`æltə, tjud]
名 高度

▶ bound for (準備)前往… 🔖 意思等同於 on the way to

¹⁵ **red-eye** [`rɛd, aɪ] ²★
名 夜飛班機；夜行班次

¹⁶ **flight number** ⁴★
片 班機號碼

¹⁷ **connecting flight** ³★
片 接駁班機

¹⁸ **flight attendant** ¹★
片 空服員

¹⁹ **cabin crew** ²★
片 (飛機)座艙內機組人員

²⁰ **first class** ¹★
片 頭等艙

²¹ **business class** ²★
片 (飛機)商務艙

²² **economy class** ³★
片 經濟艙

²³ **tourist class** ²★
片 二等艙；經濟艙

◉ MP3 144

飛機上

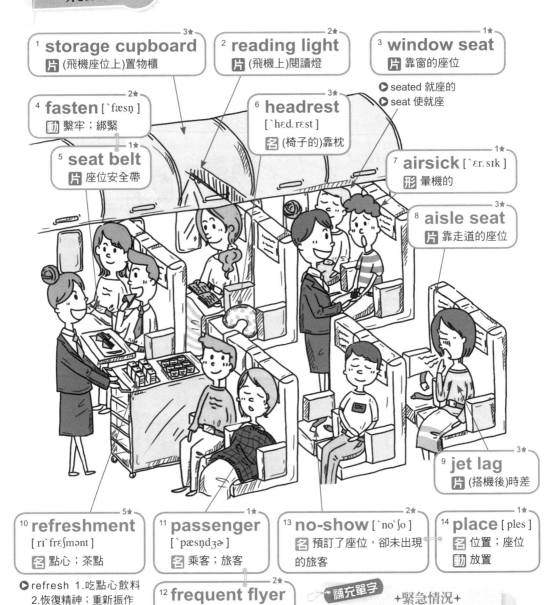

1 storage cupboard 3★
片 (飛機座位上)置物櫃

2 reading light 2★
片 (飛機上)閱讀燈

3 window seat 1★
片 靠窗的座位

▶ seated 就座的
▶ seat 使就座

4 fasten [`fæsn] 2★
動 繫牢；綁緊

5 seat belt 1★
片 座位安全帶

6 headrest 3★
[`hɛd͵rɛst]
名 (椅子的)靠枕

7 airsick [`ɛr͵sɪk] 1★
形 暈機的

8 aisle seat 3★
片 靠走道的座位

9 jet lag 3★
片 (搭機後)時差

10 refreshment 5★
[rɪ`frɛʃmənt]
名 點心；茶點

▶ refresh 1.吃點心飲料
2.恢復精神；重新振作

11 passenger 1★
[`pæsn̩dʒɚ]
名 乘客；旅客

12 frequent flyer 2★
片 頻繁搭乘飛機的旅客

13 no-show [`no͵ʃo] 2★
名 預訂了座位，卻未出現
的旅客

14 place [ples] 1★
名 位置；座位
動 放置

補充單字　＋緊急情況＋

＋ **turbulence** 名 亂流
＋ **upright** 形 挺直的；垂直的 副 垂直地
＋ **life jacket** 片 救生衣

● MP3 **145**

機場大廳

¹ **concourse** [`kɑnkors] ⁴★
名 機場中央大廳

² **entry formalities** ⁴★
片 入境手續

補充單字 ➕機場購物➕
+ **duty-free shop** 片 免稅商店
+ **airport tax** 片 機場稅
+ **customs clearance** 片 關稅申報
+ **customs formalities** 片 報關單
+ **declaration form** 片 申報表

³ **disembark** [ˌdɪsɪm`bɑrk] ⁵★
動 1.登陸;上岸 2.下車

⁴ **landing** [`lændɪŋ] ¹★
名 (飛機)降落

⁵ **information center** ³★
片 旅遊資訊服務中心

⁶ **quarantine** ⁵★
[`kwɔrənˌtin]
名 動 隔離;檢疫

⁷ **name tag** ¹★
片 名牌(掛在包包或行李上)

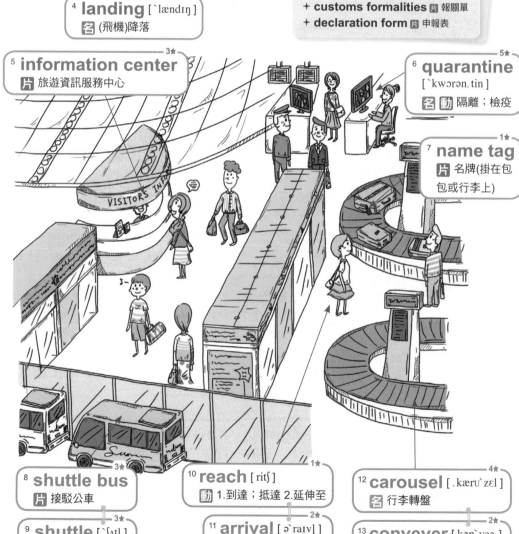

VISITORS INFO

⁸ **shuttle bus** ³★
片 接駁公車

⁹ **shuttle** [`ʃʌtl] ³★
名 動 接駁運輸

¹⁰ **reach** [ritʃ] ¹★
動 1.到達;抵達 2.延伸至

¹¹ **arrival** [ə`raɪvl] ²★
名 抵達;到達

▶ arrive 到達;抵達

¹² **carousel** [ˌkærʊ`zɛl] ⁴★
名 行李轉盤

¹³ **conveyer** [kən`veə] ²★
名 運輸裝置;傳送帶

● MP3 146

抵達飯店

1 lobby [ˋlɑbɪ] 2★
名 大廳；門廊

2 foyer [ˋfɔɪɚ] 5★
名 (旅館等的)門廳

3 vacancy [ˋvekənsɪ] 4★
名 空間；空房

7 front desk 1★
片 櫃檯

9 commissionaire
[kə͵mɪʃənˋɛr] 名 門口警衛 5★

4 room rates 1★
片 房價

8 reception
[rɪˋsɛpʃən]
名 接待櫃檯 1★

10 doorman
[ˋdor͵mæn] 名 門房 1★

5 reconfirm [͵rikənˋfɝm] 2★
動 再次確認；再證實

11 check in 1★
片 投宿登記

6 receptionist
[rɪˋsɛpʃənɪst] 名 接待員 2★

12 bellhop
[ˋbɛl͵hɑp]
名 飯店服務人員 3★

15 accommodation
[ə͵kɑməˋdeʃən] 名 住宿 4★

補充單字 ＋預約＋

＋ **reservation** 名 預約
＋ **reserve** 動 預約
＋ **overbook** 動 過量預訂
＋ **on top of** 片 除⋯之外；在⋯之上

13 check out 1★
片 辦理退房

16 sojourn [ˋsodʒɚn] 5★
動 名 逗留；旅居

14 checkout time 1★
片 退房時間

17 stay [ste] 1★
動 名 停留；過夜

● MP3 147

類型與設施

¹ resort [rɪ`zɔrt] 4★
名 度假中心

² youth hostel 3★
片 青年旅舍

³ inn [ɪn] 2★
名 旅舍

⁴ guesthouse [`gɛst͵haʊs] 1★
名 賓館；小型家庭旅館

⁵ hotel [ho`tɛl] 1★
名 旅館

⁶ campsite [`kæmp͵saɪt] 2★
名 (露營)營地

⁷ boarding house 2★
片 供餐民宿

⁸ bed and breakfast 1★
片 提供早餐的民宿

⁹ complimentary breakfast 5★
片 免費早餐

¹⁰ complimentary [͵kɑmplə`mɛntərɪ] 5★
形 1.讚賞的；恭維的 2.贈送的(美)

¹¹ continental breakfast 3★
片 歐式早餐(含吐司、培根、蛋等)

¹² English breakfast 2★
片 英式早餐(含豆子、香腸、薯泥等)

飯店設施

¹³ amenity [ə`minətɪ] 5★
名 旅館設施；休閒設備

¹⁴ free-of-charge [`friəf tʃɑrdʒ] 1★
形 免費的；不用額外收費的

¹⁵ toll-free [͵tol`fri] 3★
形 免付費的(電話)

¹⁶ lounge [laʊndʒ] 4★
名 休息室；會客廳 動 閒蕩；閒逛

¹⁷ fitness center 2★
片 健身中心

¹⁸ gym [dʒɪm] 2★
名 健身房

¹⁹ sauna [`saʊnə] 2★
名 三溫暖；蒸汽浴
動 洗蒸汽浴

²⁰ spa [spɑ] 1★
名 溫泉浴場；美容按摩

²¹ pool [pul] 1★
名 泳池

²² casino [kə`sino] 2★
名 賭場

▶ Can I swim in the spa pool?
我可以在溫泉浴池中游泳嗎？

● MP3 148

飯店房間

1 **suite** [swit] 3★
名 套房

2 **en suite** 5★
片 套房

3 **type** [taɪp] 1★
名 種類

4 **double occupancy** 3★
片 雙人房

5 **double bedded** 1★
片 附兩張床的(房間)

6 **single occupancy** 3★
片 單人房

7 **single bedded** 2★
片 單人床的(房間)

8 **laundry** [`lɔndrɪ] 2★
名 洗衣房；洗衣間

9 **dry cleaning service** 2★
片 乾洗服務

10 **air conditioning** 2★
片 空調；冷氣機

11 **balcony** [`bælkənɪ] 1★
名 陽台；露台

12 **wake-up call morning call** 2★
片 提醒起床服務

13 **minibar** [`mɪnɪbɑr] 3★
名 (旅館房內的)冰箱酒櫃；飲料櫃

14 **room service** 1★
片 客房服務

▶ Is your room service around the clock?
客房服務是二十四小時的嗎？

15 **housekeeping** [`haʊsˏkipɪŋ] 2★
名 房間清理服務

16 **robe** [rob] 2★
名 浴袍

17 **towel** [`taʊəl] 1★
名 毛巾

18 **handicapped facilities** 4★
片 無障礙設施

19 **morning newspaper** 1★
片 早報

補充單字 ╋緊急情況╋

+ **conflagration** 名 大火災
+ **fire alarm** 片 火災警報器
+ **fire exit** 片 防火逃生出口

◎ MP3 149

租車遊覽

1 driver's license 1★
片 駕駛執照

2 number plate 2★
片 車牌

3 driving record 1★
片 駕駛紀錄(或駕駛失事紀錄)

4 car insurance 3★
片 汽車保險

5 no-show fee 3★
片 未出現的罰款

🔖 指未依約定領取車輛或其他已訂購物品之罰款。

6 exterior [ɪkˋstɪrɪə] 4★
形 外在的；外表的 名 外表；外貌

7 agreement [əˋgrimənt] 1★
名 同意；協議；一致

8 daily rate 2★
片 (租用)單日費用

9 deposit [dɪˋpazɪt] 2★
名 保證金；押金；訂金

10 drop-off charge 2★
片 甲地租、乙地還的費用

遊覽景點

11 peregrination
[ˏpɛrəgrɪˋneʃən]
名 遊歷；旅行 5★

12 passage [ˋpæsɪdʒ] 2★
名 1.通路；通過 2.旅行；航行

13 sightseeing [ˋsaɪtˏsiɪŋ] 3★
名 遊覽；觀光 形 觀光的

▶ sightsee 遊覽；觀光

Sightseeing Tour Options

14 tourist [ˋturɪst] 2★
名 觀光客；遊客

15 impressive [ɪmˋprɛsɪv] 2★
形 令人感到印象深刻的

▶ impress 使⋯感到印象深刻

16 famous [ˋfeməs] 1★
形 有名的；具名聲的

▶ The bakery is famous for its chocolate cake and cheese cake.
這家麵包店以巧克力蛋糕和起士蛋糕聞名。

17 migrate [ˋmaɪˏgret] 5★
動 1.遷移；移居 2.(候鳥)遷徙

18 migratory [ˋmaɪgrəˏtorɪ] 5★
形 遷移的；有遷居習慣的

● MP3 150

街景

¹ **downtown** [ˌdaʊnˋtaʊn] 1★
名 市區；鬧區 形 市區的

² **hub** [hʌb] 3★
名 樞紐；中心

⁴ **sanctuary** 5★
[ˋsæŋktʃʊˌɛrɪ]
名 聖殿；教堂

⁵ **local** [ˋlokḷ] 1★
形 當地的

⁷ **inhabitant** 5★
[ɪnˋhæbətənt]
名 居民；居住者
▶ inhabit 居住

³ **pedicure** 4★
[ˋpɛdɪkˌjʊr]
名 足部美甲

⁶ **guide** [gaɪd] 1★
名 嚮導；導遊
動 引導；指示

⁹ **hair salon** 1★
片 髮廊；理髮廳

⁸ **double-decker** 2★
[ˋdʌbḷˋdɛkɚ]
名 雙層巴士

¹⁰ **nostalgia** 5★
[nɑsˋtældʒɪə]
名 鄉愁

¹¹ **bus stop** 1★
片 公車站牌

¹⁶ **pay phone** 1★
片 公用電話

¹² **cavity** 4★
[ˋkævətɪ]
名 洞；凹處

¹³ **taxi** [ˋtæksɪ] 1★
名 計程車(美)
▶ cab 計程車(英)

¹⁵ **whistle** 2★
[ˋhwɪsḷ]
動 吹口哨
名 口哨

¹⁷ **directory** 5★
[dəˋrɛktərɪ]
名 姓名住址簿

¹⁴ **crossing** [ˋkrɔsɪŋ] 4★
名 1.十字路口 2.渡口 3.橫越

¹⁸ **fire hydrant** 3★
片 消防栓

197

◎ MP3 **151**

紀念品

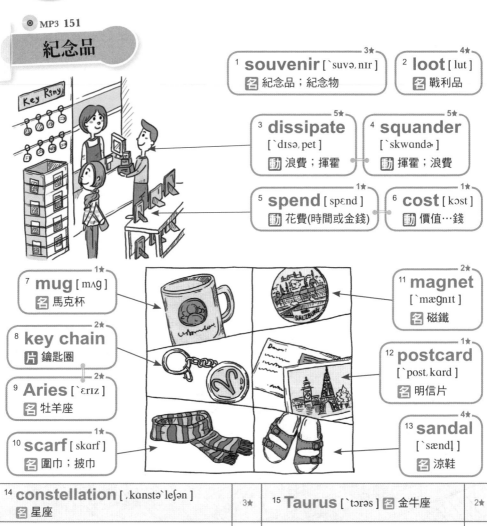

1 souvenir [`suvə,nɪr] 3★
名 紀念品；紀念物

2 loot [lut] 4★
名 戰利品

3 dissipate [`dɪsə,pet] 5★
動 浪費；揮霍

4 squander [`skwɑndə] 5★
動 揮霍；浪費

5 spend [spɛnd] 1★
動 花費(時間或金錢)

6 cost [kɔst] 1★
動 價值…錢

7 mug [mʌg] 1★
名 馬克杯

8 key chain 2★
片 鑰匙圈

9 Aries [`ɛrɪz] 2★
名 牡羊座

10 scarf [skɑrf] 1★
名 圍巾；披巾

11 magnet [`mægnɪt] 2★
名 磁鐵

12 postcard [`post,kɑrd] 1★
名 明信片

13 sandal [`sændl] 4★
名 涼鞋

14 constellation [,kɑnstə`leʃən] 名 星座	3★	**15 Taurus** [`tɔrəs] 名 金牛座	2★
16 Gemini [`dʒɛmə,naɪ] 名 雙子座	2★	**17 Cancer** [`kænsə] 名 巨蟹座	2★
18 Leo [`lio] 名 獅子座	1★	**19 Virgo** [`vɜgo] 名 處女座	1★
20 Libra [`librə] 名 天秤座	2★	**21 Scorpio** [`skɔrpɪ,o] 名 天蠍座	2★
22 Sagittarius [,sædʒɪ`tɛrɪəs] 名 射手座	3★	**23 Capricorn** [`kæprɪkɔrn] 名 魔羯座	3★
24 Aquarius [ə`kwɛrɪəs] 名 水瓶座	2★	**25 Pisces** [`paɪsiz] 名 雙魚座	2★

◎ MP3 152

娛樂與景點

1 **beach** [bitʃ] 1★
名 海灘；海濱

2 **grit** [grɪt] 4★
名 砂礫

3 **indulgence** 4★
[ɪnˋdʌldʒəns]
名 沈溺；放縱

4 **tantalizing** 4★
[ˋtæntḷˌaɪzɪŋ]
形 逗人的；撩人的

5 **beach chair** 1★
片 海灘躺椅

6 **pickpocket** 3★
[ˋpɪkˌpakɪt]
名 扒手 動 扒竊

7 **theft** [θɛft] 5★
名 偷竊；盜竊

8 **steal** [stil] 1★
動 偷竊；竊取

9 **customary** 4★
[ˋkʌstəmˌɛrɪ]
形 習慣上的；慣常的

10 **inveterate** 5★
[ɪnˋvɛtərɪt]
形 根深的；積習的

11 **surreptitious** 5★
[ˌsɝəpˋtɪʃəs]
形 偷偷摸摸的；鬼鬼祟祟的

遊覽當地

12 **square** [skwɛr] 2★
名 (方型)廣場 形 正方型的

13 **conversation** 1★
[ˌkanvɚˋseʃən] 名 對話；對談

14 **booth** [buθ] 2★
名 (有蓬的)小貨攤

15 **stall** [stɔl] 4★
名 攤位；貨攤

16 **exotic** [ɛgˋzatɪk] 5★
形 具異國風情的

17 **delicate** [ˋdɛləkət] 3★
名 當地名產、美食
形 精美雅緻的；可口的

18 **conventional** 3★
[kənˋvɛnʃənl]
形 慣例的；傳統的

娛樂活動・季節

◎ MP3 **153**

娛樂活動

¹ **cruise** [kruz] ⁴★
動 緩慢航行於…；漫遊於…
名 (坐船)旅行

² **take a cruise** ⁴★
片 搭船旅遊

³ **ferry** [`fɛrɪ] ³★
動 搭乘渡輪；渡船
名 1.渡輪 2.渡船口

⁴ **traverse** [`trævɜs] ⁴★
動 名 橫渡；穿越
▶ traverse the ocean 橫渡重洋

⁵ **voyage** [`vɔɪɪdʒ] ³★
名 動 航海；旅行；乘船旅行
▶ A voyage around the world is one of his dreams.
乘船旅行全世界是他的夢想之一。

⁶ **golf course** ²★
片 高爾夫球場

⁷ **horseback riding** ²★
片 騎馬(休閒活動)

⁸ **hang gliding** ³★
片 滑翔翼

⁹ **coach** [kotʃ] ¹★
名 巴士；長途公車

¹⁰ **hitch-hike** [`hɪtʃ,haɪk] ²★
動 名 搭便車旅行

¹¹ **expedition** [,ɛkspɪ`dɪʃən] ⁵★
名 探險；考察；遠征

¹² **hazardous** [`hæzədəs] ⁴★
形 有危險的；冒險的

¹³ **hazardous activity** ⁴★
片 危險活動；有風險的活動
▶ Will the surfing be classified as a hazardous activity?
衝浪應被歸類為高危險性活動嗎？

季節

¹⁴ **season** [`sizṇ] ¹★
名 季節；節期

¹⁵ **seasonal** [`siznəl] ¹★
形 季節的；季節性的

¹⁶ **spring** [sprɪŋ] ¹★
名 春天；春季

¹⁷ **summer** [`sʌmə] ¹★
名 夏季；夏天

¹⁸ **autumn** ²★
[`ɔtəm]
名 秋季

¹⁹ **fall** [fɔl] ¹★
名 秋季

²⁰ **winter** ¹★
[`wɪntə]
名 冬季

克 漏 字

請參考中文例句中被標記的單字，並將其英文填入空格中。

(1) The _____ building will be torn down this Sunday afternoon.
這棟破舊的大樓將在這週日下午拆毀。

(2) Ms. Chen _____ up the tear of many investors at reading the financial report.
陳小姐閱讀財務報告時，想到許多投資者的眼淚。

(3) It just occurred to Mrs. Watson that she should have handed in the _____ report.
華生太太剛想到她應該要繳交年度報告。

(4) Starry Night is one of Van Gogh's _____ works of art.
《星空》是梵谷無價的藝術作品之一。

(5) They plan to enjoy a spa in the _____.
他們打算在上午十點左右泡溫泉。

(6) Beware of the stairs when taking the _____.
搭乘手扶梯時，請小心階梯。

(7) The five thousand dollars which was _____ will be returned to your personal account.
溢收的五千元將退回您的個人帳戶。

(8) The _____ had returned the invoice for correction.
收件人已退還付費通知發票以做更正。

(9) Gratuity is a special _____ made for all the retired employees.
慰勞金是發給退休員工的特別給付。

(10) There are _____ trees in the garden, which makes the house even more graceful.
在花園裡有常青樹，這讓房子看起來更優雅了。

Answer Key

(1) decrepit   (2) conjured   (3) annual   (4) priceless

(5) midmorning   (6) escalator   (7) overcharged   (8) recipient

(9) payment   (10) perennial

單字選填　請參考框內的英文單字，將最適合的單字填入句中。
若該單字在置入句中時需有所變化，請填入單字的變化型。

grooming	pallet	characteristic	fraudulent
refurbish	novelty	consumerism	incredulous
leakage	surveillance	ambivalence	backpack
on top of	charter	diversification	carousel
laundry	necklace	quarantine	controversial
self-employed	bill	deadline	dash
indulgence			

(1) _____ emphasizes the protection of the interests of consumers.

(2) The researcher's _____ was the key to his fiasco.

(3) It takes great precision to make this gold _____ with hands.

(4) The _____ for utilities should be paid on time.

(5) There is nothing but a _____ in the suite.

(6) I think there might be a _____ of the gas. You'd better check it.

(7) _____ into conclusions may veil the truth.

(8) We enjoy a relaxing _____ in the beach throughout the afternoon.

(9) In customer service, any _____ behaviors are unbearable.

(10) We should keep _____ on any change of the price.

(11) The boss is an _____ owner and asked me to present supporting documents.

(12) Jason failed to pay the tax by the _____, and hence would be fined up to five thousand dollars.

(13) _____ in cell-phones is the reason why ABC Technology can hit the market.

(14) Mr. Watson's technology company is _____ of excellent customer service and quality control.

(15) Anyone who has no regular income is deemed to be _____.

(16) Mr. and Mrs. Wang will _____ a bus for the guests to their wedding.

(17) During the period of _____, the landlord will pay for your hotel bills.

(18) As this advertisement says, this hotel is not only open to pets, but also provides pet _____ service.

(19) Whether the tenant should be responsible for the damage is _____.

(20) _____ the room rate, extra service cost should be included.

(21) Do you think that it is safe to _____ in Africa?

(22) The author likes to seek for _____, variety and challenge.

(23) There are two _____ on the 2nd floor.

(24) The inbound passengers from that country have to be _____.

(25) It is crowded in the baggage _____ area, so I will pick up my luggage later.

Answer Key

(1) Consumerism	(2) ambivalence	(3) necklace	(4) bills
(5) pallet	(6) leakage	(7) Dashing	(8) indulgence
(9) fraudulent	(10) surveillance	(11) incredulous	(12) deadline
(13) Diversification	(14) characteristic	(15) self-employed	(16) charter
(17) refurbishing	(18) grooming	(19) controversial	(20) On top of
(21) backpack	(22) novelty	(23) laundries	(24) quarantined
(25) carousel			

note

Part 7

人資公司員工珍
Jane, The Employee of H.R. Company

珍在人力資源公司上班，將大量的資訊分門別類是她的工作。

這樣的她，在閒暇之餘，最喜歡以平價美食犒賞自己。

你也掌管著人事工作，或者喜愛美味又便宜的食物嗎？

快跟著珍學習，別漏掉與你息息相關的英文字彙喔！

Scenes

1. 字彙力測試 Vocabulary Preview

2. 人力資源公司 Human Resources Company

3. 履歷表 Résumé

4. 應徵工作 To Apply For A Job

5. 保障與薪資 Welfare And Salary

6. 平價美食遊 Delicious Bargains

7. 詞彙應用再升級 Level Up

圖像聯想　　請看下面的圖及英文，自我測驗一下，你能寫出幾個單字的中文意思呢？

1.

occupation _____　　genre _____

extent _____　　classified _____

pertinent _____　　compartment _____

2.

specialize _____　　certification _____

technique _____　　professional _____

adroit _____　　skilled _____

3.

candidate _____　　application _____

apparel _____　　emulate _____

anxious _____　　psychological _____

4.

payroll _____　　stipendiary _____

overtime _____　　allocate _____

income _____　　seniority _____

5.

tasty _____　　material _____

deli _____　　preferred _____

odorous _____　　pastime _____

◎ MP3 154

人力資源公司

1 H.R. ²★
縮 人力資源

2 hidden job market ³★
片 潛在工作市場

3 staffing service ²★
片 人力仲介

📖 全稱為 human resource

4 profession ³★
[prə`fɛʃən] 名 職業

5 occupation ²★
[,ɑkjə`peʃən] 名 職業；工作

6 opportunity ²★
[,ɑpə`tjunətɪ] 名 機會

7 kind [kaɪnd] ¹★
名 種類

8 mode [mod] ³★
名 形式；種類

9 genre [`ʒɑnrə] ⁴★
名 類型；類別

10 pertaining ⁵★
[pə`tenɪŋ]
形 從屬於…的；
附屬的 (+to)

11 pertinent ⁴★
[`pɝtnənt]
形 有關的；附屬的

STAFFING SERVICE

Company | Find Job | Post Resumes | Resources | Contacts

FIND JOB

JOB ALERTS

POST RESUME

NEW

GET JOB RECOMMENDATIONS
TRY IT NOW ▶

12 classified ³★
[`klæsə,faɪd]
名 分類廣告
形 分類的

13 extent ³★
[ɪk`stɛnt]
名 程度；範圍

補充單字 +雇主・雇員+
+ **staff** 名 公司職員；員工
+ **engagement** 名 雇用；雇用期
+ **employer** 名 雇主；老闆
+ **employee** 名 員工；雇員
+ **retainer** 名 雇員

14 compartmentalize ⁵★
[,kəmpɑrt`mɛntl,aɪz]
動 劃分；區分

15 distinguish ³★
[dɪ`stɪŋgwɪʃ] 動 區別；識別

16 assort [ə`sɔrt] ⁴★
動 分類；分級

17 sort [sɔrt] ¹★
動 將…分類
名 種類；類別

⦿ MP3 155

工作機會

1 provision [prəˈvɪʒən] —5★
名 1.預備 2.供應

2 provide [prəˈvaɪd] —1★
動 提供；供給

3 consolidation —5★
[kənˌsɑləˈdeʃən]
名 統一；合併

4 consist [kənˈsɪst] —3★
動 由…組成

▶ The lab kit consists of a syringe and a needle.
這個實驗室工具箱內含一個注射器和一個針頭。

5 multiple [ˈmʌltəpḷ] —2★
形 複合的；多樣的

▶ How can you visit multiple countries in a single trip?
你如何能夠在一趟旅行中造訪那麼多個國家？

6 conjunction —3★
[kənˈdʒʌŋkʃən]
名 結合；連結

7 a great deal —1★
片 許多；大量的

8 sufficient [səˈfɪʃənt] —2★
形 足夠的；充分的

9 tremendous [trɪˈmɛndəs] —3★
形 1.大量的 2.巨大的；極大的

10 copious [ˈkopɪəs] —4★
形 大量的；豐富的

11 profusion [prəˈfjuʒən] —5★
名 充沛；大量；豐富

▶ The journalist made copious notes during the press conference.
這位記者在記者會時做了許多筆記。

12 scarcity [ˈskɛrsətɪ] —3★
名 缺乏；不足

13 lack [læk] —2★
名 缺少；不足 動 缺少；缺乏

▶ This letter is in scarcity of respect and politeness.
這封信缺乏尊敬和禮貌。

14 per [pɚ] —1★
介 每…

15 electronically —2★
[ɪˌlɛkˈtrɑnɪkḷɪ] 副 電子化地

▶ Tax declarations can be made electronically via Internet.
報稅可透過網路以電子化方式進行。

16 systematically —3★
[ˌsɪstəˈmætɪkḷɪ]
副 有系統地；有組織地

17 system [ˈsɪstəm] —2★
名 系統；體系

▶ Amanda is responsible for the input of data into the system.
亞曼達負責系統的資料輸入。

18 search [sɝtʃ] —1★
動 名 尋找；搜尋

▶ Google is the most popular search engine all over the world.
Google是世界上最受歡迎的搜尋引擎。

◎ MP3 156

整理資訊

1 **handle** [`hænd!] 2★
動 處理；對待

2 **deal with** 2★
片 應付；處理

3 **solve** [sɑlv] 1★
動 解決；解釋

4 **band-aid** [`bænd͵ed] 2★
動 暫時解決問題

5 **pull off** 4★
片 成功；做成某事

6 **prioritize** [praɪ`ɔrə͵taɪz] 4★
動 按優先順序處理

7 **record** 1★
[`rɛkəd] 名 記錄
[rɪ`kɔrd] 動 記載

BANKING EDITORIAL HEALTHCARE

8 **decrease** 2★
[dɪ`kris] 動 減少
[`dikris] 名 減少

9 **decreasing** [dɪ`krisɪŋ] 2★
形 減少的；減小的

10 **deduction** [dɪ`dʌkʃən] 4★
名 1.扣除；減除 2.扣除額

11 **reduce** [rɪ`djus] 2★
動 減少；降低

12 **cutback** [`kʌt͵bæk] 4★
名 減少

13 **subtract** [sʌb`trækt] 1★
動 減掉；去掉

▶ reduction 減量

▶ How can we have more cutbacks
in unnecessary spending?
我們應如何縮減不必要的開支？

▶ subtraction 減少

14 **remove** [rɪ`muv] 2★
動 移動；調動；移除

15 **boost** [bust] 5★
動 提高；增加

16 **boost the price of** 5★
片 提高⋯的價格

▶ No posts on the bulletin can be
removed unless authorized.
未經授權，不可移除公佈欄上的公告。

17 **frequently** 2★
[`frikwəntlɪ]
副 頻繁地；屢次地

18 **scarce** [skɛrs] 2★
形 稀少的；缺乏的

19 **restrictive** [rɪ`strɪktɪv] 3★
形 限制的；約束的

▶ The boy yawned frequently while reading the book.
這個男孩在看書時頻頻打哈欠。

20 **repress** [rɪ`prɛs] 4★
動 抑制；約束

◎ MP3 157

職業

¹ **interpreter** [ɪn`tɝprɪtɚ] 4★
名 口譯人員

² **pedagogue** 5★
[`pɛdə͵gɑg]
名 1.學理 2.(小學)教師

³ **enlighten** 5★
[ɪn`laɪtn̩]
動 1.啟發 2.教導

▶ Can you provide any evidence in pedagogue?
你能提供任何學理上的證據嗎？

⁴ **retailer** 5★
[`ritelɚ]
名 零售店；零售商

⁵ **wholesale** 5★
[`hol͵sel]
名 批發 形 批發的

⁶ **editor** [`ɛdɪtɚ] 2★
名 編輯；編者

⁷ **edit** [`ɛdɪt] 4★
動 編輯；校訂

⁸ **editorial** [͵ɛdə`torɪəl] 4★
形 編輯(上)的；編者的

⁹ **scholar** [`skɑlɚ] 2★
名 學者；人文學者

¹⁰ **freelancer** [`fri͵lænsɚ] 5★
名 自由作家(或演員等)

¹¹ **engineer** [͵ɛndʒə`nɪr] 2★
名 工程師；技師

¹² **graphic designer** 5★
片 平面設計師

¹³ **designer** [dɪ`zaɪnɚ] 2★
名 設計師；構思者

¹⁴ **plumber** [`plʌmɚ] 2★
名 水管工人

¹⁵ **locksmith** 3★
[`lɑk͵smɪθ] 名 鎖匠

¹⁶ **lock** [lɑk] 1★
動 鎖；鎖上 名 鎖

¹⁷ **butcher** [`butʃɚ] 4★
名 屠夫；肉販

¹⁸ **anchor** 4★
[`æŋkɚ]
名 新聞主播

¹⁹ **journalist** [`dʒɝnəlɪst] 4★
名 新聞記者；新聞工作者

²⁰ **headline** [`hɛd͵laɪn] 2★
名 頭條；頭條新聞

²¹ **housekeeper** 2★
[`haus͵kipɚ] 名 管家

²² **tester** [`tɛstɚ] 2★
名 試驗員；測試器

²³ **gossip** [`gɑsəp] 2★
名 八卦；流言
動 講八卦；傳播流言

◎ MP3 158

徵人資訊

¹ **unlimited** [ʌn`lɪmɪtɪd] 2★
形 無限的;無數的

² **limited** [`lɪmɪtɪd] 2★
形 有限的;不多的

³ **employment gaps** 4★
片 員工缺額

⁴ **job opening** 1★
片 職缺

⁵ **vacant** [`vekənt] 2★
形 空缺的;閒置的

▶ opening 缺額;空缺　　▶ vacate 空出

⁶ **full-time** 1★
[`fʊl`taɪm]
形 全職的

⁷ **part-time** 2★
[`pɑr`taɪm] 形 兼職的

▶ contract employee 約聘
人員
▶ sign on 簽約受聘

⁸ **shift** [ʃɪft] 3★
名 輪班;輪班工作時間

▶ dayshift 日班
▶ swing shift 中班;小夜班
(從下午三、四點至半夜)

⁹ **notify party** 3★
片 聯絡人

¹⁰ **number** 1★
[`nʌmbə] 名 號碼

GET SIMILAR JOBS BY EMAIL. Sign Up

★Follow Company　📄Report this job　💾Save　✉Email　🔍All Parker and Lunch Jobs

Company:
Parker and Lunch

Job Status:
Full Time
Employee

Location:
Portland, OR 97204

Salary:
$60,000.00 - $80,000.00 /year

Job Category:
Accounting/Finance/Insurance

Career Level:
Experienced (Non-Manager)

Education Level:
Bachelor's Degree

OPPORTUNITIES

Allow us to advance your career to
the next level.

See all opportunities >>

ABOUT US

At Parker + Lynch we'll put our
relationships to work for you.

Learn more >>

Process Analyst

Hiring immediately a Process Analyst within a fast-paced,
multi-national organization. This is a dynamic role that
integrates finance, accounting and systems with excellent
growth potential.

Job Description:

- Facilitate communications between Finance and
Accounting departments

- Work with the Oracle R12 implementation team
- Build relationships with team members

Requirements include:

- Degree in Accounting or Finance
- 3+ years of experience
- Strong analytical and accounting process background
- CPA preferred
- Experience with MS Office, particularly with Excel
- Strong working knowledge of GAAP
- Strong interpersonal/communication skills

Job Experience:
3-5 Years

Apply Now

Job Reference Co.: US-EN-8-229890-4252782

¹⁴ **fundamental** [ˌfʌndə`mɛnt!] 3★
形 基礎的;根本的;十分重要的

¹¹ **eligible** [`ɛlɪdʒəb!] 3★
形 有資格當選的

¹² **qualified** [`kwɑlə͵faɪd] 3★
形 符合資格的;合格的

▶ highly-qualified 高度符合資格的

¹³ **appropriate** 5★
[ə`proprɪ͵et]
adaptable
[ə`dæptəb!]
形 1.適當的;適合的
2.能適應的

¹⁵ **precondition** [͵prikən`dɪʃən] 3★
名 先決條件;前提

¹⁶ **requirement** [rɪ`kwaɪrmənt] 2★
名 1.要求 2.必要條件

▶ meet the requirements 符合需求

◎ MP3 159

網站註冊

¹ **registration** [ˌrɛdʒɪˈstreʃən] 2★
名 1.註冊；登記 2.登記項目

² **member** [ˈmɛmbɚ] 1★
名 (團體等的)成員；會員

³ **change jobs** 3★
片 轉換工作跑道

⁴ **e-mail account** 3★
片 電子郵件帳號

⁵ **private** [ˈpraɪvɪt] 1★
形 私人的；非公開的

▶ Will my private information be disclosed?
我的個人資料會遭洩漏嗎？

Online Registration CLICK HERE

⁶ **refresh the page** 2★
片 重新載入網頁

⁷ **the rest** 1★
片 其他；剩餘部分

⁸ **built-in** [ˈbɪltˈɪn] 2★
形 內建的

⁹ **bacon job** 3★
片 好差事；人人搶著做的工作

¹⁰ **make out** 2★
片 填寫；寫出

¹¹ **fill in** 1★
片 填寫

¹² **fill out** 1★
片 填寫

▶ fill 1.填表 2.填缺(工作)

找工作

¹³ **blue-collar** 2★
[ˈbluˈkɑlɚ]
形 藍領的(勞工階級的)

¹⁴ **manual worker** 4★
片 體力勞動者；手工勞動者

▶ Even manual workers deserve the respect from their managers.
即使是體力勞動者也應獲得管理者的尊重。

JOB OPPORTUNITY

¹⁵ **white-collar** 2★
[ˈhwaɪtˈkɑlɚ]
形 白領階級的

🖋 泛指辦公室內以文書、腦力為主要工作內容的工作者。

補充單字　+work 衍生詞+
+ **work force** 片 勞動力；員工
+ **work hour** 片 工時
+ **working day** 片 工作日
+ **workload** 名 工作量
+ **workplace** 名 工作場所

¹⁶ **expectancy** 5★
[ɪkˈspɛktənsɪ]
名 期望；期望值

¹⁷ **expectation** 2★
[ˌɛkspɛkˈteʃən]
名 期望；預期

◎ MP3 160

履歷表

1 résumé `3★`
[ˌrɛzjʊˋme]
名 履歷表

2 C.V. `3★`
縮 履歷表

全稱為 curriculum vitae

3 career [kəˋrɪr] `1★`
名 1.經歷；生涯 2.職業

4 graduate `2★`
[ˋgrædʒʊˌet] 動 畢業

5 background `2★`
[ˋbækˌgraund] 名 背景

6 education `1★`
[ˌɛdʒʊˋkeʃən] 名 教育

▶ educated 受過教育的

7 college [ˋkɑlɪdʒ] `1★`
名 大學；學院

8 major [ˋmedʒɚ] `2★`
名 主修科目

9 degree [dɪˋgri] `1★`
名 1.學位 2.地位

JANE PARKER
555 Main Street
Chicago, IL 60640
jane.p@xxxx.com
ool. 774. 543. 5555

10 nationality `2★`
[ˌnæʃəˋnælətɪ]
名 國籍

ASSISTANT
CITIZENSHIP : USA
D.O.B. May 17,1976
GENDER: FEMALE
MARITAL STATUS : Single

11 female [ˋfimel] `2★`
形 女性的
名 女性

12 male [mel] `2★`
形 男性的
名 男性

PROFILE

13 past [pæst] `1★`
名 過去；過往
形 過往的

14 Ph.D. `3★`
縮 博士學位

全稱為 Doctor of Philosophy

15 master `2★`
[ˋmæstɚ]
名 碩士學位

EDUCATION
Ph.D. IN HUMAN RESOURCE DEVELOPMENT
MASTER IN MANAGEMENT
B.A. IN HUMAN RESOURCE MANAGEMENT

16 bachelor `2★`
[ˋbætʃələ] 名 學士

RELATED WORK EXPERIENCE

補充單字 ＋薪水＋

+ **salary** 名 薪水；薪資
+ **salary range** 片 薪資範圍
+ **salary requirement** 片 期望薪資
+ **earned income** 片 工作收入(指薪資等)
+ **additional income** 片 額外收入
+ **counter offer** 片 還價

17 employment history `4★`
片 工作資歷

18 work experience `2★`
片 工作經驗

19 sophisticated `4★`
[səˋfɪstɪˌketɪd]
形 富有經驗的

◎ MP3 161

專業證照

¹ **specialize** [`spɛʃəl͵aɪz] 4★
動 專門從事；專攻

² **specialty** [`spɛʃəltɪ] 3★
名 專長；專業

³ **expertise** [͵ɛkspɚ`tiz] 3★
名 專業知識；專業技術

⁴ **license** [`laɪsns] 2★
名 執照；證書

⁵ **certificate** [sɚ`tɪfəkɪt] 4★
名 證書；執照

⁶ **certification** [͵sɝtɪfə`keʃən] 5★
名 證明；檢定；保證

▶ The CE certification has been acquired for this product.
這個產品已經取得歐盟CE認證。

⁷ **technique** [tɛk`nik] 2★
名 技術；技巧

⁸ **technical** [`tɛknɪk] 2★
形 專業的；技術性的

⁹ **technically competent** 3★
片 具技術能力的

¹⁰ **qualification** [͵kwɑləfə`keʃən] 4★
名 資格；能力

▶ The corporate group has developed the nano technique for ten years.
這個企業集團已經發展奈米技術長達十年了。

¹¹ **expert** [`ɛkspɚt] 1★
名 專家；能力

¹² **professional** [prə`fɛʃənḷ] 3★
名 專家；內行 形 專業的；職業性的

¹³ **excel** [ɪk`sɛl] 4★
動 精通；擅長

▶ Professionals such as lawyers and accountants are usually paid well.
像律師和會計師這樣的專家，通常擁有不錯的收入。

¹⁴ **adept** [ə`dɛpt] 4★
形 熟練的；內行的

¹⁵ **proficiency** [prə`fɪʃənsɪ] 4★
名 精通；熟練；精練

¹⁶ **adroit** [ə`drɔɪt] 5★
形 靈巧的；熟練的

▶ Amanda is very adept in the business of Sales Department.
亞曼達對銷售部的業務十分熟悉。

▶ adroitness 靈巧；機伶

★補充單字★ ＋助益・幫助＋
＋ **helpful** 形 有助益的
＋ **useful** 形 有用的；有用處的
＋ **avail** 動 有益；有幫助 名 效用；利益；幫助
＋ **to no avail** 片 完全無用
＋ **useless** 形 沒用的；無用的

¹⁷ **skill** [`skɪl] 1★
名 技巧；能力

¹⁸ **skilled** [skɪld] 1★
形 有技巧的

◉ MP3 **162**

能力

1 **ability** [ə`bɪlətɪ] 1★
名 能力；能耐

2 **capability** [ˌkepə`bɪlətɪ] 4★
名 1.能力；才幹 2.性能；功能

3 **caliber** [`kæləbə] 5★
名 1.才幹 2.水準；程度

4 **capable** [`kepəbḷ] 2★
形 有能力的

▶ incapacitated 使無能力的

5 **enable** [ɪn`ebḷ] 2★
動 使…能夠；有能力

▶ able 有能力的
▶ unable 沒能力的

6 **competent** [`kɑmpətənt] 4★
形 有能力的；稱職的

7 **gifted** [`ɡɪftɪd] 2★
形 有天賦的；有才能的

▶ gift 天賦；才能

8 **crafted** [`kræftɪd] 3★
形 有才藝的；有才能的

▶ craft 工藝

補充單字 ＋推薦＋

＋ **recommend** 動 推薦
＋ **testimonial** 名 推薦書
＋ **reference** 名 推薦人；參考資料
📎 用於提供未來雇主電話探訪應試者資料。

9 **be cut out to be** 3★
片 天生適合…

10 **aptitude** [`æptəˌtjud] 4★
名 天資；才能

履歷附件

11 **report card** 1★
片 成績單

12 **transcript** [`trænˌskrɪpt] 4★
名 1.成績單 2.抄本；副本

13 **cover letter** 3★
片 求職信(附於履歷表前)

14 **overview** [`ovəˌvju] 2★
名 概要；概述

15 **interest** [`ɪntərɪst] 2★
名 興趣；喜好

16 **footer** [`fʊtə] 3★
名 信末註語

17 **footnote** [`fʊtˌnot] 3★
動 加註 名 腳註

18 **header** [`hɛdə] 3★
名 信首註語

19 **portfolio** [port`folɪˌo] 4★
名 代表作選輯

◎ MP3 **163**

性格優勢

1★
1 hardworking
[ˏhɑrd`wɝkɪŋ]
形 努力工作的；勤勉的

2★
2 diligent
[`dɪlədʒənt]
形 勤勉的

3★
3 strive
[straɪv]
動 苦幹；努力

3★
4 labor [`lebɚ]
名 勞力；勞工
動 勞動；奮力工作

3★
5 industrious
[ɪn`dʌstrɪəs]
形 勤勉的；努力的

5★
6 exertion
[ɪg`zɝʃən]
名 努力；費力

3★
7 loyalty [`lɔɪəltɪ]
名 忠誠；忠實

1★
8 smart [smɑrt]
形 聰明的；精明的

5★
9 shrewdness [`ʃrudnɪs]
名 精明；機伶

1★
10 rapidly [`ræpɪdlɪ]
副 快速地；迅速地
▶ rapid 快速的

3★
11 prompt [prɑmpt]
形 敏捷的；及時的

4★
12 execute [`ɛksɪˏkjut]
動 執行；履行

5★
13 expedite [`ɛkspɪˏdaɪt]
動 迅速執行

3★
14 initiative
[ɪ`nɪʃɪvɪtɪv]
名 進取心

3★
15 aggressive
[ə`grɛsɪv] 形
有進取精神的；有幹勁的

2★
16 enterprising
[`ɛntɚˏpraɪzɪŋ]
形 有事業心的

2★
17 aim high
片 力爭上游；
有雄心壯志

2★
18 enthusiastic
[ɪnˏθjuzɪ`æstɪk]
形 熱情的；熱心的

2★
19 enthusiasm
[ɪn`θjuzɪˏæzəm]
名 熱情；熱忱

4★
20 enthuse
[ɪn`θjuz]
動 激發…的熱忱

21 positive [`pɑzətɪv] 形 確定的；確實的	1★	**22 precisely** [prɪ`saɪslɪ] 副 切實地；確切地	3★
23 concentrate [`kɑnsɛnˏtret] 動 專注於；全神貫注	4★	**24 conduct** [`kɑndʌkt] 名 行為；品行	2★
25 work ethic 片 職業道德	4★	**26 sense of as special** 片 自我獨特感；感覺特別	3★

◎ MP3 164

應徵者

1 various [`vɛrɪəs] 2★
形 各種各樣的；形形色色的
▶ a variety of 種種；多樣

2 blanket [`blæŋkɪt] 2★
形 總括的；全體的

3 heterogeneous [ˌhɛtərəˋdʒinɪəs] 5★
形 由不同成分組成的；異質的；異種的

4 homogeneous [ˌhoməˋdʒinɪəs] 5★
形 同種的；同質的

5 examinee [ɪgˌzæməˋni] 3★
名 應試者

6 candidate [`kændədet] 3★
名 求職應徵者

7 applicant [`æpləkənt] 2★
名 申請者

📎 candidate 亦有「候選人」之義。

8 apparel [əˋpærəl] 5★
名 服裝；衣著

9 confident [`kɑnfədənt] 2★
形 有自信的；自信的
▶ confidence 信心；自信

10 anxious [`æŋkʃəs] 3★
形 焦慮的

CONFERENCE ROOM

11 psychological [ˌsaɪkəˋlɑdʒɪkl̩] 3★
形 心理上的

12 hopefully [`hopfəlɪ] 3★
副 1.懷抱希望地 2.但願

15 try out 1★
片 嘗試

13 application [ˌæpləˋkeʃən] 2★
名 申請書；申請表

16 emulate [`ɛmjəˌlet] 5★
動 同⋯競爭；盡力趕上

14 apply [əˋplaɪ] 1★
動 申請；請求

17 contest [`kɑntɛst] 3★
名 1.競爭 2.競賽

補充單字 ＋工作＋
＋ **business day** 片 營業日
＋ **commute to work** 片 通勤工作
＋ **available upon request**
片 要求後即提供
📎 要求後即提供的資料，通常指應試資料或推薦人電話等。

SCENE 4 招募新血・面試

◎ MP3 165

招募新血

1 **recruit** [rɪˋkrut] 3★
動 招募；聘用

2 **recruiter** [rɪˋkrutɚ] 3★
名 招聘人員

3 **recruitment** [rɪˋkrutmənt] 3★
名 招募新人

4 **enlist** [ɪnˋlɪst] 4★
動 徵募；招募

5 **enroll** [ɪnˋrol] 3★
動 應募；把…記入名冊

6 **aptitude test** 4★
片 性向測驗

7 **test** [tɛst] 1★
名 動 測驗；檢驗

▶ Before being assigned to different units, the new employees should take an aptitude test.
在被分派到不同的單位前，新進員工需接受性向測驗。

面試類型

8 **behavioral interview** 4★
片 行為面試

📎 係以了解應試人員的行為及反應為目的之面試方式。

11 **cold call** 3★
片 冷不防電話

📎 冷不防電話，是指打電話給應徵者的前雇主，以進行背景調查的電話。

9 **situational interview** 3★
片 情境面試

📎 情境面試係指給予應試人員不同情境，考驗其問題解決能力的面試。

12 **call in** 2★
片 邀請來…

10 **screening interview** 3★
片 篩選面試

📎 篩選出符合資格的工作申請者，以進行進一步面試，稱為篩選面試。

13 **traditional interview** 3★
片 傳統會談面試

14 **background check** 3★
片 背景調查

15 **headhunter** [ˋhɛd͵hʌntɚ] 3★
名 獵人頭者

16 **describe** [dɪˋskraɪb] 1★
動 形容；描寫；描繪

📎 職業為替委託公司物色人才者，稱之。

⊙ MP3 166

 面試

2 **sternly** [`stɜnlɪ] ── 4★
副 嚴格地

3 **objective** [əb`dʒɛktɪv] ── 2★
形 客觀的

4 **interviewer** [`ɪntəvjuə] ── 3★
名 面試官

5 **mind** [maɪnd] ── 1★
動 1.介意；在乎 2.留意

6 **considering**
[kən`sɪdərɪŋ] ── 3★
介 考慮到…

1 **interview**
[`ɪntəˌvju] ── 2★
動 面試；面談

7 **cross-reference**
[`krɔs`rɛfərəns] ── 3★
名 動 互相參照

📖 尤指向前雇主蒐集資料。

8 **convince** [kən`vɪns] ── 3★
動 說服；使確信

▶ convincing 令人信服的

9 **interviewee**
[ˌɪntəvjuˋi] ── 3★
名 接受面試者

10 **interfere** [ˌɪntəˋfɪr] ── 3★
動 干涉；干預

11 **disturb** [dɪsˋtɜb] ── 3★
interrupt [ˌɪntəˋrʌpt]
動 打擾；打斷

▶ interruption 中止；打擾

12 **colloquial**
[kəˋlokwɪəl] ── 5★
形 口語的；會話的

13 **expression**
[ɪkˋsprɛʃən] ── 3★
名 1.表情 2.表示

14 **mention**
[ˋmɛnʃən] ── 2★
動 提及；談到

15 **imply** [ɪmˋplaɪ] ── 2★
動 暗示；意味著

▶ implication 含意；暗示

16 **mean** [min] ── 1★
動 表示…的意思

17 **signify** [ˋsɪgnəˌfaɪ] ── 3★
動 表示；示意

18 **manifest** [ˋmænəˌfɛst] ── 3★
動 表示；顯示 形 顯然的；明白的

19 **evince** [ɪˋvɪns] ── 5★
動 表明；顯示出

20 **elucidate** [ɪˋlusəˌdet] ── 5★
動 闡明；說明

21 **elucidative** [ɪˋlusəˌdetɪv] ── 5★
形 闡釋的；說明的

◎ MP3 167

面試的舉止

¹ **attitude** ²★
[`ætətjud] 名 態度

² **demeanor** [dɪ`minə] ³★
名 1.舉止；行為 2.風度

³ **disposition** ³★
[ˌdɪspə`zɪʃən]
名 1.傾向 2.性格；性情

⁴ **ought to** ²★
助 應該

▶ ought 應該；應當

⁵ **should** [ʃud] ¹★
助 應該

⁶ **appearance** [ə`pɪrəns] ²★
名 1.外表；外貌 2.出現；顯露

▶ neat appearance 整齊的外表

⁷ **dignity** [`dɪgnətɪ] ³★
名 1.尊嚴 2.尊貴；高尚

⁸ **resourceful** [rɪ`sorsfəl] ³★
形 富有機智的；有策略的

⁹ **sense of humor** ¹★
片 幽默感

¹⁰ **well-spoken** [`wɛl`spokən] ²★
形 能言善道的；善於辭令的

¹¹ **aspire** [ə`spaɪr] ³★
動 嚮往；渴望

¹² **ingratiate** [ɪn`greʃɪˌet] ⁵★
動 使得到…歡心；迎合

¹³ **disgruntled** [dɪs`grʌntḷd] ⁵★
形 感到不高興的

¹⁴ **annoy** [ə`nɔɪ] ³★
動 使…感到困擾

¹⁵ **exaggerate** ³★
[ɪg`zædʒəˌret]
動 誇大；誇飾

¹⁶ **ostentatious** ⁵★
[ˌɑstɛn`teʃəs]
形 炫耀的；賣弄的

¹⁷ **pretentious** [prɪ`tɛnʃəs] ⁴★
形 1.矯飾的；做作的 2.自負的

¹⁸ **showy** [`ʃoɪ] ²★
形 炫燿的；賣弄的

¹⁹ **grievance** [`grivəns] ⁵★
名 抱怨；不滿；牢騷

²⁰ **complaint** [kəm`plent] ²★
名 抱怨；抗議；怨言

²¹ **lengthy** [`lɛŋθɪ] ⁵★
形 冗長的；囉唆的

²² **embarrassing** [ɪm`bærəsɪŋ] ³★
形 令人尷尬的；令人為難的

²³ **inept** [ɪn`ɛpt] ⁴★
形 不適當的

▶ embarrass 使…感到尷尬

◉ MP3 168

錄取與否

1 **effect** [ɪˋfɛkt] 1★
名 結果；效果
動 造成；導致
▶ cause and effect 因果

2 **factor** [ˋfæktɚ] 2★
名 因素；要素
▶ What is the key factor of a successful advertisement? 成功廣告的重要元素是什麼？

3 **notice** [ˋnotɪs] 1★
名 通知；通知單 動 通知；告知

4 **acknowledge** [əkˋnɑlɪdʒ] 4★
動 1.告知收到(信件等) 2.承認

5 **employ** [ɪmˋplɔɪ] 3★
動 雇用；聘用

6 **engage** [ɪnˋgedʒ] 2★
動 雇用；聘用

7 **hire** [haɪr] 1★
動 雇用

8 **offer** [ˋɔfɚ] 1★
名 就職邀請

9 **receive** [rɪˋsiv] 2★
動 收到；接受

10 **obtain** [əbˋten] 3★
動 得到；獲得

11 **garner** [ˋgɑrnɚ] 4★
動 獲得

12 **reject** [rɪˋdʒɛkt] 2★
動 拒絕；否決

13 **disclaimer** [dɪsˋklemɚ] 5★
名 放棄；拒絕；不承諾

▶ rejection 拒絕

14 **probation** [proˋbeʃən] 5★
名 試用期；見習期

15 **probationer** [prəˋbeʃənɚ] 5★
名 試用人員；實習生

18 **fail to** 1★
片 失敗；沒能夠…

16 **trial** [ˋtraɪəl] 1★
名 1.試用 2.考驗 形 試驗的

19 **decline** [dɪˋklaɪn] 3★
動 婉拒；謝絕

20 **declining letter** 3★
片 未聘信(通知未能聘用)

17 **internship** 3★
[ˋɪntɜn‚ʃɪp] 名 實習時期

21 **regrettable** [rɪˋgrɛtəbl] 4★
形 令人遺憾的；可惜的

22 **regrettably** 4★
[rɪˋgrɛtəblɪ] 副 遺憾地

⊙ MP3 169

新進人員

1 newbie [`njubi]
rookie [`rukɪ] ²★
名 菜鳥;新人

2 greenhorn ³★
[`grin,hɔrn]
名 新手;菜鳥

3 novice [`navɪs] ⁴★
名 初學者;新手

4 tenderfoot [`tɛndɚ,fut] ⁴★
名 無經驗的新手

5 layman [`lemən] ⁴★
名 門外漢;外行人

▶ novitiate 見習;見習期

6 inexperienced [,ɪnɪk`spɪrɪənst] ²★
形 經驗不足的;生澀的;不熟練的

7 experience [ɪk`spɪrɪəns] ²★
名 動 經驗;經歷

▶ How come the inexperienced young man can win the seasonal bonus?
為何這個經驗不足的年輕人可以贏得季獎金?

8 rising star ¹★
片 明日之星;後起之秀

9 promising [`pramɪsɪŋ] ³★
形 有前途的;大有可為的

10 keep up with ¹★
片 趕上;迎頭趕上

指導

11 training program ³★
片 訓練計畫

12 training course ³★
片 訓練課程

▶ Every rookie must take the training course of eight weeks.
每個新人都必須接受八週的訓練課程。

13 pre-training ³★
[`pri`trenɪŋ]
形 訓練前的

14 post-training ³★
[`post`trenɪŋ]
形 訓練後的

15 instruct [ɪn`strʌkt] ⁴★
動 教導;指導

16 instructor ³★
[ɪn`strʌktɚ]
名 教導者;指導者

17 mentor [`mɛntɚ] ⁴★
名 1.新進人員指導者
2.良師益友

▶ instruction 教導;指導

18 guideline [`gaɪd,laɪn] ⁴★
名 指導方針(常作複數)

19 facilitator [fə`sɪlə,tetɚ] ⁵★
名 促進者;便利措施

20 cue [kju] ²★
名 暗示;線索 動 給…暗示

◉ MP3 170

員工保障

¹ **treat** [trit]
動 對待；看待

² **treatment** [`tritmənt]
名 對待；處置

³ **visual inspection**
片 視力檢查

⁴ **health** [hɛlθ]
名 健康；健康狀況

⁵ **healthy** [`hɛlθɪ]
形 健康的；健全的

⁶ **sound** [saund]
形 健全的；健康的

⁷ **checkup** [`tʃɛk͵ʌp]
名 身體健康檢查

▶ check up 檢查

⁸ **health insurance**
片 健康保險

⁹ **labor insurance**
片 勞工保險

▶ Labor insurance is available for every employee.
每名員工都能享有勞工保險。

假期

¹⁰ **break** [brek]
名 (較短的)假期

¹¹ **leave** [liv]
名 休假；休假期

¹² **sick leave**
片 病假

¹³ **maternity leave**
片 產假

¹⁴ **time off**
片 休假；請假

¹⁵ **take a day off**
片 放一天假

▶ off 休假的；不上班的

▶ We can take a day off on Labor Day.
我們勞動節可以放假一天。

¹⁶ **vacation** [ve`keʃən]
名 假期；休假

▶ on vacation 度假中
▶ paid vacation 有薪假期

◎ MP3 171

薪資

¹ **payday** [`pe,de] ⁵★
名 發薪日

² **payroll** [`pe,rol] ²★
名 薪水帳冊；發薪名單

³ **paycheck** [`pe,tʃɛk] ²★
名 薪資支票

⁴ **gross wage** ⁴★
片 薪資總額

⁵ **average salary** ³★
片 平均薪資

⁶ **net income** ³★
片 淨收入

▶ income 收入；收益；所得

⁷ **recompense** ⁵★
[`rɛkəm,pɛns]
動 酬報；回報

⁸ **stipendiary** ⁵★
[staɪ`pɛndɪ,ɛrɪ]
形 有領薪水的

⁹ **net wage** ³★
片 實領薪資；淨收入
(已扣除保險金等支出)

▶ wage 薪水；報酬

¹⁰ **overtime** [`ovɚ,taɪm] ²★
名 加班費 形 加班的；超過時間的

¹¹ **perk** [pɜk] ⁵★
名 津貼

¹² **pittance** [`pɪtns] ⁵★
名 少量；極少的(津貼)

¹³ **possess** [pə`zɛs] ³★
動 持有；擁有

▶ You should file all the things you possess legally.
你應該要列出合法持有的所有物品。

¹⁴ **dispense** [dɪ`spɛns] ⁴★
動 分配；發給

¹⁵ **allot** [ə`lat] ⁴★
動 分配；分配給

¹⁶ **allocate** [`ælə,ket] ⁴★
動 分配；分額配給

¹⁷ **allocation** ⁴★
[,ælə`keʃən] 名 配給

▶ It is the manager who allocates the imports to local dealers.
是由經理負責將進口貨品分配給各地經銷商的。

¹⁸ **capital gains** ³★
片 資本收益；投資資產所得

▶ How much is Mandy's capital gains?
曼蒂的投資資產所得是多少？

¹⁹ **seniority** [sin`jɔrətɪ] ⁴★
名 年資；年長

▶ Please fill in your seniority in the blank below.
請在下列空白處填入你的年資。

²⁰ **vesting** [`vɛstɪŋ] ⁴★
名 雇員保留既得退休金的權利

◎ MP3 172

街道上

1 bakery 1★
[ˋbekərɪ]
名 麵包店；烘焙坊

補充單字 +食物+
+ fondu 名 起司火鍋(為瑞士當地小吃)
+ scone 名 司康(英國傳統點心，常配奶油、果醬食用)
+ instant noodles 片 速食麵；泡麵
+ instant 形 1.立即的 2.速食的

2 bistro [ˋbɪstro] 3★
名 小酒館；小飯館

3 dairy [ˋdɛrɪ] 2★
形 牛奶的；乳品的
名 牛奶店；乳品店

4 omnivorous 5★
[ɑmˋnɪvərəs]
形 無所不吃的

5 food stand 1★
片 小吃攤

6 smell [smɛl] 1★
動 聞起來… 名 味道

7 odorous 3★
[ˋodərəs]
形 有味道的
(香的或難聞的)

8 pastime 3★
[ˋpæsˏtaɪm]
名 消遣；娛樂

9 afternoon tea 1★
片 下午茶

10 self-service 2★
[ˋsɛlfˋsɝvɪs]
名 自助

11 all-you-can-eat 1★
[ˋɔlˋjuˋkænˏit]
形 吃到飽的

12 excessive 4★
[ɪkˋsɛsɪv]
形 過量的；過度的

13 infinite 4★
[ˋɪnfənɪt]
形 無限制的

◎ MP3 173

熟食店

¹ **deli** [`dɛlɪ] 4★
名 熟食店

² **food** [fud] 1★
名 食物

³ **prefer** [prɪ`fɝ] 2★
動 偏好…；更喜歡…

⁴ **preferred** [prɪ`fɝd] 2★
形 優先的；偏好的；較喜歡的

⁵ **favor** [`fevɚ] 1★
名 動 贊同；偏愛

⁶ **taste** [test] 1★
動 嚐起來…　名 味道

⁷ **tasty** [`testɪ] 2★
形 美味的；好吃的

⁸ **surprise** [sɚ`praɪz] 1★
名 驚喜；驚奇

⁹ **material** [mə`tɪrɪəl] 2★
名 食材

¹⁰ **in season** 2★
片 當季的

▶ We enjoyed fruit in season as part of our breakfast.
我們早餐享用了當令水果。

速食店

¹¹ **fast food** 1★
片 速食

¹² **take-away** [`tekə`we] 2★
名 外帶

¹³ **drive-in** [`draɪv`ɪn] 1★
名 得來速(可開車點餐、取餐的服務)

¹⁴ **drive-through** [`draɪv`θru] 1★
名 取餐車道

¹⁵ **sparkling water** 3★
片 發泡礦泉水

¹⁶ **soda** [`sodə] 1★
名 蘇打水；汽水

¹⁷ **juice** [dʒus] 1★
名 果汁

¹⁸ **milkshake** [ˌmɪlk`ʃek] 1★
名 奶昔

克漏字

請參考中文例句中被標記的單字，並將其英文填入空格中。

(1) How can we make the consumers _____ our new cell-phones from any other similar products?
我們該如何讓消費者從眾多相似商品中辨識出我們的產品？

(2) In _____ with air express, the package will arrive within two days.
結合空運快捷方式，包裹將在兩天內抵達。

(3) Obviously, Steve _____ the quality of good salespersons, the devotion to their customers.
很明顯地，史提夫缺少一項優秀銷售員的特質，就是對客戶的全心付出。

(4) The manager asks the team members to _____ the sales in the coming fiscal period.
經理要求團隊在下個財政期間提高銷售量。

(5) Due to Ms. Chen's resignation, the post of manager is left _____.
因為陳小姐離職，經理的職位目前空著。

(6) We will _____ orders in stock, and the shipment will take three business days.
我們會優先處理有庫存的訂單，運送大約會花三個工作天。

(7) He is curious about the _____ structure of the Universe.
他對於宇宙的基礎構造充滿好奇。

(8) Visiting Mrs. Jones is a _____ because she always prepares tea and snacks for every salesperson.
拜訪瓊斯太太是件好差事，因為她總為每位銷售員準備茶點。

(9) Mandy's professor wrote a _____ for her sake.
曼蒂的教授為她寫了一封推薦信。

(10) The office is always filled with joy on the _____.
辦公室在發薪日總是充滿歡樂。

Answer Key

(1) distinguish   (2) conjunction   (3) lacks   (4) boost

(5) vacant   (6) prioritize   (7) fundamental   (8) bacon job

(9) testimonial   (10) payday

單字選填　請參考框內的英文單字，將最適合的單字填入句中。
若該單字在置入句中時需有所變化，請填入單字的變化型。

enthusiasm	vacation	systematically	excel
rapidly	excessive	recruitment	expectancy
résumé	rising	classified	tremendous
decrease	reject	considering	disgruntled
colloquial	sophisticated	inappropriate	signify
dispense	competent	opportunity	eligible
enlighten			

(1) The website provides plenty of information of current job _____.

(2) With his great devotion to work, Mr. Chen is definitely a _____ star in the unit.

(3) We need a _____ volume of water for cooling.

(4) You should try to give a presentation more _____ and efficiently.

(5) The national revenue has _____ by 20% over the past two years.

(6) It took Henry great efforts to try to _____ the Board as to the investment choice.

(7) To browse the _____ ads in the local newspaper and you can find several car dealers.

(8) _____ marketing strategies can be harmful to the sales.

(9) Ms. Chen _____ at typing. She can type more than sixty Chinese characters in a minute.

(10) Peter is very _____ to deal with the matter on his own.

(11) Through _____ recruitment process, the company seeks mature and devoted employees.

(12) With her stunning résumé, May is considered to be the most _____ candidate for the job.

(13) What is Mr. Chen's annual profit _____?

(14) Mr. Huang has sent his _____ to the headhunter and hopes to hear from him soon.

(15) An _____ intake of fat may cause cardiovascular diseases.

(16) Amanda has drawn up plans for her _____, but the manager asked her to work overtime.

(17) A letter of apology has been written to the _____ customer.

(18) Her energy and _____ for advertisement is the reason why she got the job.

(19) The _____ of nurses will start on Friday, and there are expected to be over twenty openings.

(20) She is _____ pursuing a career as a vocalist.

(21) Her second reaction to the sound occurred more _____ as compared to the first one.

(22) The manager _____ each of the engineers a part of the design manual.

(23) Ms. Jennings has not been looking well lately since her promotion was _____ by the committee.

(24) This application form should be in a more _____ language for general public.

(25) The manager nodded to _____ the approval of Jason's leave.

Answer Key

(1) opportunities	(2) rising	(3) tremendous	(4) systematically
(5) decreased	(6) enlighten	(7) classified	(8) Inappropriate
(9) excels	(10) competent	(11) sophisticated	(12) eligible
(13) expectancy	(14) résumé	(15) excessive	(16) vacation
(17) disgruntled	(18) enthusiasm	(19) recruitment	(20) considering
(21) rapidly	(22) dispensed	(23) rejected	(24) colloquial
(25) signify			

note

Part 8

工會代表勞倫斯
Lawrence, The Union Representative

勞倫斯剛被工會成員推舉為代表，熱心於工會事務的他，
不僅關心勞工的權益，更熱衷於政治，時時檢視政府的勞資政策。
若想了解與工會、政治相關的英文，就快來探究勞倫斯的日常生活吧！

圖像聯想　　　請看下面的圖及英文，自我測驗一下，你能寫出幾個單字的中文意思呢？

1.

electrician _____　　facility _____

malfunction _____　　mend _____

hammer _____　　goggles _____

2.

manually _____　　assemble _____

crate _____　　pile _____

slantwise _____　　prototype _____

3.

cotton _____　　wallet _____

handkerchief _____　　woven _____

malleable _____　　flexibility _____

4.

declare _____　　exempt _____

annual _____　　complex _____

avocation _____　　asset _____

5.

official _____　　spokesperson _____

assembly _____　　anarchy _____

evoke _____　　objection _____

MP3 174

工會

¹ **labor union** 3★
片 工會

² **guild** [gɪld] 5★
名 同業公會

³ **committee** [kə`mɪtɪ] 2★
名 委員會(通常為集合名詞)

⁴ **industry** 1★
[`ɪndəstrɪ]
名 工業；行業

⁵ **industrial** [ɪn`dʌstrɪəl] 2★
形 工業的；產業的

⁶ **industrialize** [ɪn`dʌstrɪəl͵aɪz] 3★
動 使工業化；實現工業化

⁷ **infrastructure** [`ɪnfrə͵strʌktʃɚ] 5★
名 基礎結構；基礎建設

⁸ **infrastructural** [`ɪnfrə͵strʌktʃərəl] 5★
形 基礎結構的

⁹ **mill** [mɪl] 2★
名 磨坊

¹⁰ **paper mill** 2★
片 造紙廠

¹¹ **power station** 2★
片 發電廠

¹² **nuclear power** 2★
片 核能發電

¹³ **incinerator** [ɪn`sɪnə͵retɚ] 5★
名 焚化爐

▶ The establishment of an incinerator has become a political issue.
興建焚化爐已經變成了一項政治議題。

¹⁴ **refinery** [rɪ`faɪnərɪ] 5★
名 提煉廠；精鍊廠

¹⁵ **gasworks** [`gæs͵wɝks] 3★
名 煤氣廠

¹⁶ **strip mining** 4★
片 (煤礦)露天開採

¹⁷ **distillery** [dɪ`stɪlərɪ] 5★
名 1.蒸餾室 2.釀酒廠

¹⁸ **brewery** [`bruərɪ] 4★
名 1.啤酒廠 2.釀造廠

¹⁹ **scramble** [`skræmbl] 4★
動 1.攪碎 2.擾亂

²⁰ **waste water treatment** 2★
片 工業廢水處理

²² **subcontract factory** 5★
片 承包工廠

²¹ **waterworks** [`wɔtɚ͵wɝks] 3★
名 供水系統；水廠

²³ **subcontractor** 5★
[sʌb͵kən`træktɚ] 名 承包商

◎ MP3 175

修理與工具

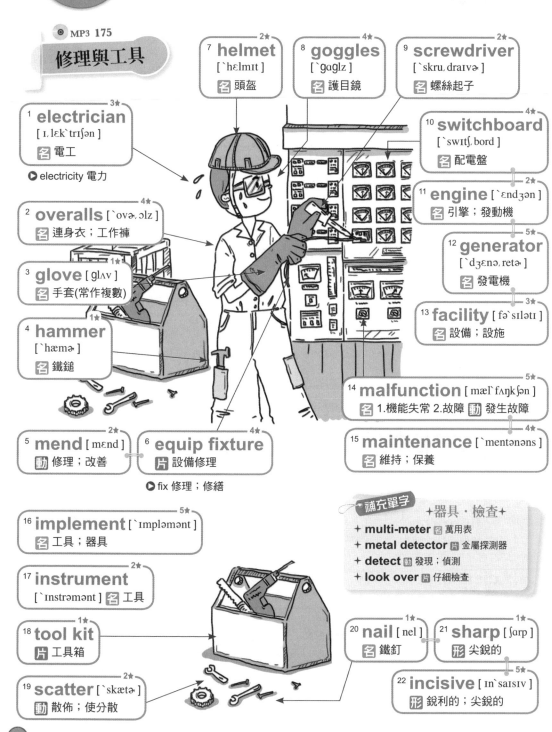

7 **helmet** 2★
[`hɛlmɪt]
名 頭盔

8 **goggles** 4★
[`gɑglz]
名 護目鏡

9 **screwdriver** 2★
[`skru͵draɪvɚ]
名 螺絲起子

1 **electrician** 3★
[ɪ͵lɛk`trɪʃən]
名 電工

▶ electricity 電力

10 **switchboard** 4★
[`swɪtʃ͵bord]
名 配電盤

11 **engine** [`ɛndʒən] 2★
名 引擎；發動機

2 **overalls** [`ovɚ͵ɔlz] 4★
名 連身衣；工作褲

12 **generator** 5★
[`dʒɛnə͵retɚ]
名 發電機

3 **glove** [glʌv] 1★
名 手套(常作複數)

13 **facility** [fə`sɪlətɪ] 3★
名 設備；設施

4 **hammer** 1★
[`hæmɚ]
名 鐵鎚

14 **malfunction** [mæl`fʌŋkʃən] 5★
名 1.機能失常 2.故障 動 發生故障

5 **mend** [mɛnd] 2★
動 修理；改善

6 **equip fixture** 4★
片 設備修理

15 **maintenance** [`mɛntənəns] 4★
名 維持；保養

▶ fix 修理；修繕

16 **implement** [`ɪmpləmənt] 5★
名 工具；器具

17 **instrument** 2★
[`ɪnstrəmənt] 名 工具

18 **tool kit** 1★
片 工具箱

19 **scatter** [`skætɚ] 2★
動 散佈；使分散

補充單字 **器具・檢查**

+ **multi-meter** 名 萬用表
+ **metal detector** 片 金屬探測器
+ **detect** 動 發現；偵測
+ **look over** 片 仔細檢查

20 **nail** [nel] 1★
名 鐵釘

21 **sharp** [ʃɑrp] 1★
形 尖銳的

22 **incisive** [ɪn`saɪsɪv] 5★
形 銳利的；尖銳的

⊙ MP3 176

工場內部

¹ **plant** [plænt] 1★
名 廠房;工廠

² **factory** [`fæktərɪ] 1★
名 工廠;製造廠

³ **prototype** [`protə,taɪp] 5★
名 原型;標準

⁷ **internal** [ɪn`tɜnl] 2★
形 1.內部的 2.內在的

⁹ **switch** [swɪtʃ] 2★
動 打開(或關掉)⋯的開關
名 開關

⁴ **shape** [ʃep] 1★
名 形狀;樣子

⁸ **external** [ɪk`stɜnəl] 4★
形 來自外部的;外在的

¹⁰ **manually** [`mænjuəlɪ] 4★
副 人工地;手動地

⁵ **slantwise** [`slænt,waɪz] 5★
形 傾斜的

¹¹ **jaunty** [`dʒɔntɪ] 5★
形 快活的;喜洋洋的

⁶ **slope** [slop] 2★
名 坡;斜面

¹² **axle** [`æksl] 5★
名 (機器的)軸

¹³ **scale** [skel] 2★
名 磅秤

¹⁴ **pulley** [`pulɪ] 4★
名 滑車;滑輪

¹⁵ **crate** [kret] 4★
名 條板箱

¹⁷ **pile** [paɪl] 1★
名 一堆;一疊
動 堆積;累積

補充單字 ✦組裝・分離✦
+ **compose** 動 組成;構成
+ **assemble** 動 組裝;組合
+ **reconfiguration** 名 重新組裝
+ **split** 動 使分離;劃分

¹⁶ **random** [`rændəm] 5★
形 隨便的;任意的

¹⁸ **stack** [stæk] 4★
名 一堆;一疊

▶ randomly 任意地;隨機地

⦿ MP3 177

工場內部各處

1 device [dɪˋvaɪs] ─3★
名 儀器；裝置；設備

2 equipment ─3★
[ɪˋkwɪpmənt] 名 設備

3 equip [ɪˋkwɪp] ─3★
動 裝備；配備

4 apparatus [ˏæpəˋretəs] ─5★
名 器械；儀器；設備；裝置

5 mechanism ─5★
[ˋmɛkəˏnɪzm]
名 機械裝置

6 machine [məˋʃin] ─1★
名 機器；機械

▶ The operation and maintenance cost of the machine is pretty high.
這台機器的操作及維護成本非常高。

7 furniture and fixture ─5★
片 固定設施與設備

▶ The cost in furniture and fixture over the past six months exceeds two million dollars.
過去六個月固定設施與設備的費用已超過兩百萬。

8 strap [stræp] ─4★
名 帶子；皮帶

9 conveyer belt ─4★
片 配送帶

10 mobile [ˋmobɪl] ─2★
形 可動的；可移動的

▶ How many operators are required for a single conveyer belt?
一條配送帶需要多少操作員？

11 moving [ˋmuvɪŋ] ─1★
形 行進的；移動的

12 large [lɑrdʒ] ─1★
形 大的

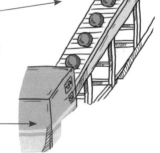

13 relay [rɪˋle] ─5★
動 分程傳遞

14 revolve [rɪˋvɑlv] ─4★
動 旋轉；自轉

15 rewind [riˋwaɪnd] ─4★
動 轉回；重繞

16 rotate [ˋrotet] ─5★
動 旋轉；轉動

▶ We should rewind to the starting point and deliberate it.
我們應該回到一開始的問題，並且進行更縝密的思考。

▶ The dog on the doorbell will rotate whenever it is ringing.
當鈴響時，門鈴上的那隻狗會旋轉。

17 emergency light ─3★
片 緊急照明燈

18 regardless [rɪˋgɑrdlɪs] ─3★
副 不管怎樣地 形 不留心的

▶ regardless of 不管；不顧

◉ MP3 178

機器運作

1 automation [ˌɔtəˈmeʃən] 5★
名 自動操作；自動化

2 automate [ˈɔtəˌmet] 5★
動 (使)自動化

3 run [rʌn] 1★
動 運作；運轉

▶ A large investment has been made for automation of the plant.
這間工廠為了進行自動化而投入了大筆資金。

4 fizzle [ˈfɪzḷ] 4★
動 發出嘶嘶聲

5 constrict [kənˈstrɪkt] 5★
動 壓縮；束緊

6 add to 1★
片 添加上；附加於…

7 continuous [kənˈtɪnjʊəs] 3★
形 連續的；不斷的

8 continually [kənˈtɪnjʊəlɪ] 4★
副 不停地；一再地

9 consecutive [kənˈsɛkjʊtɪv] 5★
形 連續不斷的；連貫的

10 simultaneous [ˌsaɪmḷˈtenɪəs] 5★
形 同步的；同時發生的

▶ Factory One kept making the same mistake continually.
一號工廠一再犯下相同的錯誤。

器具

11 crane [kren] 1★
名 起重機

12 drill [drɪl] 3★
動 鑽孔；在…上鑽孔
名 鑽頭；鑽

13 lever [ˈlɛvɚ] 4★
名 1.槓桿 2.手段

14 nozzle [ˈnɑzḷ] 4★
名 噴嘴

▶ The test wells have been drilled to explore for minerals.
測試用井進行鑽孔以進行勘礦程序。

15 saw [sɔ] 1★
名 鋸子

16 outage [ˈaʊtɪdʒ] 4★
名 缺乏；中斷供應

17 run out 1★
片 用完

18 fuel [ˈfjʊəl] 3★
名 燃料 動 1.供給燃料
2. 刺激；激起

19 deplete [dɪˈplit] 2★
動 用盡；使減少

20 use up 1★
片 耗盡

▶ The fuel tank on the lower left side is leaking.
左下方的燃料槽正在漏油。

◎ MP3 179

普通實驗室

1 laboratory 3★
[`læbrə,torɪ] 名 實驗室

2 fertilizer [`fɜtl̩,aɪzə] 4★
名 促進發展物；催化物
▶ fertilize 1.促進發展 2.對…施肥

3 flowchart [`flo,tʃɑrt] 2★
名 流程圖；工作流程表

4 inanimate [ɪn`ænəmɪt] 5★
形 無生氣的；無精打采的

5 go-slow [`goslo] 5★
名 怠工
📎 員工雖有到職上班，但
不工作、或有意不積極
工作者，稱之怠工。

6 auxiliary [ɔg`zɪljərɪ] 4★
名 輔助物；助手
形 1.輔助的 2.預備的

7 funnel [`fʌn̩] 2★
名 漏斗

9 microscope 3★
[`maɪkrə,skop]
名 顯微鏡

8 centrifuge 5★
[`sɛntrə,fjudʒ]
名 離心機

10 experiment [ɪk`spɛrəmənt] 2★
名 動 實驗；試驗
▶ experimental 實驗性質的

11 tentative [`tɛntətɪv] 4★
形 試驗性的；嘗試的

12 hands-on [`hændz`ɑn] 3★
形 親自動手的；實際動手做的

13 operation [,ɑpə`reʃən] 3★
名 操作；運轉
▶ operate 操控；控制
▶ operational 操作上的

14 exploratory 5★
[ɪk`splorə,torɪ]
形 探勘的；探究的

15 explore [ɪk`splor] 3★
動 探索；探究
▶ explorer 探險家

◉ MP3 180
科學研究

1 **science** [`saɪəns]
名 科學；自然科學

2 **scientific** [ˌsaɪən`tɪfɪk]
形 科學的；科學上的

3 **scientific advances**
片 科學發展

4 **component** [kəm`ponənt]
名 (機械、設備等)零件；成分 形 構成的

5 **dynamometer**
[ˌdaɪnə`mamətə]
名 動力計；握力計

6 **technological**
[tɛknə`ladʒɪk]
形 技術(學)的；工藝(學)的

7 **chemical** [`kɛmɪk]
形 化學的

8 **chemistry** [`kɛmɪstrɪ]
名 化學；化學作用

9 **physics**
[`fɪzɪks]
名 物理學

10 **telecommunication**
[ˌtɛlɪkə ˌmjunə`keʃən]
名 電信；長途電信

11 **ecology** [ɪ`kalədʒɪ]
名 1.生態學 2.環境

12 **electrostatic** [ɪ ˌlɛktrə`stætɪk]
形 靜電學的；靜電的

13 **clinical study**
片 臨床研究

14 **resonate** [`rɛzə ˌnet]
動 共鳴；共振

15 **dynamic** [daɪ`næmɪk]
形 力的；動力的

16 **wedge** [wɛdʒ]
動 插入；擠入
名 1.楔子 2.導致分裂的事物

17 **torque** [tɔrk]
名 力矩；轉矩

19 **measurable**
[`mɛʒərəb]
形 可測量的

20 **dereliction**
[ˌdɛrə`lɪkʃən]
名 遺棄；怠慢

18 **static** [`stætɪk]
形 1.靜止的 2.靜電的

◎ MP3 181

高危險性實驗

1 **hazard** [`hæzɚd] 5★
名 危險 動 冒險做出；冒…的危險

2 **hazardous** [`hæzɚdəs] 5★
形 具有危險性的

3 **extract** [ɪk`strækt] 5★
動 榨取；吸取

▶ What are the procedures of extracting coal from the mines?
從礦井中採煤的程序有哪些？

4 **pungent** [`pʌndʒənt] 5★
形 (氣味等)有刺激性的

5 **flask** [`flæsk] 4★
名 (實驗用的)燒瓶

6 **liquid** [`lɪkwɪd] 1★
形 液體的；流動的

7 **test tube** 3★
片 試管

8 **test paper** 3★
片 試紙

▶ Blue spots on the test paper indicate a positive response.
試紙上的藍點代表陽性反應。

9 **beaker** [`bikɚ] 3★
名 (化)燒杯

10 **sterilize** [`stɛrə͵laɪz] 5★
動 消毒；使無菌

▶ The flasks and the beakers have to be sterilized prior to use.
燒瓶和燒杯在使用前應該消毒。

11 **trespass** [`trɛspəs] 3★
動 名 擅自進入

12 **emerge** [ɪ`mɝdʒ] 3★
動 浮現；(問題等)發生；顯露

13 **expose** [ɪk`spoz] 3★
動 使暴露於…；使接觸到

14 **exposure** [ɪk`spoʒɚ] 3★
名 暴露；暴曬

15 **effusive** [ɪ`fjusɪv] 5★
形 噴發的

16 **emit** [ɪ`mɪt] 4★
動 散發；放射

17 **R&R** 5★
片 重複性與再現性

💡 全稱為 repeatability and reproducibility

18 **control group** 2★
片 控制組

19 **under control** 2★
片 在控制中

20 **synthesis** [`sɪnθəsɪs] 5★
名 合成物；綜合體

21 **skim** [skɪm] 5★
動 撇去…表面的浮物

◎ MP3 182
原料與材料

1 manufacture [ˌmænjəˈfæktʃə] 3★
動 製造 名 1.產品 2.製造業 3.製造商

2 metal [ˈmɛtl̩] 1★
名 金屬；金屬製品

3 heavy [ˈhɛvɪ] 1★
形 重的；沈的

4 light [laɪt] 1★
形 輕的

補充單字 ✦原料特性✦
+ **material assets** 片 材料資產(如商業原料等)
+ **raw material** 片 原物料
+ **density** 名 密度
+ **elementary** 形 基本的；基礎的
+ **element** 名 元素
+ **essence** 名 本質；精華
+ **texture** 名 質地
+ **property** 名 特性；性能；屬性

5 solid [ˈsɑlɪd] 2★
形 1.固體的 2.實心的

6 hard [hɑrd] 1★
形 堅硬的

9 etch [ɛtʃ] 4★
動 (用酸類在金屬板上)蝕刻

7 substantial [səbˈstænʃəl] 4★
形 1.實在的 2.堅固的

8 firm [fɝm] 1★
形 牢固的；結實的

10 opaque [oˈpek]
形 不透明的；不反光的

11 bronze [brɑnz] 4★
名 青銅 形 青銅製的
動 鍍青銅於…

12 aluminum [əˈlumɪnəm] 名 鋁 3★

13 alloy [ˈælɔɪ] 5★
名 合金

14 tin [tɪn] 4★
名 錫

15 iron [ˈaɪən] 1★
名 鐵

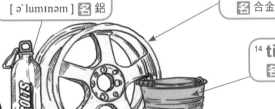

16 copper [ˈkɑpə] 3★
名 1.銅 2.銅製品

18 tempered glass 4★
片 強化玻璃

17 bullion [ˈbʊljən] 4★
名 金塊；金條

19 brittle [ˈbrɪtl̩] 3★
形 脆的；易碎的

20 brittleness [ˈbrɪtl̩nɪs] 名 易碎性 3★

241

◎ MP3 183

原料與材料

1 **plastic** [`plæstɪk] 2★
名 塑膠；塑膠製品 形 塑膠的

2 **rubber-containing** 3★
[`rʌbəkən`tenɪŋ] 形 含橡膠的

3 **wallet** [`wɑlɪt] 1★
名 皮夾；錢包

4 **leather** [`lɛðə] 2★
名 皮革 形 皮革製的

5 **wool** [wʊl] 1★
名 羊毛

6 **woven**
[`wovən] 4★
形 編織的

9 **handkerchief** 2★
[`hæŋkə,tʃɪf] 名 手帕

7 **cotton swab** 3★
片 棉花棒

8 **hem** [hɛm] 4★
動 給…縫邊(或鑲邊)

10 **fabric** [`fæbrɪk] 4★
名 織品；布料

▶ cotton 棉；棉花

特性

11 **float** [flot] 2★
動 浮；使浮起

12 **buoyant** [`bɔɪənt] 5★
形 有浮力的；能浮起的

13 **bendy** [`bɛndɪ] 2★
形 易彎的

14 **tensile** [`tɛnsḷ] 5★
形 可伸展的；能拉長的

15 **ductile** [`dʌktḷ] 5★
形 易延展的；柔軟的

16 **malleable** [`mælɪəbḷ] 5★
形 展延性的

17 **stretchy** [`strɛtʃɪ] 2★
形 伸長的；有彈性的

18 **extend** [ɪk`stɛnd] 3★
動 延展；延伸

▶ extended 延伸的

19 **flexibility** [,flɛksə`bɪlətɪ] 4★
名 彈性；易曲性

▶ The flexibility to resist cracking
should be considered.
抗斷裂的彈性應該納入考量。

20 **coated** [`kotɪd] 1★
形 上塗料的；上膠的

21 **grain** [gren] 2★
名 (木、石、織品等的)紋理

22 **absorbent** [əb`sɔrbnət] 5★
形 能吸收(光、水等)的

◎ MP3 184

產品

1 **commodity** [kəˋmɑdətɪ] 4★
名 貨品；產品；日用品

2 **labor-intensive** [ˏlebərɪnˋtɛnsɪv] 3★
形 勞力密集的；高度需要勞力的

3 **artificial** [ˏɑrtəˋfɪʃəl] 3★
形 人造的；人工的

4 **man-made** [ˋmænˏmed] 1★
形 人造的；人工的

5 **fabricate** [ˋfæbrɪˏket] 5★
動 製造；組裝

6 **product** [ˋprɑdəkt] 2★
名 產品；產物

7 **produce** 2★
[ˋprɑdjus] 名 農產品
[prəˋdjus] 動 生產；製造

8 **production** 3★
[prəˋdʌkʃən] 名 產量

9 **productivity** 5★
[ˏprɑdʌkˋtɪvətɪ]
名 生產力

10 **productive** 3★
[prəˋdʌktɪv]
形 具生產力的

11 **prolific** [prəˋlɪfɪk] 5★
形 多產的；富創造力的

補充單字 →製造業相關←
+ **loom** 名 織布機
+ **seamlessly** 副 無縫地
+ **sewing machine** 名 裁縫車
+ **windfall profit** 名 暴利

環境影響

12 **pollution** [pəˋluʃən] 3★
名 1.污染 2.污染物
▶ pollute 污染

13 **scrap** [skræp] 4★
動 1.將…拆毀 2.廢棄

14 **discard** [dɪsˋkɑrd] 4★
動 丟棄；拋棄

15 **lumber** [ˋlʌmbɚ] 4★
動 (用破爛東西)堆滿

16 **waste** [west] 1★
動 浪費 名 廢棄物

17 **debris** [dəˋbri] 4★
名 殘骸；廢料

18 **environment** 2★
[ɪnˋvaɪrənmənt]
名 環境；自然環境
▶ environment-friendly
對環境友善的；環保的

19 **impact** 2★
[ˋɪmpækt] 名 影響
[ɪmˋpækt] 動 衝擊

20 **destruction** [dɪˋstrʌkʃən] 3★
名 破壞；毀滅；消滅
▶ destroy 破壞；毀滅

◉ MP3 185

品質管理

¹ **failure rate**   3★
片 產品不良率；失敗率

² **rough** [rʌf]   2★
形 粗糙的

³ **flaw** [flɔ]   4★
名 缺點；瑕疵
動 變得有缺陷

⁴ **callback**
[`kɔl͵bæk]   2★
名 (瑕疵商品的)回收

⁷ **refer** [rɪ`fɝ]   3★
動 把…歸因於

⁶ **substandard** [sʌb`stændəd]   5★
形 不合標準的；不合規格的

▶ standard 標準的；合規格的

⁸ **stem from**   3★
片 1.源自於…
2.因…而造成

⁵ **gauge** [ɡedʒ]   2★
名 標準尺寸；標準規格

⁹ **dis-product** [dɪs`prɑdəkt]   3★
名 有害製品；負生產

¹⁰ **slash** [slæʃ]   4★
動 大幅度削減、降低

¹¹ **co-product** [`ko`prɑdəkt]   2★
名 副產物

¹² **by-product** [`baɪ͵prɑdəkt]   3★
名 副產品

📎 co-product 被認為是較有利潤的副產品，而 by-product 則指價值較低之副產品。

¹³ **expected life**   2★
片 預期使用壽命

¹⁴ **endurance** [ɪn`djurəns]   5★
名 持久；耐久力

¹⁵ **practical** [`præktɪkl]   2★
形 實用的；講究實際的

▶ endurant 能忍耐的

¹⁶ **goods** [ɡʊdz] 名 貨品	1★	¹⁷ **barrel** [`bærəl] 名 一桶	2★
¹⁸ **box** [bɑks] 名 箱；盒	1★	¹⁹ **case** [kes] 名 箱；盒；容器	1★
²⁰ **capacity** [kə`pæsətɪ] 名 容量	3★	²¹ **commercial invoice** 片 商業發票	4★
²² **arrival notice** 片 到貨通知	3★	²³ **gross weight** 片 毛重；總重量	4★
²⁴ **length** [lɛŋθ] 名 長度	1★	²⁵ **width** [wɪdθ] 名 寬度	1★
²⁶ **maximum** [`mæksəməm] 名 最大量 形 最大的；最多的	2★	²⁷ **minimum** [`mɪnəməm] 名 最小量 形 最小的；最少的	2★

◎ MP3 186

訂單處理

1 purchase order 4★
片 購買訂單

2 place an order 3★
片 下訂單

3 B/L 4★
縮 託運單；提單

全稱為 bill of lading

4 quantity [`kwɑntətɪ] 1★
名 數量；分量

5 respite [`rɛspɪt] 5★
動 暫緩；使暫息

▶ Rita has made a request to respite the payment.
芮塔已要求暫緩付款。

6 quotation [kwo`teʃən] 4★
名 報價單；估價單

7 lead time 3★
片 前置期

指從收到具體訂單明細，到貨物入倉、收到落貨紙的這段時間。

8 queue time 2★
片 排隊時間

工作開始之前，作業在某一工作中心等待的時間稱之。排隊時間是生產前置期的一部分，排隊時間增加將拉長生產前置期。

9 backlog [`bæk.lɔg] 5★
名 1.存貨 2.備用品

10 backorder [`bæk`ɔrdɚ] 4★
名 延遲交貨

延遲交貨通常導因於商品缺貨，消費者必須因此多等待一段時間。

11 intercept [ˌɪntɚ`sɛpt] 4★
動 攔截；截住；截斷

12 surcharge [`sɜˌtʃɑrdʒ] 4★
名 額外的費用；附加費用

貨車運輸

13 freight [fret] 2★
名 貨運 動 貨運至…

14 transport [træn`sport] 1★
動 運送；運輸；搬運

15 intermodal transportation 4★
片 聯合運輸

貨物不換裝，在不同的運輸方法中運送，稱之為聯合運輸。

補充單字 ✦載貨・裝貨✦

✦ **cartage** 名 貨車運輸；貨車運費
✦ **lorry** 名 卡車；貨車
✦ **truck** 名 卡車；貨車
✦ **van** 名 貨車
✦ **trailer** 名 拖車
✦ **forklift** 名 叉架起貨機
✦ **flatcar** 名 平板車

16 multimodal transportation 4★
片 多重運輸

18 direct ship 2★
片 由倉庫直送

17 combined transportation 3★
片 複式運輸

使用兩種以上運輸方式，或使同種運輸方式，但由數家運輸企業共同完成者，稱複式運輸。

19 replenish [rɪ`plɛnɪʃ] 3★
動 把…裝滿；再補足

20 cubed out 3★
片 裝載率

指貨櫃已裝滿，卻未達可承重量限制之情況。

245

◎ MP3 **187**

碼頭

¹ **dock** [dɑk] ¹★
名 碼頭

² **port** [port] ¹★
名 港口

³ **destination** ²★
[ˌdɛstə`neʃən] 名 目的地

⁴ **barge** [bɑrdʒ] ⁴★
動 名 用駁船運載；駁船

⁷ **waterway** ²★
[`wɑtɚˏwe]
名 水路；航道

⁵ **vessel** [`vɛsḷ] ²★
名 船；艦

⁸ **ETA** ⁴★
縮 預計到達時間

全稱為 estimated time of arrival

⁶ **on board** ¹★
片 在船上；在飛機上

¹¹ **container** ²★
[kən`tenɚ] 名 貨櫃

⁹ **cargo** [`kɑrgo] ³★
名 (船、飛機、車等裝載的)貨物

¹⁰ **load** [lod] 動 裝；裝載 ¹★
名 (船、飛機、車輛的)裝載量

▶ container number 貨櫃號碼

運輸

¹² **carrier** [`kærɪɚ] ³★
名 運輸業者

¹³ **local trucking** ²★
片 當地貨運業者

¹⁴ **bracing** [`bresɪŋ] ⁴★
名 緊固(固定)裝置
(用於運貨卡車等)

¹⁵ **pallet** [`pælɪt] ³★
名 (裝卸、搬貨用)托
盤；貨板

 補充單字 ＋空運・報單＋

+ **air cargo** 片 空運貨物
+ **airfreight** 名 貨物空運費
+ **airway bill** 片 空運提單
+ **customs broker** 片 報關行
+ **customs duty** 片 關稅
+ **export declaration** 片 出口報單
+ **import declaration** 片 進口報單

¹⁶ **carriage** [`kærɪdʒ] ³★
名 1.運輸；運費 2.四輪馬車

¹⁷ **logistics** [loˋdʒɪstɪks] 名 物流 　3★	¹⁸ **packing list** 片 裝箱單	2★
¹⁹ **shipment** [`ʃɪpmənt] 名 裝運；裝載 　2★	²⁰ **ship** [ʃɪp] 動 郵寄；運送	1★
²¹ **shipper** [`ʃɪpɚ] 名 貨主 　3★	²² **unload** [ʌn`lod] 動 卸貨	2★
²³ **intermodal** [`ɪntɚˏmodḷ] 形 綜合運輸的；用於綜合運輸的 　3★	²⁴ **weighted out** 片 指貨櫃未裝滿，卻超過可承重量	4★
²⁵ **weight capacity** 片 可承重量 　4★	²⁶ **tare weight** 片 包裝重量	4★

◎ MP3 188

證明與通知

1 pre-alert [priə`lɝt]
名 出貨通知 3★

2 POD 4★
縮 到貨證明
📎 全稱為 proof of delivery

3 S/O 4★
縮 裝運單；託運單
📎 全稱為 shipping order
▶ The S/O is the certificate of delivery.
裝運單即為運送證明。

4 invoice [`ɪnvɔɪs] 3★
名 發票；發貨單
▶ profoma invoice 形式發票
▶ bond invoice 發票保證金

5 receipt [rɪ`sit] 1★
名 收據
▶ sign for the receipt
簽收(貨物)

6 voucher [`vautʃɚ] 2★
名 1.證書；收據 2.保證人
▶ A voucher is produced after receiving a vendor invoice.
收據在收到賣家付費通知發票後開立。

7 bar code 1★
片 條碼

8 promo code 3★
片 促銷編號(折扣碼)

9 warranty [`wɔrəntɪ] 2★
名 1.保證書 2.擔保；認可

供應

10 consignment store 3★
片 寄賣店

13 distributor [dɪ`strɪbjətɚ] 2★
名 1.批發商 2.分配者

11 consignee [,kɑnsaɪ`ni] 4★
名 到貨通知人；收件人

14 wholesale [`hol,sel] 4★
名 動 批發 形 批發的 副 成批出售地

12 consignment [kən`saɪnmənt] 3★
名 委託；交付；寄送

15 retail [`ritel] 3★
形 零售的 動 名 零售

16 service provider 3★
片 服務供應商

17 supply [sə`plaɪ] 1★
動 名 供應；供給

18 supplement [`sʌpləmənt] 3★
名 1.補充；補給；增補 2.補給品

19 supplier [sə`plaɪɚ] 3★
名 供應商；供應者

20 supply chain 2★
片 供應鏈

◎ MP3 189

貯藏

1 stockroom [`stɑk,rum] 1★
名 貯藏室；倉庫

2 stocktaking [`stɑk,tekɪŋ] 2★
名 庫存盤點；清點存貨

3 stock [stɑk] 3★
名 進貨；庫存品

4 stock ledger card 4★
片 庫存盤點帳

▶ in stock 庫存有貨

🔖 庫存盤點帳，用於記錄所有庫存的詳細進出狀況。

5 store [stor] 1★
動 貯存；貯藏

6 cache [kæʃ] 4★
名 貯藏處

7 warehouse [`wɛr,haʊs] 2★
動 把…存入倉庫
名 倉庫；貨棧

▶ dry storage 乾貨貯存
▶ storage cost 貯存成本

▶ warehouse maintenance 庫房維護

庫存量

8 periodic inventory system 4★
片 定期盤點

🔖 每隔一段時間進行之盤點，稱為定期盤點。

9 perpetual inventory system 4★
片 永續盤點

🔖 持續不間斷地透過卡片或系統進行盤點，稱為永續盤點。
▶ Perpetual inventory system enables a constant knowledge of the inventory.
永續盤點系統讓我們持續掌握庫存狀況。

10 total inventory 3★
片 庫存總量

11 volume [`vɑljəm] 1★
名 (交易、生產)量；額

12 dunnage [`dʌnɪdʒ] 3★
名 貨墊

13 superfluous [su`pɜfluəs] 4★
形 過剩的；多餘的

14 surplus [`sɜpləs] 3★
名 過剩；剩餘量
形 過剩的；剩餘的

15 excess [ɪk`sɛs] 3★
形 過量的；過剩的
名 超過；過量

16 ample [`æmpl̩] 2★
形 大量的；充裕的

17 bulk [bʌlk] 1★
形 大量的；大批的

18 shortage [`ʃortɪdʒ] 2★
名 缺少；匱乏；不足

248

⊙ MP3 190

交付貨物

1 inventory [`ɪnvən،torɪ] — 3★
名 存貨清單；財產目錄

2 itemized list — 4★
片 條列物品清單

3 bill of materials — 2★
片 所需材料清單(製造特定商品用)

4 source [sors] — 3★
動 從其他公司或國家購買零件、材料

5 forwarding fee — 3★
片 手續費

6 undercharged — 2★
[٬ʌndəˋtʃɑrdʒd]
形 收費過低的

7 receiving and issuing of supplies — 4★
片 供貨收送

8 quantity in transit — 4★
片 (指在各分公司間)運送中的貨物量

▶ Quantity in transit refers to the total number of stock-keeping units that are being shipped.
運送中的貨物量，指庫存記錄裡運送中物品的總數量。

9 quantity on hand — 4★
片 目前實際存貨量

10 quantity on order — 4★
片 可訂貨生產存貨量

11 belated [bɪˋletɪd] — 3★
形 誤期的；太遲的

12 JIT — 4★
縮 剛好趕上(裝貨、配送的時間)

🖇 全稱為 just in time

13 E&OE — 4★
縮 如有錯漏，可予更改

🖇 全稱為 errors and omissions expected

14 the goods delivered — 3★
片 交付的貨物

▶ The invoice description should be consistent to the goods delivered.
付費通知發票說明應與交付的貨物一致。

15 hazardous classification — 4★
片 危險物品等級分類

16 unit of measure — 3★
片 計量單位

17 item profile — 3★
片 產品資料(包含產品尺寸、重量等)

18 do business with — 3★
片 與…有生意往來

19 inner pack — 3★
片 內包裝

SCENE 5 稅務

◎ MP3 191

納稅

¹ **toll** [tol] 動 向…徵收稅捐 4★
名 (路、橋等的)通行費

² **internal revenue** 3★
片 國內稅收;內部稅收

³ **taxation** [tæks`eʃən] 4★
名 1.稅;稅收 2.課稅;徵稅

▶ taxable 可課稅的;應納稅的
▶ tax liability 應付稅額
▶ tax preparer 報稅服務員

⁴ **citizen** [`sɪtəzn̩] 1★
名 公民;市民

⁵ **taxpayer** [`tæks,peə] 3★
名 納稅人

納稅項目

⁶ **sales tax** 2★
片 銷售稅;營業稅

⁷ **income tax** 3★
片 所得稅

⁸ **married filing jointly** 4★
片 已婚合併報稅

⁹ **married filing separately** 4★
片 已婚分開報稅

▶ self-employment income
個人營業收入

▶ income tax declaration
所得稅申報書

¹⁰ **death duty** 3★
片 遺產稅

¹¹ **estate tax** 4★
片 房地產遺產稅

¹² **real estate tax** 3★
片 房地產稅

¹³ **property tax** 3★
片 房地產稅

¹⁴ **stamp duty** 3★
片 印花稅

¹⁵ **value-added tax** 4★
片 增值稅

¹⁶ **hidden tax** 3★
片 隱藏稅

▶ revenue stamp 印花稅票

▶ increment tax on land value 土地增值稅

¹⁷ **wine and tobacco tax** 4★
片 菸酒稅

¹⁸ **gift tax** 3★
片 贈與稅

¹⁹ **local tax** 3★
片 地方稅

²⁰ **back taxes** 4★
片 過期稅

²¹ **gas tax** 2★
片 汽油稅

²² **capital levy** 4★
片 財產稅;資本課稅

補充單字 ✦徵稅・稅率✦

+ **impose** 動 徵(稅)
+ **imposed** 形 被徵稅的
+ **the rate of taxation** 名 稅率
+ **tax bracket** 片 稅率級次
+ **progressive tax** 片 漸進式稅率

SCENE 5 人民申報

◎ MP3 192

人民申報

1 tax return
片 納稅申報單

▶ You can also file a tax return at the airport.
您也可以在機場報稅。

2 tax form
片 報稅表格

3 form [fɔrm]
名 表格

4 filing status
片 報稅身分

5 declare [dɪ`klɛr]
動 申報(納稅品等)

6 file [faɪl]
動 提出(申請);提起(訴訟)

▶ file a return 申報退稅

7 account payable
片 應付帳款

▶ Account payable represents the company's obligations to pay off a short-term debt to its creditors.
應付帳款係為公司應付清債權人短期借款的義務。

8 gross income
片 毛收入;總收入

9 donate [`donet]
動 捐贈;捐出

▶ donation 捐贈;捐獻

10 annual [`ænjʊəl]
形 年度的;每年的

11 asset [`æsɛt]
名 資產;財產

12 itemized deduction
片 列舉扣除額

▶ Which should I choose, the standard, or itemized deduction?
我應該要選哪一個,標準扣除、還是列舉扣除?

13 exempt [ɪg`zɛmpt]
形 免稅的;被免除的

▶ Kindergarten teachers used to be exempt from income tax.
幼稚園教師過去免繳所得稅。

14 duty-free [`djutɪ`fri]
形 免稅的 副 免稅地

▶ duty 稅

15 complex [`kɑmplɛks]
形 複雜的;難懂的

16 complicated [`kɑmplɪˌketɪd] 形 複雜的

17 bothersome [`bɑðəsəm] 形 麻煩的

Gaaarr! Give me your income!!

18 interest income
片 利息收入

19 unearned income
片 非工作所得(指紅利、利息等)

20 avocation [ˌævə`keʃən]
名 1.副業 2.興趣;愛好

◉ MP3 193

法律議題

¹ **ordinance** [`ɔrdɪnəns] 5★
名 法令；條文；條例

² **tax code** 2★
片 稅務規章

³ **deregulation** [dɪ͵rɛgjʊ`leʃən] 3★
名 撤銷管制規定；去管制化

⁴ **tax dispute** 3★
片 稅務爭議(尤指對該付稅款)

⁵ **ratable** [`retəbl] 4★
形 可課稅的

⁶ **Beige Book** 3★
片 褐皮書

🔖 褐皮書是美國聯邦準備理事會一年公佈八次的經濟現況報告書。

⁷ **voluntary compliance** 5★
片 誠實報稅義務

⁸ **tax shelter** 2★
片 (合法)避稅方案

⁹ **illegal** [ɪ`ligl] 1★
形 非法的；違法的

¹⁰ **tax dodger** 3★
片 逃稅者

¹¹ **tax evasion** 4★
片 漏稅；逃稅

¹² **garnishment** [`gɑrnɪʃmənt] 5★
名 (律)扣押令；傳票

¹³ **oversee** [`ovɚ`si] 4★
動 監視；監督；看管

▶ A garnishment was sent to Mandy.
曼蒂收到扣押令。

▶ David is responsible for overseeing the factories.
大衛負責監督工廠。

¹⁴ **arbitrage** [`ɑrbətrɪdʒ] 5★
名 (商)套利

¹⁵ **collusion** [kə`luʒən] 5★
名 共謀；勾結

¹⁶ **ignominious** 5★
[͵ɪgnə`mɪnɪəs] 形 可恥的

¹⁷ **claim a deduction** 4★
片 (報稅時)申報扣除額

¹⁸ **withholding** 4★
[wɪð`holdɪŋ] 名 預扣

¹⁹ **withholding tax** 4★
片 預扣所得稅

²⁰ **diluted earnings** 4★
片 稅後盈餘

²¹ **dollar drain** 3★
片 現金流失

²² **amortize** [ə`mɔrtaɪz] 5★
動 分期償還(債務等)

◎ MP3 194

勞資糾紛

1 back pay
片 (雇主對員工)積欠工資

▶ The factory workers sat in protest of back pay in front of the plant.
工廠員工在廠房前靜坐抗議雇主積欠薪資。

2 low-paying [`lo`peɪŋ]
形 低所得的

3 laborer [`lebərə]
名 勞工;勞動者

4 haze [hez]
動 使勞累;苦惱

5 reluctance [rɪ`lʌktəns]
名 勉強;不情願

6 exacting [ɪg`zæktɪŋ]
形 (工作等)艱難的;辛苦的

7 heavy lifting
片 困難或吃力的工作

8 risk [rɪsk]
名 危機;風險

▶ run the risk of
冒著…的危險

9 strike [straɪk]
名 1.罷工 2.罷課

10 shut down
片 關閉;停工

11 stoppage [`stɑpɪdʒ]
名 1.停工;罷工 2.停止

▶ The stoppage is estimated to last for two more weeks.
停工預計將再持續兩週。

12 picket line 片
1.(示威、罷工者的)糾察線 2.警戒線

▶ Several workers in protest tried to break through the picket line and rushed into the bank.
好幾名抗議員工嘗試突破封鎖線衝進銀行。

13 collectively [kə`lɛktɪvlɪ]
副 全體地;共同地

14 common [`kɑmən]
形 共通的;共同的

15 boycott [`bɔɪ.kɑt]
名 聯合抵制;杯葛

16 remuneration [rɪ.mjunə`reʃən]
名 1.報酬 2.賠償金

17 subsidy [`sʌbsədɪ]
名 補助金;津貼;補貼

18 subsidize [`sʌbsə.daɪz]
動 補助;給予…津貼

19 offset [`ɔf.sɛt]
動 抵銷;補償

20 grant [grænt]
動 給予;同意 名 補助金

◎ MP3 195

示威遊行

¹ **march** [mɑrtʃ] ²★
動 遊行；示威

² **campaign** [kæm`pen] ³★
動 從事活動、運動 名 活動；運動

³ **press conference** ³★
名 記者會

⁴ **anarchy** [`ænəkɪ] ⁴★
名 無秩序；混亂

⁵ **vehemently** ⁵★
[`viəməntlɪ] 副 激烈地

⁶ **nominal** [`nɑmənḷ] ⁵★
形 名義上的；有名無實的

⁷ **official** [ə`fɪʃəl] ²★
形 官方的；正式的

⁸ **spokesperson** ⁵★
[`spoks͵pɝsn] 名 發言人

⁹ **envoy** [`ɛnvɔɪ] ⁵★
名 使者

¹⁰ **entourage** ⁵★
[͵ɑntu`rɑʒ]
名 隨行人員

¹¹ **claim** [klem] ¹★
動 宣稱；聲明

¹² **enunciate** ⁵★
[ɪ`nʌnsɪ͵et]
動 發表；宣布

¹³ **declaration** ⁴★
[͵dɛklə`reʃən]
名 宣佈；宣告

¹⁴ **incur** [ɪn`kɝ] ⁴★
動 招致；帶來

¹⁵ **evoke** [ɪ`vok] ⁴★
動 招致；引起

¹⁶ **generate** [`dʒɛnə͵ret] ⁴★
動 造成；引起；產生

◉ MP3 196

抗議群眾

1 the public
片 大眾 1★

2 fellow [`fɛlo] 1★
名 傢伙；人

3 assembly [ə`sɛmblɪ] 3★
名 1.集會 2.與會者

4 convoke [kən`vok] 5★
動 召集

5 mobilize [`mobḷ,aɪz] 4★
動 動員；調動

6 gather [`gæðɚ] 1★
動 聚集；集合

7 gathering [`gæðərɪŋ] 4★
名 集會；聚集

8 media research 3★
片 媒體研究

9 news [njuz] 1★
名 新聞

10 detest [dɪ`tɛst] 4★
動 厭惡；憎惡

11 abhor [əb`hɔr] 4★
動 厭惡；憎惡

12 antipathy [æn`tɪpəθɪ] 5★
名 反感；厭惡

▶ Why does Mr. Watson show great antipathy against Kenny?
為什麼華生先生對肯尼這麼反感？

13 disgust [dɪs`gʌst] 3★
動 1.感到噁心 2.厭惡

14 aversion [ə`vɝʃən] 5★
名 厭惡；反感

15 bereft [bɪ`rɛft] 5★
形 失去…的

16 belief [bɪ`lif] 1★
名 信心；信任

17 believe [bɪ`liv] 1★
動 相信；信任

18 deplorable [dɪ`plorəbḷ] 5★
形 可嘆的；可悲的

19 deny [dɪ`naɪ] 1★
動 否認

20 denial [dɪ`naɪəl] 4★
名 否認；否定

▶ shake one's head in denial
搖頭拒絕

21 adhere to 5★
動 1.堅持 2.擁護

22 support [sə`port] 2★
名 動 支持；贊助

▶ You need an evidence to support your own contention.
你需要一個實證來支持你的論點。

23 thwart [θwɔrt] 5★
動 反對；阻撓

24 against [ə`gɛnst] 2★
介 違反；反對

25 objection [əb`dʒɛkʃən] 2★
名 抗議；反駁

╋補充單字 ＋態度·立場＋
+ indifference 名 漠不關心
+ neglect 動 忽視；忽略
+ opprobrium 名 恥辱
+ dependent 名 受撫養家屬
+ custodianship 名 保管人等之職位

◎ MP3 197

解雇

¹ **leave of absence** ⁴★
片 留職停薪

📎 縮寫為LOA

² **downsize** [`daʊn`saɪz] ⁴★
動 裁減(員工)人數

³ **pink slip** ³★
片 遣散通知書

⁴ **drive** [draɪv] ²★
動 迫使;逼迫

¹⁰ **dismiss** [dɪs`mɪs] ²★
動 解雇;遣散

⁹ **discharge** [dɪs`tʃɑrdʒ] ⁴★
動 解雇;使免職

⁸ **fire** [faɪr] ¹★
動 開除;免職

⁵ **layoff** [`le,ɔf] ²★
名 臨時解雇;裁員

▶ lay off 解雇

⁶ **sack** [sæk] ²★
動 開除;解雇

⁷ **furlough** [`fɝlo] ⁵★
動 名 1.休假 2.(暫時)解雇

▶ The military decided to recall the furloughed soldiers.
軍方決定召回休假士兵。

政治參與

¹¹ **election** [ɪ`lɛkʃən] ²★
名 選舉;當選

¹² **elect** [ɪ`lɛkt] ¹★
動 選舉;遴選

▶ When is the election for the new chief of the Board?
新任董事會主席的選舉何時舉行?

¹³ **veto** [`vito] ⁴★
名 否決權 動 否決

¹⁴ **function** [`fʌŋkʃən] ¹★
動 1.起作用 2.行使職責
名 功能;作用

¹⁵ **vote** [vot] ¹★
動 名 投票;表決

¹⁶ **ballot** [`bælət] ⁴★
名 選票;(不記名)投票
動 (不記名)投票;投票表決

¹⁷ **approved list** ³★
片 同意名單

¹⁸ **scandal** [`skændl] ³★
名 醜聞;醜事

¹⁹ **corrupt** [kə`rʌpt] ⁴★
動 使腐敗;賄賂

²⁰ **corruption** [kə`rʌpʃən] ⁵★
名 腐敗;貪腐

克 漏 字

請參考中文例句中被標記的單字，並將其英文填入空格中。

(1) Please use chopsticks to _____ the egg and add some water.
請用筷子攪碎蛋黃，然後加入一些水。

(2) They used to manufacture _____ knives and scissors.
他們過去曾生產製造鋒利的刀子和剪刀。

(3) The cooler can reduce the _____ temperature of the engine.
冷卻裝置能夠降低引擎的內部溫度。

(4) Ken's major in university is _____.
肯在大學的主修科目是機械學。

(5) How do I _____ adjust these values?
我要如何手動調整這些數值？

(6) The report has to be under _____ review with the Review Board.
這項報告必須同時經過審查委員會的審查。

(7) A gas guzzler may have low _____ economy and high gasoline consumption.
耗油車的燃料效率低，因而導致高耗油量。

(8) No smoke is allowed in the _____.
實驗室裡不准吸菸。

(9) This is an _____ survey on the quality of life of RA patients.
這是一項以類風濕性關節炎病患為探討對象的生活品質調查報告。

(10) Do you know why Allen was so _____ after work?
你知道為什麼艾倫下班後如此無精打采嗎？

Answer Key

(1) scramble	(2) incisive	(3) internal	(4) Mechanism
(5) manually	(6) simultaneous	(7) fuel	(8) laboratory
(9) exploratory	(10) inanimate		

單字選填　　請參考框內的英文單字，將最適合的單字填入句中。
　　　　　　若該單字在置入句中時需有所變化，請填入單字的變化型。

cargo	screwdriver	opaque	electrician
mobile	brittle	impact	pollution
waterway	maintenance	revolve	pungent
emerge	subsidy	consecutive	facility
ordinance	regardless	measurable	instrument
randomly	productivity	shortage	surplus
jaunty			

(1) The _____ and evaluable test parameters will be calculated.

(2) Wear a facial mask, or the _____ smell might make you really uncomfortable.

(3) When the problem _____, the researcher will try every means to resolve it.

(4) Materials such as wood and stone are _____ to visible light.

(5) The _____ decreased due to the flaw of this approach.

(6) The project may help resolve the issue of air _____.

(7) The setup of new factories in this area has great _____ on the unemployment.

(8) The _____ was closed temporarily due to the typhoon last week.

(9) The workers were loading the _____ on the docks.

(10) Exports of rice _____ can bring in great margins for Mr. Wang.

(11) The vessel made a stop at Keelung Harbor due to a _____ of oil.

(12) Based on this notice, the company had passed an _____ compelling compulsory overtime working.

(13) Glass is _____ and should be kept out of reach of babies.

(14) An _____ is repairing the switchboard.

(15) The public water supply _____ is under construction.

(16) The _____ of natural resources has been a hot issue throughout the world.

(17) The size of the _____ should depend on the screws used.

(18) The spreadsheet is an effective _____ for cost estimation.

(19) John walked to the school in the morning with a _____ air.

(20) The Earth always _____ around the Sun.

(21) Mr. Watson decided to sell the old house _____ of the tax problems.

(22) The air conditioner has run for 12 _____ hours.

(23) The system will _____ select a seat for you.

(24) You should mute or turn off your _____ phone in the theater.

(25) Any company which would like applying for the government _____ should file an application.

Answer Key

(1) measurable	(2) pungent	(3) emerges	(4) opaque
(5) productivity	(6) pollution	(7) impact	(8) waterway
(9) cargo	(10) surplus	(11) shortage	(12) ordinance
(13) brittle	(14) electrician	(15) facility	(16) maintenance
(17) screwdriver	(18) instrument	(19) jaunty	(20) revolves
(21) regardless	(22) consecutive	(23) randomly	(24) mobile
(25) subsidy			

note

Part 9

醫師凱特
Kate, The Doctress

凱特是大醫院的門診醫師,她很喜歡這份能幫助他人重拾健康的工作,

每天都努力地以自己的專業去幫助那些為病痛所苦的人們。

在排到輪休的日子裡,凱特喜歡換個環境,藉由藝文活動放鬆身心。

同屬醫療團隊、或藝文愛好者的你,可千萬別錯過這一章喔!

Scenes

1. 字彙力測試 Vocabulary Preview

2. 醫院 Hospital

3. 診斷 Diagnosis

4. 人體與器官 Human Body And Organs

5. 病症 Symptoms Of Diseases

6. 醫療保險 Medical Insurance

7. 藝文活動 Art, Museum And Theater

8. 詞彙應用再升級 Level Up

圖像聯想　　請看下面的圖及英文，自我測驗一下，你能寫出幾個單字的中文意思呢？

1.

ambulance _____　　severe _____

stretcher _____　　volunteer _____

feeble _____　　solace _____

2.

prescribe _____　　pill _____

dosage _____　　drowsy _____

potency _____　　mollify _____

3.

wrinkle _____　　slender _____

menopause _____　　chubby _____

blond _____　　birthmark _____

4.

maladjusted _____　　immune _____

infection _____　　sickness _____

dizzy _____　　feverish _____

5.

stage _____　　encore _____

audience _____　　rehearsal _____

ecstatic _____　　impresario _____

◎ MP3 198

急診室情景

1 **in-hospital surgery** 3★
片 住院手術
▶ hospital 醫院

2 **immediately** 2★
[ɪ`midɪɪtlɪ]
副 立即地；馬上地

3 **ambulance** 4★
[`æmbjələns]
名 救護車

4 **pressing** 3★
[`prɛsɪŋ]
形 緊急的

5 **acute** [ə`kjut] 4★
形 1.(醫)急性的 2.劇烈的 3.嚴重的

6 **severe** [sə`vɪr] 2★
形 嚴重的
▶ severely 嚴重地

7 **nurse** [nɝs] 1★
名 護士

8 **provider** 2★
[prə`vaɪdə]
名 提供者(提供醫療服務的院所或醫療人員)

9 **care** [kɛr] 1★
名 1.照料；管理 2.看護

10 **take care of** 1★
片 照顧；照護

11 **look after** 2★
片 照顧；照護

12 **tend** [tɛnd] 2★
動 照管；護理

13 **stretcher** 3★
[`strɛtʃə] 名 擔架

14 **volunteer** 2★
[ˌvɑlən`tɪr] 名 志願者
動 自願去…；主動去…

17 **scales** 2★
[skelz]
名 體重計

15 **solace** [`sɑlɪs] 5★
名 安慰；慰藉

16 **console** [kən`sol] 4★
動 安慰；撫慰

◎ MP3 199

緊急手術

¹ **weakly** [`wiklɪ] ²★
副 虛弱地；有病地

▶ weak 脆弱的；虛弱的

² **feeble** [`fibl] ⁴★
形 虛弱的

³ **strength** [strɛŋθ] ²★
名 力；力量；力氣

⁴ **index** [`ɪndɛks] ²★
名 表示；跡象

⁵ **interval** [`ɪntəvl] ⁴★
名 間隔；距離

⁶ **throb** [θrɑb] ⁵★
動 (心臟、脈搏)跳動；悸動

⁷ **require** [rɪ`kwaɪr] ¹★
動 需要

⁸ **as needed** ³★
片 和需要的一樣

⁹ **care** [kɛr] ¹★
名 小心；謹慎

¹⁰ **advert** [əd`vɜt] ⁴★
動 注意

¹¹ **oxygen** [`ɑksədʒən] ³★
名 氧氣

¹² **sustain** [sə`sten] ³★
動 承受；維持

¹³ **heart attack** ¹★
片 心臟病發作

¹⁴ **heart failure** ²★
片 心臟衰竭；心臟麻痺

¹⁵ **salvage** [`sælvɪdʒ] ⁵★
名 搶救；挽救

¹⁶ **save** [sev] ¹★
動 救；挽救

¹⁷ **rescue** [`rɛskju] ³★
動 解救；挽救；援救

¹⁸ **recuperate** [rɪ`kjupəˌret] ⁵★
動 恢復；挽回

¹⁹ **recuperation** [rɪˌkjupə`reʃən] ⁵★
名 恢復；挽回

▶ The patient has recuperated after a 3-day observation period.
這名病患在三天的觀察期後恢復健康。

▶ The recuperation of patients with chronic diseases may take a long time.
患有慢性疾病的病患可能要花很長的時間才會恢復。

²⁰ **at risk for** ²★
片 有…的危險

²¹ **stroke** [strok] ³★
名 中風；突然發作

²² **cellulitis** [ˌsɛljuˈlaɪtɪs] ⁵★
名 蜂窩性組織炎

²³ **paralysis** [pəˈræləsɪs] ⁵★
名 麻痺；癱瘓

²⁴ **vegetable** [`vɛdʒətəbl] ²★
名 植物人

◎ MP3 200

傷害行為

1 **lethal** [`liθəl] ³★
形 致命的

2 **fatal** [`fetl] ³★
形 致命的

3 **deadly** [`dɛdlɪ] ²★
形 致命的；致死的

4 **stab** [stæb] ²★
動 刺；刺傷；刺入

5 **stab wound** ²★
片 (被人刺的)刀傷

▶ The man was stabbed by a stranger with a kitchen knife.
這個男子被一名陌生人用菜刀刺傷。

6 **choke** [tʃok] ²★
動 使窒息；哽住

7 **stifle** [`staɪfl] ⁵★
動 使窒息；悶死

8 **suffocate** [`sʌfə,ket] ⁵★
動 使窒息；把…悶死

▶ choke down 1.強嚥
下去 2.忍辱接受

▶ The 6-month baby died from being suffocated.
這名六個月大的嬰兒因窒息而死。

術後狀況

9 **adapt** [ə`dæpt] ³★
動 使適合；使適應

10 **in order to** ¹★
片 為了要…

11 **let** [lɛt] ¹★
動 使…；讓…

12 **salvation** [sæl`veʃən] ⁵★
名 救助；拯救

13 **obliterate** ⁵★
[ə`blɪtə,ret]
動 消除；消滅

14 **disappear** ¹★
[,dɪsə`pɪr]
動 消失；不見

15 **seem** [sim] 動 似乎是	1★	16 **completely** [kəm`plitlɪ] 副 完全地；徹底地	2★
17 **absolute** [`æbsə,lut] 形 完全的	3★	18 **pretty** [`prɪtɪ] 副 相當地	1★
19 **thorough** [`θɝo] 形 完全的；徹底的	3★	20 **thoroughly** [`θɝolɪ] 副 徹底地；完全地	4★
21 **entire** [ɪn`taɪr] 形 全部的；整個的	1★	22 **entirely** [ɪn`taɪrlɪ] 副 完全地	2★
23 **especially** [ə`spɛʃəlɪ] 副 特別；尤其	2★	24 **though** [ðo] 連 雖然；儘管	1★

◉ MP3 201
醫院部門

1 MD
縮 內科
📎 全稱為 Medical Department

2 surgery [`sɝdʒɪrɪ]
名 外科

3 subordinate [sə`bɔrdɪnɪt]
形 1.次要的 2.隸屬的

4 physician [fɪ`zɪʃən]
名 內科醫生

5 surgeon [`sɝdʒən]
名 外科醫生

6 specialist [`spɛʃəlɪst]
名 專科醫生

7 Plastic Surgery
片 整形外科

8 Ophthalmology
[ˌɑfθæl`mɑlədʒɪ] 名 眼科
📎 簡稱 OPH

9 Orthopedics
[ˌɔrθə`pidɪks] 名 骨科
📎 簡稱 Ortho

10 alternate [`ɔltənɪt]
形 交替的；輪流的
▶ take turns 輪流

11 ENT
縮 耳鼻喉科
📎 全稱為 Ears, Nose, and Throat

12 shrink [ʃrɪŋk]
名 心理醫生

13 Pediatrics
[ˌpidɪ`ætrɪks]
名 小兒科

14 DR
縮 產房
📎 全稱為 Delivery Room

15 POR
縮 術後恢復室
📎 全稱為 Post Operation Room

16 recovery room
片 手術後恢復室
▶ aftercare 術後照護

17 OPD
縮 門診部
📎 全稱為 Outpatient Department

18 ICU
縮 加護病房
📎 全稱為 Intensive Care Unit

19 obstetrics
[əb`stɛtrɪks] 名 產科

20 Gynecology
[ˌgaɪnə`kɑlədʒɪ] 名 婦科
📎 簡稱 GYN

● MP3 202

健康

1 fitness [`fɪtnɪs] ³★
名 健康

2 fine [faɪn] ¹★
形 健康的；舒適的

3 wellbeing [`wɛl`biɪŋ] ³★
名 安康；福利

4 well [wɛl] ¹★
形 健康的；安好的

▶ This comprehensive medical care aims to improve the wellbeing of patients.
這次綜合醫療照護旨在改善病患整體福祉。

5 healthy [`hɛlθɪ] ¹★
形 健康的；健全的

▶ health status (醫)健康狀況

6 a clean bill of health ³★
片 非常健康

▶ This man got a clean bill of health even in his 60's.
這個男子即使年逾六十依然非常健康。

7 sound [saʊnd] ¹★
形 健康的；健全的

▶ A sound health insurance is provided to every employee.
每位員工都享有健全的健康保險。

8 alright [`ɔl`raɪt] ³★
形 沒問題的；健康的

▶ His health condition is alright after the surgery.
他在手術後恢復了健康。

9 lively [`laɪvlɪ] ²★
形 精力充沛的

10 robust [rə`bʌst] ²★
形 強健的；結實的

▶ The sample size of this clinical trial is large and its result is robust.
這項臨床試驗的樣本數夠大，而且取得了有力的試驗結果。

11 healthful [`hɛlθfəl] ³★
形 有益於健康的

12 benign [bɪ`naɪn] ⁴★
形 良性的；有益健康的

13 salubrious [sə`lubrɪəs] ⁴★
形 (氣候、空氣)有益健康的；清爽的

14 beneficial [ˌbɛnə`fɪʃəl] ⁴★
形 有益的；有利的；有幫助的

▶ Maintaining a healthful body weight will be beneficial to the kidney.
維持健康的體重將可對腎臟的運作有利。

15 therapeutic [ˌθɛrə`pjutɪk] ⁴★
形 1.治療的 2.有益健康的

▶ The drug dose should be adjusted based on the therapeutic response.
藥物劑量應依照治療反應做調整。

◎ MP3 203

不健康

¹ **sick** [sɪk] 1★
形 生病的；病人的

² **sickly** [`sɪklɪ] 1★
形 多病的；不健壯的

³ **ill** [ɪl] 1★
形 生病的；不健康的

⁴ **poorly** [`pʊrlɪ] 1★
形 身體不佳的；有病的

⁵ **problem** [`prɑbləm] 1★
名 問題；毛病

⁶ **trouble** [`trʌbl̩] 1★
名 疾病；苦痛

⁷ **upset** [ʌp`sɛt] 2★
形 不適的；不舒服的

⁸ **suffer from** 2★
片 因(疾病)而痛或不舒服

⁹ **abnormal** [æb`nɔrml̩] 2★
形 不正常的；異常的

¹⁰ **morbid** [`mɔrbɪd] 5★
形 疾病的；疾病所致的

¹¹ **run-down** [`rʌn,daʊn] 2★
形 精疲力竭的；衰弱的

¹² **unhealthy** [ʌn`hɛlθɪ] 3★
形 不健康的；有病的

成藥

¹³ **rely** [rɪ`laɪ] 2★
動 依賴；仰賴

¹⁴ **look to** 1★
片 依賴；依靠；指望

▶ Jason always looks to his mom for job opportunities.
傑森總是靠他的媽媽尋找工作機會。

¹⁵ **tonic** [`tɑnɪk] 3★
名 補藥

¹⁶ **over-the-counter** 2★
[`ovəðə`kaʊntə] 名 成藥

🏪 成藥指不用處方籤就可在藥局買到的藥。

¹⁷ **abuse** [ə`bjuz] 1★
名 動 濫用；妄用

¹⁸ **addiction** [ə`dɪkʃən] 2★
名 上癮；成癮；沈溺

¹⁹ **ignorance** [`ɪgnərəns] 2★
名 無知；忽視

²⁰ **noisome** [`nɔɪsəm] 5★
形 有害的；有礙健康的

²¹ **adverse** [æd`vɝs] 3★
形 不利的；有害的

▶ It was Mandy's ignorance that made the wrong invoice.
曼蒂的粗心導致發票出錯。

◉ MP3 204

診療室內

1★
¹ **cure** [kjʊr]
動 治療；治癒
名 治療法；治療

2★
² **treatment**
[`tritmənt]
名 治療；治療法

3★
³ **remedy** [`rɛmədɪ]
名 治療法；治療
動 醫治；治療

2★
⁴ **attend** [ə`tɛnd]
動 為病人看病

5★
⁵ **diagnosis** [ˌdaɪəg`nosɪs]
名 診斷；診斷結果；診斷書

5★
⁶ **diagnose** [`daɪəgnoz]
動 診斷；分析

4★
⁷ **contamination**
[kənˌtæmə`neʃən]
名 污染；弄髒

▶ contaminate 污染

2★
⁸ **take a deep breath**
片 深呼吸

2★
⁹ **strip down**
片 脫褲檢查

2★
¹⁰ **smelling salt**
片 嗅鹽

4★
¹¹ **gauze** [gɔz]
名 (醫用)紗布

2★
¹² **band-aid**
[`bænd͵ed]
名 護創膠布

3★
¹³ **alcohol**
[`ælkə͵hɔl]
名 酒精

2★
¹⁴ **sympathy**
[`sɪmpəθɪ]
名 同情；同情心

▶ sympathize 同情；體諒

3★
²¹ **stitch** [stɪtʃ]
動 縫合

2★
²² **heal** [hil]
動 1.治癒 2.(傷口)癒合

2★
¹⁵ **bandage** [`bændɪdʒ]
名 繃帶 動 用繃帶包紮

4★
¹⁸ **hydrogen peroxide**
名 雙氧水

5★
¹⁶ **elasticity** [ɪ͵læs`tɪsətɪ]
名 1.彈性；彈力 2.伸縮性

2★
¹⁹ **first-aid** [`fɜst͵ed]
形 急救用的

1★
²³ **examine** [ɪg`zæmɪn]
動 檢查；診察；細查

▶ examination 檢查；審視
▶ exam 檢查

4★
¹⁷ **dress** [drɛs]
動 包紮；敷藥

1★
²⁰ **run some tests**
片 做些檢查(醫學上的)

● MP3 205

報告書

1 **negative** [`nɛgətɪv] —2★
形 1.否定的；否認的 2.陰性的

2 **positive** [`pazətɪv] —2★
形 1.確定的；確實的 2.陽性的

3 **happen** [`hæpən] —1★
動 發生；出現

4 **sporadic** [spo`rædɪk] —5★
形 偶爾發生的；分散的

5 **avoid** [ə`vɔɪd] —1★
動 避免；避開

6 **tell** [tɛl] —1★
動 分辨

7 **rule out** —2★
片 排除…的可能性

8 **make sure** —2★
片 確認；確保

9 **deviation** [,divɪ`eʃən] —4★
名 誤差；偏向

特殊診斷

10 **physical** [`fɪzɪk!] —3★
名 身體檢查
形 身體的；肉體的

11 **sensory nerve** —5★
片 感覺神經

▶ nerve 神經

12 **neurotic** [nju`ratɪk] —5★
形 神經疾病的
名 神經病患者

13 **reflex** [`riflɛks] —4★
名 反射(作用)；本能反應
形 反射作用的

14 **direct** [də`rɛkt] —1★
形 直接的

15 **reaction** [rɪ`ækʃən] 名 反應 —2★

19 **haven** [`hevən] —4★
名 避難所

23 **vaccinate** [`væksṇ,et] —5★
動 接種疫苗

16 **segregated** [`sɛgrɪ,getɪd] —3★
形 被隔離的

20 **acupuncture** [`ækju,pʌnktʃə] —5★
名 針灸

24 **inoculate** [ɪn`akjə,let] —5★
動 預防接種

17 **isolate** [`aɪs!,et] —4★
動 孤立；隔離

21 **preventive** [prɪ`vɛntɪv] —4★
形 預防的；預防性的

18 **insulate** [`ɪnsə,let] —5★
動 隔離；使孤立

22 **prevention** [prɪ`vɛnʃən] —3★
名 預防；避免

◎ MP3 206

藥品

1★
¹ **drug** [drʌg]
名 藥品

1★
² **drugstore** [`drʌg͵stor]
名 (兼售化妝品、雜誌等雜貨的)藥房(美)

1★
³ **medicine** [`mɛdəsṇ]
名 藥物；藥品

4★
⁴ **medication** [͵mɛdɪ`keʃən]
名 藥物治療；藥物

▶ These patients with asthma need regular preventive medication.
這些氣喘病患需要定期的預防性藥物治療。

1★
⁵ **take** [tek]
動 服、吃藥

1★
⁶ **apply** [ə`plaɪ]
動 使用…藥物

4★
⁷ **potency** [`potṇsɪ]
名 力量；潛力；效力

3★
⁸ **absorbed** [əb`sɔrbd]
形 被吸收的

1★
⁹ **ease** [iz]
動 減輕；緩和

2★
¹⁰ **relief** [rɪ`lif]
名 (痛苦、負擔等)減輕；解除

4★
¹¹ **deaden** [`dɛdṇ]
動 1.緩和 2.使麻木

4★
¹² **lessen** [`lɛsṇ]
動 減輕

5★
¹³ **alleviate** [ə`livɪ͵et]
mitigate [`mɪtə͵get]
mollify [`molə͵faɪ]
動 減輕；緩和

1★
¹⁴ **increase** [ɪn`kris]
動 增加；增強
名 增加；增大；增強

▶ We will increase more job openings in July.
我們在七月會增加更多職缺。

4★
¹⁵ **reinforce** [͵riɪn`fɔrs]
動 1.增強；強化；加強
2.補充；增加

5★
¹⁶ **enhance** [ɪn`hæns]
動 加強；增進

▶ This training course aims to enhance the employees' computer skills.
這門訓練課程目的在增進員工的電腦技能。

2★
¹⁷ **instead** [ɪn`stɛd]
副 作為替代

▶ instead of 代替

5★
¹⁸ **substitution** [͵sʌbstə`tjuʃən]
名 1.代替 2.代用品；替換物

4★
¹⁹ **substitute** [`sʌbstə͵tjut]
名 代替、遞補用物或人
動 替代 形 代替的

▶ We are looking for a substitute for Susan after her resignation.
我們正在尋找蘇珊辭職後的替代人選。

5★
²⁰ **alternative** [ɔl`tɜnətɪv]
名 替代品 形 替代的

◎ **MP3 207**

開處方

1 prescribe [prɪ`skraɪb] ⁴★
動 開…處方

2 fill the prescription ⁴★
片 依據處方籤拿藥

3 refill [rɪ`fɪl] ²★
動 (依據處方籤)重新領藥

4 re-order one's prescription ⁴★
片 重新訂處方用藥

5 generic drug ⁵★
片 學名藥(沒有商標的藥品)

6 mosquito bite ²★
片 蚊子咬

7 itchy [`ɪtʃɪ] ⁴★
形 癢的

▶ I got a red itchy rash on my finger several days ago.
我幾天前在手指出現發癢和起紅疹的情況。

8 anti-itch cream ²★
片 止癢藥(擦蚊蟲咬)

9 liniment [`lɪnəmənt] ⁵★
名 擦劑

10 ointment [`ɔɪntmənt] ⁴★
名 軟膏;油膏

▶ Will this ointment mitigate the symptoms of psoriasis?
這個藥膏能夠緩解乾癬的症狀嗎?

各類藥物

11 antibiotic
[͵æntɪbaɪ`ɑtɪk] ⁵★
名 抗生素

12 Aspirin [`æspərɪn] ³★
名 阿斯匹林

13 penicillin [͵pɛnɪ`sɪlɪn] ⁵★
名 盤尼西林;青黴素

14 steroid [`stɪrɔɪd] ⁵★
名 類固醇

15 antidepressant
[͵æntɪdɪ`prɛsənt] ⁵★
名 抗憂鬱藥

16 medicated sweet ⁴★
片 止咳糖

17 pain-killer [`pen͵kɪlə] ²★
名 止痛劑;止痛藥

▶ This woman fell into a coma due to overdose of pain-killers.
這名女性因服用過多止痛藥而陷入昏迷。

18 sedative [`sɛdətɪv] ⁴★
名 鎮靜劑

19 tranquilizer
[`træŋkwɪ͵laɪzə] ⁵★
名 鎮靜劑;精神安定劑

20 tranquilize
[`træŋkwɪ͵laɪz] ⁵★
動 使平靜;使鎮定

21 active ingredient ³★
片 活性成分

◎ MP3 208

藥局領藥

¹ **pharmacy** [`farməsɪ] ³★
名 藥局;藥房;藥妝店

² **pharmaceutical** ⁵★
[ˌfɑrmə`sjutɪk̬l] 形 1.藥的;製藥的 2.配藥的;配藥學的

³ **on the market** ²★
片 1.可獲得的 2.出售的

⁴ **plenty of** ¹★
片 許多

⁵ **safe** [sef] ¹★
形 安全的

⁶ **license** [`laɪsn̩s] ²★
名 執照;證書

⁷ **suppository** ⁵★
[sə`pɑzəˌtorɪ] 名 栓劑

⁸ **pharmacist** ¹★
[`fɑrməsɪst] 名 藥劑師

⁹ **licensed** [`laɪsn̩st] ³★
形 有執照的

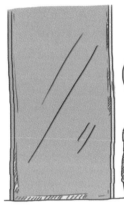

¹⁰ **vitamin** ²★
[`vaɪtəmɪn]
名 維他命

¹¹ **laxative** ⁵★
[`læksətɪv]
名 瀉藥

¹² **tampon** [`tæmpɑn] ²★
名 1.止血棉球 2.衛生棉條

¹³ **sanitary napkin** ²★
片 衛生棉

¹⁴ **spray** [spre] ¹★
名 噴霧

¹⁵ **dribble** [`drɪbl̩] ⁴★
動 滴下;細流

¹⁶ **drops** [drɑps] ¹★
名 滴劑

¹⁷ **disinfectant** [ˌdɪsɪn`fɛktənt] ⁵★
名 消毒劑 形 消毒的

◉ MP3 209

得來速

1 drive-through pharmacy —3★
片 得來速藥房

💡 附有取貨車道的藥房，可免下車於窗口取藥。

2 tablet [ˋtæblɪt] —2★
名 藥丸

3 pill [pɪl] —1★
名 藥片(扁平狀)

4 capsule [ˋkæps!] —5★
名 膠囊

5 lozenge [ˋlɑzɪndʒ] —5★
名 1.藥錠 2.菱形

▶These capsules should be stored in a dry place away from direct sunlight.
這些膠囊應該存放於乾燥處，並遠離陽光直射。

▶He took some throat lozenges for a sore throat.
他因為喉嚨痛而吃了一些喉片。

服藥指示

6 dosage [ˋdosɪdʒ] —4★
名 (藥的)劑量；服法

7 dose [dos] —2★
名 (藥物等)一劑；一服
動 (按劑量)給…服藥

▶The drug should be taken with meal, one dose a day.
這個藥物應該在每天餐後服用一次。

8 after meal —1★
片 餐後；吃飽飯後

9 on an empty stomach —2★
片 空腹時

10 side effect —2★
片 副作用

11 drawback [ˋdrɔ͵bæk] —4★
名 缺點；短處

▶The drawback of this medication is its slow onset and toxicity.
這個藥物治療的缺點在於作用效果較慢，且具毒性。

12 drowsy [ˋdraʊzɪ] —2★
形 想睡的；昏昏欲睡的

13 sleepy [ˋslipɪ] —2★
形 想睡的

▶Suddenly, she felt extremely sleepy and fell asleep soon.
她突然之間感到非常想睡，然後很快地睡著了。

14 three times a day —2★
片 一天三次

15 time [taɪm] —1★
名 次數

16 twice [twaɪs] —1★
副 1.兩次 2.兩倍

◎ MP3 210

住院情況

1 **ward** [wɔrd]
名 病房

2 **interpret** [ɪn`tɜprɪt]
illustrate [`ɪləstret]
動 說明;闡明

3 **bring up**
片 提到;談起

▶ A motion of setting up more branches in South Africa is brought up in the meeting.
會議上談起在南非設立更多分公司的提案。

4 **liaison** [ˏlɪe`zɑn]
名 聯絡;聯繫

▶ The liaison between branches should be much closer.
分公司間的聯繫應更加緊密。

5 **involve** [ɪn`vɑlv]
動 需要;包含;意味著

6 **indication** [ˏɪndə`keʃən]
名 1.暗示 2.表示

▶ The unit manager made indications of a need for more staff.
小組經理暗示需要更多員工。

7 **connote** [kən`not]
動 意味著;暗示

8 **connotative** [kə`notətɪv]
形 隱含的

9 **connotation** [ˏkɑnə`teʃən]
名 含蓄;言外之意

▶ Her speech during the meeting connoted her inclination to quit the position.
她在會議中的發言意味著她有意離職。

▶ The religious connotation of the film is incomprehensible to an Asian audience.
這部電影的宗教意涵對於亞洲觀眾而言不易理解。

洩氣・鼓勵

10 **discourage** [dɪs`kɜɪdʒ]
動 使心灰意冷;使洩氣;使沮喪

13 **encourage** [ɪn`kɜɪdʒ]
動 鼓勵;鼓舞

11 **anomaly** [ə`nɑməlɪ]
名 不規則;異常

14 **gratitude** [`grætəˏtjud]
名 感恩;感謝;感激之情

12 **terrible** [`tɛrəbl]
形 糟糕的;極差的

15 **comforting** [`kʌmfətɪŋ]
形 令人欣慰的

MP3 211

住院病人

5 fear [fɪr]
名 動 恐懼;害怕 1★

6 nervous [`nɝvəs]
形 緊張的;神經質的 2★

7 anxiety [æŋ`zaɪətɪ]
名 緊張;不安 3★

8 anxious [`æŋkʃəs]
形 緊張的;焦慮的 3★

1 follow-up [`falo͵ʌp]
形 1.後續的 2.(對病人)隨訪的 2★

2 tolerance [`talərəns]
名 寬容;寬大;忍耐 3★

3 tolerate [`talə͵ret]
動 容忍;忍受 3★

4 put up with
片 忍受;容忍 2★

9 dietician
[͵daɪə`tɪʃən]
名 營養師 4★

10 restrict
[rɪ`strɪkt]
動 限制 3★

11 restriction
[rɪ`strɪkʃən]
名 限制;限定 4★

12 second opinion
片 第二意見(指另外尋求之建議) 2★

13 consultation
[͵kansəl`teʃən]
名 諮詢;諮商 4★

14 reluctantly
[rɪ`lʌktəntlɪ]
副 不情願地;勉強地 3★

15 sensitive
[`sɛnsətɪv] 形 敏感的 2★

16 lazy [`lezɪ]
形 懶散的;怠惰的 1★

▶ Whether you are sensitive to the drug or not may affect the efficacy.
是否對藥物產生敏感性,可能會對療效造成影響。

17 gloomy [`glumɪ]
形 陰暗的;陰沈的 5★

細胞活動

18 cell [sɛl]
名 細胞 2★

19 facet [`fæsɪt]
名 方面 4★

20 proliferate [prə`lɪfə͵ret]
動 使激增;使擴散;使增殖 5★

21 functional [`fʌŋkʃənl]
形 有功能的;起作用的 3★

22 interaction [͵ɪntə`rækʃən]
名 交互作用;互相影響 3★

23 mutual [`mutʃuəl]
形 相互的;彼此的 4★

◎ MP3 212

外觀與四肢

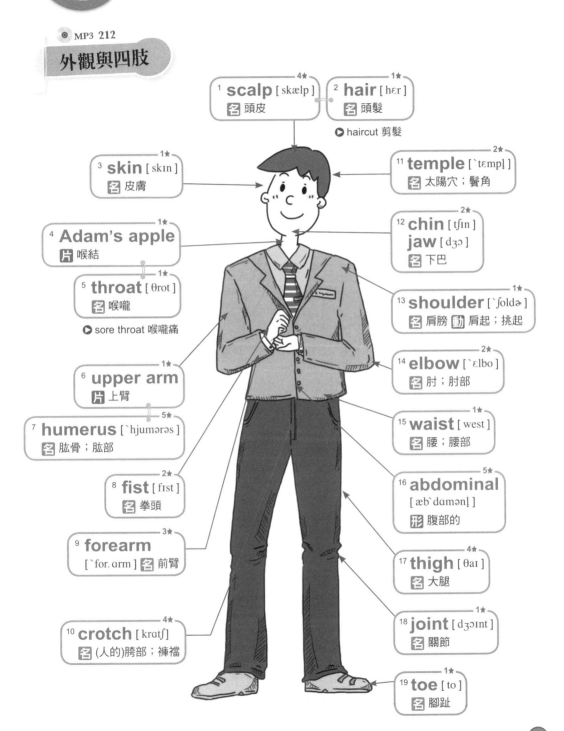

1 **scalp** [skælp] 4★
名 頭皮

2 **hair** [hɛr] 1★
名 頭髮

▶ haircut 剪髮

3 **skin** [skɪn] 1★
名 皮膚

4 **Adam's apple** 1★
片 喉結

5 **throat** [θrot] 1★
名 喉嚨

▶ sore throat 喉嚨痛

6 **upper arm** 1★
片 上臂

7 **humerus** [`hjumərəs] 5★
名 肱骨；肱部

8 **fist** [fɪst] 2★
名 拳頭

9 **forearm** 3★
[`for͵ɑrm] 名 前臂

10 **crotch** [krɑtʃ] 4★
名 (人的)胯部；褲襠

11 **temple** [`tɛmpl] 2★
名 太陽穴；鬢角

12 **chin** [tʃɪn] 2★
jaw [dʒɔ]
名 下巴

13 **shoulder** [`ʃoldə] 1★
名 肩膀 動 肩起；挑起

14 **elbow** [`ɛlbo] 2★
名 肘；肘部

15 **waist** [west] 1★
名 腰；腰部

16 **abdominal** 5★
[æb`dɑmən̩]
形 腹部的

17 **thigh** [θaɪ] 4★
名 大腿

18 **joint** [dʒɔɪnt] 1★
名 關節

19 **toe** [to] 1★
名 腳趾

◉ MP3 213

雙手

¹ **finger** [`fɪŋɚ] 1★
名 手指

² **fingerprint** [`fɪŋɚˏprɪnt] 2★
名 指紋；指印

³ **thumb** [θʌm] 1★
名 拇指

▶ rule of thumb 基本原則

⁴ **palm** [pɑm] 1★
名 手掌；手心

⁵ **middle finger** 1★
片 中指

⁶ **index finger** 4★
片 食指

▶ index 索引

⁷ **ring finger** 1★
片 無名指

⁸ **little finger** 1★
片 小指

⁹ **knuckle** [`nʌkḷ] 3★
名 指關節

▶ The knuckle pain may be due to the damage to the knuckle or a disease.
關節損傷或疾病都可能造成關節痛。

¹⁰ **wrist** [rɪst] 2★
名 腕；腕關節

¹¹ **nail** [nel] 1★
名 指甲

嘴巴

¹² **mouth** [maʊθ] 1★
名 嘴巴

¹³ **lip** [lɪp] 1★
名 嘴唇

¹⁴ **gum** [gʌm] 2★
名 齒齦；牙床

¹⁵ **tissue** [`tɪʃʊ] 2★
名 (動植物的)組織

¹⁶ **tooth** [tuθ] 1★
名 牙齒

📎 複數形 teeth

¹⁷ **tonsil** [`tɑnsḷ] 5★
名 扁桃腺

¹⁸ **tongue** [tʌŋ] 1★
名 舌頭

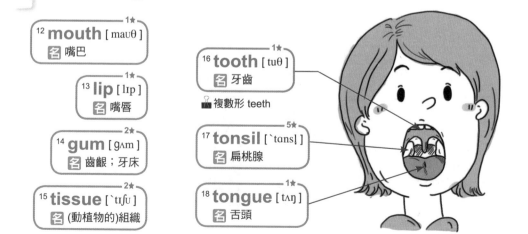

◎ MP3 214

身體特徵

1 **menopause** 5★
[`mɛnə͵pɔz] 名 更年期

6 **skinny** [`skɪnɪ] 2★
形 1.皮膚的 2.(形容人)
皮包骨的；極瘦的

2 **chubby** [`tʃʌbɪ] 4★
形 微胖的；圓胖的

4 **lean** [lin] 3★
形 無脂肪的；
精瘦的

5 **slender** [`slɛndə] 2★
形 修長的；苗條的

7 **wrinkle** [`rɪŋkl] 3★
名 皺紋
動 使起皺紋

3 **plump** [plʌmp] 4★
形 豐滿的；胖嘟嘟的

▶ She exercises regularly
in order to keep a slender
figure.
她定期運動以維持苗條的身材。

8 **blond** [blɑnd] 4★
名 白膚金髮碧眼的人
形 (人的毛髮)金黃色的

10 **fat** [fæt] 1★
形 肥胖的

9 **fair** [fɛr] 2★
形 白皙的

11 **overweight** 3★
[`ovə͵wet] 形 過重的

➤補充單字 ＋其他特徵＋
＋ **birthmark** 名 胎記
＋ **scar** 名 疤痕

◎ MP3 215

器官

1 **organ** [`ɔrgən]
名 器官

2 **organic** [ɔr`gænɪk]
形 1.器官的 2.有機體的

3 **skull** [skʌl]
名 頭骨；頭蓋骨

4 **spine** [spaɪn]
名 脊椎

13 **windpipe** [`wɪnd͵paɪp]
名 氣管

5 **bone** [bon]
名 骨頭

14 **heart** [hɑrt]
名 心；心臟

6 **rib** [rɪb]
名 肋；肋骨

15 **pulse** [pʌls]
名 脈搏
動 搏動；跳動

7 **liver** [`lɪvɚ]
名 肝臟

16 **stomach** [`stʌmək]
名 胃

▶ stomachache 胃痛
▶ ache (持續性的)疼痛

8 **blood vessel**
片 血管

9 **vein** [ven]
名 靜脈

17 **insides** [`ɪn`saɪdz]
名 腸胃

10 **artery** [`ɑrtərɪ]
名 動脈

18 **metabolism**
[mɛ`tæb͵lɪzəm]
名 新陳代謝

11 **appendix** [ə`pɛndɪks]
名 盲腸；闌尾

12 **small intestine**
片 小腸

▶ Pressing on the appendix area may make the pain worse.
在盲腸施加的壓力可能讓疼痛惡化。

▶ The drug may have effect on the metabolism of the small intestine.
這個藥物可能對小腸的代謝造成影響。

◎ MP3 216

病人們

1 patient [`peʃənt]
名 病人；患者

2 symptom [`sɪmptəm] 4★
名 症狀；徵兆；表徵

3 warning sign 3★
片 病徵

4 gas [gæs] 1★
名 胃氣；腸氣

7 rash [ræʃ] 5★
名 疹子

10 thermometer [θə`mɑmətə] 2★
名 溫度計

5 hiccup [`hɪkəp] 3★
動 名 打嗝

8 inflame [ɪn`flem] 4★
動 發炎；紅腫

9 fracture [`fræktʃə] 5★
名 骨折

11 fever [`fivə] 1★
名 發燒

6 belch [bɛltʃ] 4★
動 打嗝

12 feverish [`fɪvərɪʃ] 2★
形 發燒的；發熱的

19 nausea [`nɔʃɪə] 4★
名 噁心；作嘔；暈船

20 emaciated [ɪ`meʃɪ‚etɪd] 5★
形 憔悴的；削瘦的

13 fart [fɑrt] 3★
名 動 放屁

16 bloody [`blʌdɪ] 1★
形 流血的

17 sneeze [sniz] 3★
動 打噴嚏

14 diarrhea [‚daɪə`rɪə] 4★
名 腹瀉

15 dehydration [‚dihaɪ`dreʃən] 5★
名 1.脫水 2.乾燥

18 cough [kɔf] 1★
動 名 咳嗽

21 sprain [spren] 2★
動 名 扭傷

◎ MP3 217
病人的症狀 1

---

1 observable [əb`zɜvəbḷ] ——3★
形 可觀察到的；看得見的

▶ The difference in the incidence of side effects was observable in these two groups.
觀察結果顯示，這兩個組別的副作用發生率有所差異。

2 visible [`vɪzəbḷ] ——2★
形 可見的

▶ A doctor is checking whether his tumor is visible or easily palpable.
一名醫師正在確認他的腫瘤是否可目視觀測或可觸摸得到。

3 invisible [ɪn`vɪzəbḷ] ——3★
形 隱形的；看不見的

▶ Jason's decision is like an invisible hand pushing the stock price to a new highest point.
傑森的決定就像一隻隱形的手，把股價推向高峰。

---

4 abscess [`æbsɪs] ——5★
名 膿瘡

5 blister [`blɪstɚ] ——4★
動 使起水泡(或氣泡)
名 (皮膚上的)水泡

▶ Her skin was burnt and blistered due to a fire accident.
她的皮膚在一場火災中被燒傷起水泡。

6 swell [swɛl] ——2★
動 腫起；腫脹

7 spot [spɑt] ——1★
名 斑點

8 throw up ——1★
片 嘔吐

9 spew [spju] ——1★
動 嘔吐

▶ Kenny's words almost made me spew.
肯尼的話差點讓我吐了。

10 puke [pjuk] ——3★
動 嘔吐

11 vomit [`vɑmɪt] ——5★
動 嘔吐；使嘔吐

12 fall ill ——2★
片 生病

13 dizzy [`dɪzɪ] ——1★
形 頭暈的；頭暈目眩的

14 dizziness [`dɪzɪnɪs] ——★
名 頭昏眼花

15 sore [sor] ——2★
形 1.酸痛的 2.疼痛發炎的

▶ This pitcher experienced a sore arm after the baseball game.
這名投手在球賽過後有手臂痠痛的情形。

◉ MP3 218
病人的症狀 2

¹ **hurt** [hɜt] ──1★
動 1.受傷 2.疼痛
名 傷；痛 形 受傷的

▶ If you consider that you get hurt, please feel free to contact us.
如果你覺得自己受到傷害，請立即與我們聯絡。

² **pain** [pen] ──1★
名 痛；疼痛
動 引起疼痛；感到疼痛

³ **painful** [`penfəl] ──1★
形 疼痛的；引起痛苦的

⁴ **painless** [`penlɪs] ──1★
形 1.不痛的 2.容易的

▶ Is the blood collection a painful or painless procedure?
抽血的過程會痛還是不會痛？

⁵ **injury** [`ɪndʒərɪ] ──2★
名 傷害；損害

⁶ **injure** [`ɪndʒɚ] ──2★
動 傷害；損害

⁷ **injured** [`ɪndʒɚd] ──2★
形 受傷的；受損害的

⁸ **disability** [dɪsə`bɪlətɪ] ──4★
名 殘障；殘疾

⁹ **disable** [dɪs`ebḷ] ──4★
動 使傷殘

▶ Her husband was disabled in a car crash last year.
她的丈夫去年在一場車禍意外中致殘。

¹⁰ **cut** [kʌt] ──1★
名 切傷；割傷

¹¹ **wounded** [wundɪd] ──2★
形 受傷的

¹² **wound** [wund] ──2★
名 傷口；傷疤

¹³ **twinge** [twɪndʒ] ──5★
名 劇痛；刺痛
動 使感到劇痛、刺痛

▶ The feeling of twinge and numbness in my hands makes it hard for me to sleep.
雙手的劇痛和麻木感使得我無法入睡。

◎ MP3 219

患者情況

1 **ordinary** [`ɔrdn͵ɛrɪ] 2★
形 普通的；一般的

2 **rebound** [rɪ`baund] 2★
動 彈回；產生事與願違的結果

3 **recurrent** [rɪ`kɝənt] 4★
形 一再發生的；定期發生的

4 **pale** [pel] 2★
形 蒼白的

5 **faint** [fent] 2★
動 暈倒；昏倒

6 **pass out** 2★
片 暈倒；昏倒

7 **breakdown** [`brek͵daun] 4★
名 (精神、體力等)衰弱；衰竭

8 **exhausted** [ɪg`zɔstɪd] 3★
形 精疲力竭的

9 **conscious** [`kɑnʃəs] 2★
形 有意識的；有知覺的

10 **consciousness** 3★
[`kɑnʃəsnɪs] 名 意識；知覺

11 **get worse** 1★
片 變糟；惡化

12 **black** [blæk] 1★
形 黯淡的

13 **recovery** [rɪ`kʌvərɪ] 3★
名 恢復；病癒

▶ recover 恢復元氣

14 **pull through** 2★
片 渡過危機；恢復健康

15 **get well** 1★
片 好轉；康復

16 **better off** 2★
片 (身體、病情)好轉

◎ MP3 220

病名

1 **sickness** [`sɪknɪs] ───1★
名 疾病;患病

▶ His regular exercise routine was interrupted by a mild sickness.
他因身體微恙而無法進行平日的運動。

2 **illness** [`ɪlnɪs] ───3★
名 疾病;身體不適

▶ This painter has struggled with mental illness for 10 years.
這個畫家罹患心理疾病已經十年了。

3 **disorder** [dɪs`ɔrdə] ───3★
名 失調;不適;小病
動 使失調;使不適

▶ This drug should be taken with caution by people with renal disorders.
有腎臟疾病的人使用這個藥物時要特別小心。

4 **disease** [dɪ`ziz] ───2★
名 疾病 動 使生病

5 **diseased** [dɪ`zizd] ───2★
形 害病的;不健全的

6 **AIDS** ───3★
縮 愛滋病;後天免疫缺乏症候群

🔖 全稱為 acquired immunodeficiency syndrome

7 **Alzheimer's** [`ɑlts,haɪməz] ───5★
名 阿茲海默症(老年癡呆症)

▶ The older people are at higher risk of Alzheimer's.
老年人罹患阿茲海默症的風險較高。

8 **diabetes** [,daɪə`bitiz] ───5★
名 糖尿病

9 **cancer** [`kænsə] ───1★
名 癌症;惡性腫瘤

10 **ulcer** [`ʌlsə] ───5★
名 潰瘍

11 **asthma** [`æzmə] ───5★
名 氣喘;哮喘

12 **tumor** [`tjumə] ───5★
名 腫瘤;腫塊

13 **plague** [pleg] ───4★
名 瘟疫

14 **bronchitis** [brɑn`kaɪtɪs] ───5★
名 支氣管炎

15 **rabies** [`rebiz] ───4★
名 狂犬病

16 **scab** [skæb] ───3★
名 疥癬

17 **insomnia** [ɪn`sɑmnɪə] ───5★
名 失眠

18 **migraine** [`maɪgren] ───4★
名 偏頭痛

▶ I have tried many drugs and hope to get rid of a long-lasting migraine.
我已經嘗試過許多藥物,希望可以擺脫長期偏頭痛的困擾。

◎ MP3 221

病情相關詞彙

1 **origin** [`ɔrədʒɪn] 2★
名 來源；起源

2 **originate** [ə`rɪdʒə, net] 5★
動 來自於…；起源於…

3 **pervert** [`pɝvɝt] 4★
名 行為反常者；變態

4 **maladjusted** 5★
[ˏmælə`dʒʌstɪd]
形 失調的；失常的

5 **immune** [ɪ`mjun] 5★
形 免疫的 名 免疫者
▶ immune system 免疫系統

6 **complication** 3★
[ˏkɑmplə`keʃən]
名 (醫)併發症

7 **mixture** [`mɪkstʃɚ] 2★
名 混合；混雜

8 **mix** [mɪks] 1★
動 混合

9 **combination** 3★
[ˏkɑmbə`neʃən]
名 結合；合併

10 **combine** 3★
[kəm`baɪn]
動 合併

▶ Will any undesired reactions occur as a result
of a mixture of aspirin and this drug?
混合使用阿斯匹靈和這個藥物會出現任何不良反應嗎？

11 **allergy** [`ælədʒɪ] 4★
名 過敏

12 **allergic** [ə`lɝdʒɪk] 4★
形 對…過敏的

13 **cold** [kold] 1★
名 傷風；感冒

14 **influenza** [ˏɪnflu`ɛnzə] 3★
名 流行性感冒

15 **contagious** [kən`tedʒəs] 2★
形 具傳染性的；感染性的

16 **catching** [`kætʃɪŋ] 2★
形 傳染性的

17 **pass on** 2★
片 (疾病)傳染

18 **epidemic** 4★
[ˏɛpɪ`dɛmɪk]
名 傳染病 形 傳染的

19 **infection** [ɪn`fɛkʃən] 3★
名 傳染；傳染病

20 **infectious** [ɪn`fɛkʃəs] 5★
形 傳染的；傳染性的

◉ MP3 222

醫療保險

1 **medical record** 2★
片 醫療記錄

2 **medical history** 2★
片 病史

▶ A review of medical history and history of alcohol and drug use will be performed.
我們將會檢查你的病史和飲酒與用藥記錄。

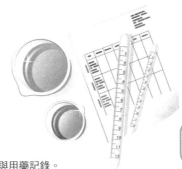

3 **medical cost** 2★
片 醫療費用

4 **medical expense** 3★
片 醫療費用

5 **covered expenses** 3★
片 保險涵蓋費用

6 **insurer** [ɪˋʃʊrɚ] 3★
名 保險業者；保險公司

7 **insurant** [ɪnˋʃʊrənt] 3★
名 被保險人

8 **underwriter** 3★
[ˋʌndɚˏraɪtɚ] 名 保險商

▶ These receipts should be kept as they will be paid by the insurer.
單據應妥善保留，以便申請保險公司給付。

▶ The underwriter is assessing risks and deciding whether to offer cover.
保險商正在評估風險，以及決定是否提供承保。

9 **electronic health record** 2★
片 電子健康記錄

10 **preexisting condition** 3★
片 (在就保之前的)既有病情

11 **beneficiary** [ˏbɛnəˋfɪʃərɪ] 5★
名 受益人；受惠者

12 **afford** [əˋford] 2★
動 負擔得起…

13 **affordable** [əˋfordəbl] 3★
形 可負擔得起的

14 **agreeableness** [əˋgriəblˌnes] 5★
名 適合；愉快；同意

15 **convertible** [kənˋvɜtəbl] 4★
形 可轉換的；可改變的

16 **noncancelable policy** 3★
片 無法取消的保險

17 **limitations** [ˏlɪməˋteʃənz] 3★
名 限制；限度

18 **limited** [ˋlɪmɪtɪd] 2★
形 有限的；不多的

19 **never** [ˋnɛvɚ] 1★
副 從不；從未

◎ MP3 223

保險類型

1 **insurance** [ɪnˋʃʊrəns] 3★
名 1.保險(契約) 2.保險業
3.保險金額

2 **coinsurance**
[ˏkoɪnˋʃʊrəns] 4★
名 共同保險

3 **cover** [ˋkʌvɚ] 1★
動 給…保險；使免受損失

4 **coverage** [ˋkʌvərɪdʒ] 4★
名 保險項目(或範圍)

5 **dental insurance** 片 牙科保險	4★	6 **disability insurance** 片 傷殘保險	4★
7 **student health insurance** 片 學生健康保險	4★	8 **major medical insurance** 片 重症醫療保險	4★
9 **casualty insurance** 片 意外事故保險	4★	10 **casualty** [ˋkæʒjʊəltɪ] 名 意外事故	4★
11 **assurance** [əˋʃʊrəns] 名 人身險	3★	12 **named perils** 片 指定風險的保險；特定理賠保險	4★

13 **denial of claim** 4★
片 拒絕給付

🔖 由被保險人向醫療方提出拒
絕給付醫療費用，稱之。

14 **premium** [ˋprimɪəm] 4★
名 保險費

15 **premium rate** 4★
片 保險費率

16 **encompassing** 5★
[ɪnˋkʌmpəsɪŋ]
形 包含較多的；全包含的

▶ encompass 包含

17 **capitation** [ˏkæpəˋteʃən] 5★
名 均攤；按人頭計算

18 **indemnity** 4★
[ɪnˋdɛmnɪtɪ]
名 (損害、傷害等的)
保障；賠償；補償

19 **fee-for-service** 4★
片 付費醫療行為的

20 **deductible** [dɪˋdʌktəbḷ] 5★
名 (保險)扣除條款

21 **repo** [ˋripo] 4★
名 買回保證

◎ MP3 224

保險效力

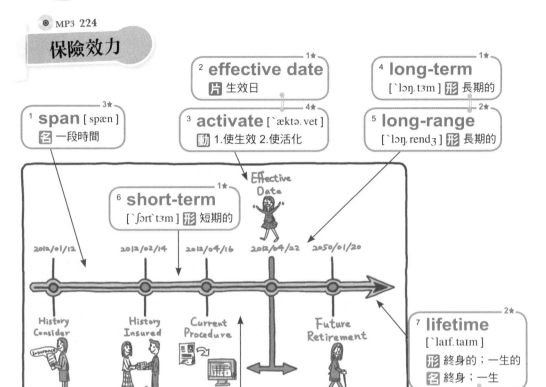

² **effective date** 1★
片 生效日

⁴ **long-term** 1★
[`lɔŋ,tɝm] 形 長期的

¹ **span** [spæn] 3★
名 一段時間

³ **activate** [`æktə,vet] 4★
動 1.使生效 2.使活化

⁵ **long-range** 2★
[`lɔŋ,rendʒ] 形 長期的

⁶ **short-term** 1★
[`ʃɔrt`tɝm] 形 短期的

Effective Date

2012/01/12   2012/02/14   2012/04/16   2012/04/22   2050/01/20

History Consider

History Insured

Current Procedure

Future Retirement

⁷ **lifetime** 2★
[`laɪf,taɪm]
形 終身的;一生的
名 終身;一生

⁸ **boundless** 4★
[`baʊndlɪs]
形 無窮的;無限的

⁹ **staunch** [stɔntʃ] 5★
形 可靠的;堅固的

¹⁰ **waiting period** 2★
片 等候期(承保後至保險生效間)

¹¹ **settlement** [`sɛtļmənt] 2★
名 清算;結帳

¹² **claim** [klem] 1★
名 (對保險公司的)索賠

¹³ **length of stay** 1★
片 停留時間

▶ Will the length of stay affect the health insurance quote?
住院天數長短會影響保險的報價嗎?

¹⁴ **overinsured** [`ovɚɪn`ʃʊrd] 4★
形 超額投保的

¹⁵ **risk class** 2★
片 風險層級

¹⁶ **percentage** [pɚ`sɛntɪdʒ] 3★
名 百分比;比例

¹⁷ **disadvantage** 3★
[,dɪsəd`væntɪdʒ]
名 壞處;損失;損害

¹⁸ **upcoming** 3★
[`ʌp,kʌmɪŋ]
形 即將到來的

¹⁹ **rescission** [rɪ`sɪʒən] 5★
名 退保(因隱瞞原有病情而取消保險)

²⁰ **seldom** [`sɛldəm] 2★
副 很少地;難得

289

◉ MP3 225

看展覽

1 art gallery 2★
片 藝廊

2 pavilion 5★
[pə`vɪljən]
名 (博覽會的)展示館

3 exhibition 3★
[ˌɛksə`bɪʃən]
名 展覽;展示

▶ exhibit 展出;顯示

4 showpiece [`ʃo͵pis] 4★
名 展示品;展覽品

5 entry [`ɛntrɪ] 2★
名 1.入場 2.進入權
3.入口

6 get into 1★
片 進入

10 queue [kju] 2★
名 隊伍
動 排隊;排隊等候

7 exit [`ɛksɪt] 1★
名 1.離開 2.出口

8 statue [`stætʃʊ] 1★
名 雕像;塑像

9 sketch [skɛtʃ] 3★
動 概略地描述

11 line up 2★
片 排隊;排隊等候

◀ EXIT

12 audio-guide 2★
[`ɔdɪo͵gaɪd]
名 語音導覽

📖 語音導覽為於博物
館、藝廊等場所可
租借的導覽機器。

13 pursuit 3★
[pə`sut] 名
1.消遣 2.從事

15 admission 3★
[əd`mɪʃən]
名 門票;(會場等
的)進入許可

16 permit 3★
[pə`mɪt] 動 准許;容許
[`pɜmɪt] 名 許可證

17 pass [pæs] 1★
名 通行證;票

14 introductory tour 3★
片 (博物館、藝廊內)簡介導覽

18 ticket [`tɪkɪt] 1★
名 票;票券

◉ MP3 226

演奏會

1 **concert** [`kɑnsət] 2★
名 音樂會；演奏會

2 **indoor** [`ɪn,dor] 2★
形 室內的

3 **dress code** 3★
片 服裝規定

4 **formal** [`fɔrml̩] 2★
形 正式的
▶ informal 非正式的

5 **musician** [mju`zɪʃən] 1★
名 音樂家

6 **musical** [`mjuzɪkl̩] 2★
形 (關於)音樂的
名 歌舞劇；音樂劇
▶ musical critic 樂壇評論家

7 **quartet** [kwɔr`tɛt] 4★
名 四重奏

8 **quiet** [`kwaɪət] 1★
形 安靜的；輕聲的

9 **enrich** [ɪn`rɪtʃ] 4★
動 使…豐富

10 **switch off** 2★
片 關掉(手機等電子設備)

補充單字 ＋演奏形式＋

+ **jazz** 名 爵士樂
+ **orchestra** 名 管弦樂隊
+ **recital** 名 獨奏會；獨唱會
+ **recite** 動 背誦；朗誦
+ **duet** 名 二重奏
+ **trio** 名 1.三重唱(奏)樂團 2.三重唱樂曲

歌劇

11 **opera** [`ɑpərə] 1★
名 歌劇

12 **overture** [`ovətʃur] 5★
名 前奏曲；序曲

13 **piece** [pis] 1★
名 (藝術作品)一篇；一曲

16 **tone** [ton] 1★
名 曲調

14 **vocalist** [`vokəlɪst] 3★
名 歌手；聲樂家
▶ voice 聲音

17 **tune** [tjun] 2★
名 曲調；歌曲
動 調音

15 **wing** [wɪŋ] 2★
名 (指劇院中)兩側座位

18 **pitch** [pɪtʃ] 2★
名 音高

◎ MP3 227

舞台劇

1 drama [`drɑmə] — 1★
名 戲劇；戲劇藝術

2 dramatic [drə`mætɪk] — 2★
形 戲劇化的；戲劇性的

3 perform [pɚ`fɔrm] — 3★
動 表演；演出

4 performance [pɚ`fɔrməns] 名 表演 — 3★

5 rehearsal [rɪ`hɝsl̩] — 5★
名 排練；排演

▶ Several acrobats are performing an amazing trick.
幾名雜耍演員正在表演驚人的特技。

▶ The first performance of the circus was on December 10, 2011.
這個馬戲團的首次公演是在二○一一年十二月十日。

6 articulation [ɑr.tɪkjə`leʃən] — 5★
名 1.(清楚的)發音 2.清晰度

7 costume [`kɑstjum] — 3★
名 戲服；戲裝

8 active [`æktɪv] — 1★
形 活躍的；活潑的

觀眾反應

9 audience [`ɔdɪəns] — 2★
名 觀眾；聽眾

10 spectator [spɛk`tetɚ] — 4★
名 觀眾；旁觀者

11 enthusiastic [ɪn.θjuzɪ`æstɪk] — 4★
形 充滿熱忱的；熱情的

12 ecstatic [ɛk`stætɪk] — 4★
形 狂喜的；著迷的

13 ecstasy [`ɛkstəsɪ] — 4★
名 狂喜；出神；入迷

14 exciting [ɪk`saɪtɪŋ] — 2★
形 令人興奮的

15 excite [ɪk`saɪt] — 1★
動 激動；使…感到興奮

16 excitement [ɪk`saɪtmənt] — 2★
名 刺激；興奮；機動

▶ It is very exciting that Jason has won the seasonal bonus.
傑森贏得季獎金，真是令人興奮。

▶ We still feel very excited about the second half of the play.
我們對下半場的演出仍然感到非常興奮。

17 rapt [ræpt] — 5★
形 著迷的；癡迷的

18 absorb [əb`sɔrb] — 3★
動 使全神貫注；吸引(注意力等)

19 be absorbed in — 3★
片 全神貫注於…

◎ MP3 228

表演類型

¹ **genre** [`ʒɑnrə] 4★
名 文藝作品的類別

² **mime** [maɪm] 4★
名 1.默劇 2.模仿演員
動 演默劇

³ **pantomime** [`pæntə‚maɪm] 5★
名 默劇

⁴ **tragedy** [`trædʒədɪ] 3★
名 1.悲劇 2.慘案

⁵ **irony** [`aɪrənɪ] 5★
名 諷刺的；諷喻的

⁶ **saga** [`sɑgə] 4★
名 傳說

⁷ **monologue** [`mɑnl‚ɔg] 5★
名 獨白(指戲劇中一人演出的部分)

⁸ **playwright** [`ple‚raɪt] 4★
名 劇作家

⁹ **plot** [plɑt] 3★ 名 小說情節
動 為…(小說等)設計情節

謝幕

¹⁰ **finale** [fɪ`nɑlɪ] 4★
名 終場；結尾

¹¹ **curtain call** 3★
片 謝幕

▶ curtain 布幕(舞台上方)

¹² **impresario** [‚ɪmprɪ`sɑrɪ‚o] 4★
名 演出者；經理人

¹³ **show business** 2★
片 演藝事業

📢 可簡寫為 showbiz

¹⁴ **stage** [stedʒ] 2★
名 舞台

▶ The stage lighting design is a very complicated process.
舞台燈光設計是一套非常複雜的過程。

¹⁵ **tear** [tɪr] 1★
名 眼淚

¹⁶ **bravo** [`brɑ`vo] 3★
名 好極了(用以稱讚表演)

¹⁷ **passionate** [`pæʃənɪt] 4★
形 熱情的；激昂的

¹⁸ **encore** [`ɑŋkor] 3★
名 1.要求加演 2.加演曲目

¹⁹ **applaud** [ə`plɔd] 4★
動 鼓掌

BRAVO!

◎ MP3 229

藝文評論

1 **critic** [`krɪtɪk] 3★
名 批評家；評論家

2 **appreciation** 3★
[ə͵priʃɪˋeʃən]
名 欣賞；鑑賞

3 **ensemble** 5★
[ɑnˋsɑmbḷ]
名 整體；總效果

4 **perceive** 5★
[pɚˋsiv]
動 感受；感知

5 **praise** [prez] 2★
動 名 稱讚；讚揚

6 **outweigh** [aʊtˋwe] 3★
動 比…更重要、更有價值

7 **adorn** [əˋdɔrn] 5★
動 裝飾；使生色

8 **appealing** [əˋpilɪŋ] 2★
形 吸引人的；有魅力的

9 **wonderful** 2★
[ˋwʌndɚfəl]
形 好極的；美妙的

10 **admirable** 3★
[ˋædmərəbḷ]
形 值得讚揚的；極好的

11 **unconventional** [͵ʌnkənˋvɛnʃənḷ] 3★
形 不依慣例的；非常規的；不符合習俗的

12 **rarely** [ˋrɛrlɪ] 2★
副 極少地；罕見地

▶ The electronic music is unconventional and innovative to me.
電子音樂對我來說是非傳統的、創新的。

▶ rare 稀有的；罕見的

13 **marvelous** [ˋmɑrvələs] 2★
形 神奇的；不可思議的

14 **stunt** [stʌnt] 5★
名 驚人的表演；特技

15 **legacy** [ˋlɛgəsɪ] 2★
名 1.遺產 2.留給後世的典範

16 **occasion** [əˋkeʒən] 2★
名 場合；重大活動；盛典

17 **arena** [əˋrinə] 4★
名 (圓形劇場中央的)圓形舞台

18 **patron** [ˋpetrən] 4★
名 贊助者；資助者

19 **time** [taɪm] 1★
名 1.時間 2.次數

20 **truncated** 5★
[ˋtrʌŋketɪd] 形 縮短的

21 **truncate** [ˋtrʌŋket] 5★
動 縮短 形 縮短的；被刪節的

22 **nuance** [njuˋɑns] 4★
名 (音調、見解的)細微差別

23 **nuanced** [ˋnuɑnst] 4★
形 微妙的；具細微差別的

24 **subtle** [ˋsʌtḷ] 3★
形 微妙的

▶ The tune has caught every nuance of musical expression.
這首曲子掌握了在音樂表現上的每一絲細微變化。

克漏字

請參考中文例句中被標記的單字，並將其英文填入空格中。

(1) _____ a tub, there is a new Jacuzzi in the bathroom.
浴室裡有新的按摩浴缸代替澡盆。

(2) Will this _____ and uncomfortable rash on the neck spread to the face?
脖子上這個發癢和令人不適的紅疹會擴散到臉部嗎？

(3) You have to receive one _____ visit in the following month.
你在接下來的一個月將需要接受一次追蹤回診。

(4) There is a _____ atmosphere around this castle.
這座城堡四周圍繞著陰鬱的氛圍。

(5) His disease is getting worse due to drug _____.
他的疾病因為藥物交互作用而惡化。

(6) The woman is trying to help her baby stop _____.
這名女子試著讓她的小嬰兒停止打嗝。

(7) The report said that your _____ rate is rapid and irregular.
這份報告指出你的脈搏速率過快，且有不規則的現象。

(8) Though the pay wasn't as good as she expected, Janie accepted the offer _____.
雖然薪水不如預期，潔寧還是勉強接受這份工作。

(9) The doctor said you should not eat acidic foods during the treatment of your _____ ulcer.
醫生說在治療舌頭潰瘍期間，你不應該吃酸性食物。

(10) I often feel _____ and tired no matter how much rest I get.
不論休息多久，我通常還是會感到極為疲累和疲倦。

Answer Key

(1) Instead of	(2) itchy	(3) follow-up	(4) gloomy
(5) interaction	(6) hiccupping	(7) pulse	(8) reluctantly
(9) tongue	(10) exhausted		

單字選填　請參考框內的英文單字，將最適合的單字填入句中。
若該單字在置入句中時需有所變化，請填入單字的變化型。

encompassing	consultation	statue	throat
allergic	admission	insurance	casualty
nausea	discourage	injury	influenza
time	contagious	diseased	symptom
thermometer	ordinary	dizzy	staunch
anxiety	pavilion	immune	hair
indoor			

(1) This infectious disease may be catching and _____.

(2) This _____ policy will not be activated until next month.

(3) I went to see an ENT doctor for the _____.

(4) We will provide all-_____ insurance solutions for your needs.

(5) I need to consult an agent who understands the business for _____ insurance coverage.

(6) There are dozens of _____ in this international exposition.

(7) This Buddha _____ was carved by a local artist.

(8) Do you know the _____ and the date of the performance?

(9) The boy woke up with a heavy cough and a sore _____.

(10) If you have any question later, please feel free to have _____ with your instructor.

(11) The side effects include _____, depression and fatigue.

(12) The cancer treatment may lead to a side effect of _____ loss.

(13) Are the _____ and vomiting the expected adverse events?

(14) She used a _____ to check her child's temperature.

(15) If you feel _____ after taking the drug, you should avoid driving a car.

(16) Diabetes has become an _____ disease in modern society.

(17) The _____ system can protect your body from various infections.

(18) A liver transplant may be required for this severely _____ liver.

(19) The doctor is asking the patient whether he is _____ to any drug.

(20) Helen was very _____ that she didn't get the promotion.

(21) You cannot enter the theater without buying an _____ ticket.

(22) I have bought two tickets of an _____ concert for my parents.

(23) The number of _____ in this age group has increased considerably.

(24) A fracture or bone _____ is a painful condition of bones.

(25) Do you have any _____ of cold, diarrhea or skin infection?

Answer Key

(1) contagious	(2) insurance	(3) influenza	(4) encompassing
(5) staunch	(6) pavilions	(7) Statue	(8) time
(9) throat	(10) consultation	(11) anxiety	(12) hair
(13) nausea	(14) thermometer	(15) dizzy	(16) ordinary
(17) immune	(18) diseased	(19) allergic	(20) discouraged
(21) admission	(22) indoor	(23) casualties	(24) injury
(25) symptom			

note

Part 10

科技新貴威爾
Will, The Techie

威爾是一名在矽谷工作的電腦工程師。

年紀輕輕的他在創新及研究的領域都很突出，深受主管與同事的信賴。

下班後的個人時間，威爾除了影視娛樂之外，也喜歡研究汽車。

想跟上日新月異的科技年代嗎？那就跟緊威爾的腳步，趕上時代的英語潮流吧！

Scenes

圖像聯想 請看下面的圖及英文，自我測驗一下，你能寫出幾個單字的中文意思呢？

1.

intelligence _____	infancy _____
waterproof _____	research _____
advanced _____	outlook _____

2.

remarkable _____	imperturbable _____
frisky _____	nomination _____
demanding _____	reliability _____

3.

edgy _____	instrument _____
folk _____	stereo _____
preference _____	multimedia _____

4.

automobile _____	sedan _____
diesel _____	roadster _____
lemon _____	streamline _____

5.

website _____	virtual _____
browser _____	scroll _____
wireless _____	thread _____

MP3 230

電腦硬體

1 **hardware** [`hard,wɛr] 3★
名 硬體(指螢幕、主機等設備)

2 **electronic** [ɪ,lɛk`trɑnɪk] 2★
形 電子的；電子操縱的

3 **insert** [ɪn`sɜt] 3★
動 插入；嵌入

6 **disk drive** 2★
片 磁碟機

7 **hard drive** 3★
片 硬碟；硬碟機

11 **cyber** [`saɪbə] 1★
形 網路的；電腦的

4 **storage** [`storɪdʒ] 4★
名 儲存器

8 **source disk** 4★
片 來源磁碟

9 **target disk** 3★
片 目標磁碟

12 **mainframe** [`men,frem] 5★
名 主機

5 **memory stick** 2★
片 隨身硬碟

10 **CD burning** 2★
片 光碟燒錄

▶ memory 記憶體

13 **reboot** [,ri`but] 3★
動 重新開機

14 **turn on** 2★
片 打開(開關)

15 **turn off** 2★
片 關上(開關)

16 **keyboard** [`ki,bord] 2★
名 鍵盤

18 **mouse** [maʊs] 2★
名 滑鼠

20 **mouse pad** 1★
片 滑鼠墊

21 **microphone** [`maɪkrə,fon] 2★
名 麥克風

19 **click** [klɪk] 2★
動 按壓；點擊
名 卡嗒聲

17 **headphone** [`hɛd,fon] 3★
名 耳機

◎ MP3 231

電腦展

3 touch-sensitive screen 3★
片 觸控式螢幕

4 portable [`portəbl] 3★
形 便於攜帶的；手提式的

5 tablet computer 4★
片 平板電腦

1 dongle [`dɔŋgl] 5★
名 傳輸器

2 Bluetooth [`blu,tuθ] 3★
名 藍芽(短距離無線傳輸)

▬ 藍芽傳輸器(Bluetooth dongles)
可接收網路的數據資料。

6 power adaptor 4★
片 變壓器

7 plug [plʌg] 4★
動 將插頭插上
名 插頭

▶ unplug 拔去插頭

8 light pen 3★
片 光筆(用以輸入、
標示電腦資料)

9 card slot 3★
片 插卡槽

▶ slot (電腦上的)卡片插槽
▬ 插卡槽為電腦上用來插入記憶
卡、晶片卡等裝置之設備。

10 notebook 1★
[`not,buk]
名 1.筆記本 2.筆
記型電腦

11 laptop computer 4★
片 膝上型電腦；
筆記型電腦

16 cable [`kebl] 2★
名 (網路)纜線

17 port [port] 2★
名 (電腦的)接埠；連接口

▬ 接埠可用來連接附加裝置，
如網路線等設備。

12 screen [skrin] 2★
名 電腦螢幕

13 monitor [`manətə] 3★
動 監控；監聽；監測 名 監視器

14 computer screen 2★
片 電腦螢幕

15 on-screen [`an`skrin] 4★
形 在螢幕上的

● MP3 232
週邊配件

⁴ **rubber band** 2★
片 橡皮筋

⁵ **twist** [twɪst] 2★
動 扭轉；纏

⁶ **extension cord** 3★
片 延長線

¹ **motherboard** 3★
[`mʌðə͵bɔrd]
名 主機板

▶ The motherboard is the main circuit board in a computer.
主機板是一台電腦裡的主要電路板。

² **chip** [tʃɪp] 3★
名 晶片

³ **CPU** 4★
縮 中央處理器

▲ 全稱為 central processing unit

⁷ **drawing board** 2★
片 繪圖板

▶ The cartoonist draws his popular comic strips on a drawing board.
那位漫畫家在繪圖板上完成他受歡迎的四格漫畫。

⁸ **computer drawing board** 2★
片 電腦繪圖板

⁹ **ink-jet printer** 3★
片 噴墨印表機

¹⁰ **digital camera** 3★
片 數位相機

¹¹ **digital** [`dɪdʒɪtl] 3★
形 數位的

¹² **battery** [`bætərɪ] 2★
名 電池

¹³ **battery charger** 3★
片 充電器

▶ My cell phone is out of battery and needs to be charged.
我手機的電池沒電了，需要充電。

¹⁴ **modem** [`modɛm] 3★
名 數據機

¹⁵ **speaker** [`spikə] 2★
名 喇叭；揚聲器

¹⁶ **digital signature** 4★
片 數位簽章；電子簽章

¹⁷ **digital divide** 3★
片 數位落差(指數位化的程度差別)

▶ Digital signature is required for the access to the website.
進入這個網站必須要有數位簽章。

▶ Digital divide has been a great concern between developed and underdeveloped countries.
先進國家和未開發國家之間的數位落差已經成為一項重大的議題。

SCENE 2　系統・軟體

◉ MP3 233

系統

1 **systematic** [ˌsɪstə`mætɪk] 3★
形 系統的;系統化的

2 **directory system** 3★
片 目錄系統

3 **platform** [`plæt,fɔrm] 2★
名 程式平臺

6 **interface** [`ɪntə,fes] 5★
名 界面

4 **nexus** [`nɛksəs] 5★
名 核心;中心、

5 **core** [kor] 5★
名 核心;中心

7 **default** [dɪ`fɔlt] 4★
名 預設值;預設系統

8 **automatic** [ˌɔtə`mætɪk] 2★
形 自動的;自動裝置的

軟體

9 **application** [ˌæplə`keʃən] 3★
名 應用

10 **program** [`progræm] 3★
名 (電腦)程式

11 **install** [ɪn`stɔl] 3★
動 安裝(電腦程式等)

12 **installation** [ˌɪnstə`leʃən] 3★
名 安裝;設置

13 **upgrade** [`ʌp`gred] 4★
動 使升級;提升

14 **backup** [`bæk,ʌp] 2★
動 名 資料備份
形 備用的

▶ Helena has spent twelve thousand dollars upgrading her computer.
海倫娜已經花了一萬兩千元升級她的電腦。

15 **software** [`sɔft,wɛr] 2★
名 (電腦)軟體

16 **software savvy** 3★
片 軟體相關知識

17 **shareware** [`ʃɛr,wɛr] 5★
名 共享軟體

▶ Movie-maker is one of the most popular movie-making software.
Movie-maker是最受歡迎的影片製作軟體之一。

▶ WinZip is a very popular shareware.
WinZip是個非常受歡迎的共享軟體。

18 **serial number** 4★
片 序號

19 **read** [rid] 1★
名 動 讀取(資料、光碟等)

20 **compatible** [kəm`pætəbl] 5★
形 相容的

📎 指註冊或安裝電腦程式時所需使用的一組號碼。

MP3 234

資料庫

1 database
[`detə,bes] 名 資料庫

▶ The database is limited to few managers of high ranks.
這個資料庫僅開放給少數高階經理。

2 chunk [tʃʌŋk]
名 (電腦)資料串

▶ Chunk is a fragment of information used in multimedia formats.
資料串為一種在多媒體格式上使用之訊息片段。

3 command [kə`mænd]
名 指令 動 指揮;命令

4 mandate [`mændet]
名 命令;指令

▶ carry out a mandate 執行一項命令

5 question archive
片 常見問題集

▶ FAQ＝Frequently Asked Questions 常見問題集

6 access [`æksɛs]
動 名 取出資料;使用

7 detect [dɪ`tɛkt]
動 偵測;查出

▶ The system detected a virus and asked for immediate shut down.
系統偵測到病毒,要求立即關機。

8 error [`ɛrə]
名 錯誤;差錯

9 delete [dɪ`lit]
動 刪除

10 drag [dræg]
動 拖曳;拖拉

11 format [`fɔrmæt]
動 格式化;將…格式化(還原預設值)

12 gigabyte/GB
[`gɪgəbaɪt]
名 十億位元組;十億字節

13 kilobyte/KB
[`kɪlə,baɪt]
名 千位元組

登入

14 enter [`ɛntə]
動 輸入;登錄

▶ Jessica has entered all the information into her computer.
潔西卡已把資料輸入電腦。

15 case sensitivity
片 大小寫辨識

▶ Did you turn off the case sensitivity when you entered the password?
你輸入密碼時,有關掉大小寫辨識功能嗎?

USER ID
RASSWORD
LOG IN

16 upper case
片 大寫字母

17 lower case
小寫字母

18 output [`aut,put]
動 輸出資料

19 input [`ɪn,put]
名 動 輸入;輸入信息

◎ MP3 235

網際空間

3 **network** [`nɛt,wɝk]
名 電腦網路

4 **Internet access**
片 網路連線

5 **Router** [`rautɚ]
名 路由器(網路連線用設備)

▶ The Router is featured with Internet connection sharing feature.
這臺路由器可提供網路連線。

1 **server** [`sɝvɚ] 4★
名 伺服器

2 **buffer** [`bʌfɚ] 4★
名 緩衝儲存器

▶ I asked the technician to solve the buffer overflow problem for me.
我要求技術人員替我解決緩衝儲存器流量過大的問題。

Internet

LAN

6 **LAN** 5★
縮 局部區域網路

🔖 全稱為 local area network

7 **Wi-Fi** 3★
縮 無線相容性認證

8 **wireless** [`wairlis] 3★
形 無線的;無線網路的

🔖 全稱為 Wireless Fidelity,用於無線網路連結。

漫遊網際空間

9 **cyberspace** [`saibɚ,spes] 3★
名 (電腦)網際空間

10 **connection** [kə`nɛkʃən] 3★
名 連結;連線;連接

11 **log in** 2★
片 登入(電子帳號等)

12 **log out** 2★
片 登出(電子帳號等)

13 **website** [`wɛb,sait] 3★
名 網站

14 **webpage** [`wɛb,pedʒ] 2★
名 網頁

15 **membership** 2★
[`mɛmbɚ,ʃip]
名 會員資格

16 **thread** [θrɛd] 5★
名 (討論)串

17 **administrator** 5★
[əd`minə,stretɚ]
名 (網站或區域網路等的)管理者

18 **keypal** [`ki,pæl] 2★
名 網友;鍵友(電子世界的筆友)

19 **alias** [`eliəs] 5★
名 化名;別名

20 **virtual** [`vɝtʃuəl] 5★
形 (電腦)虛擬的

◎ MP3 236

網路

¹ **browser** [`brauzə]　³★
名 (電腦)瀏覽器

² **pop-up window**　¹★
片 彈出視窗

³ **virus** [`vaɪrəs]　³★
名 病毒

⁴ **bury** [`bɛrɪ]　²★
動 給予某人大量的資訊、訊息

⁵ **information**　³★
[ˌɪnfə`meʃən]
名 資訊；消息

⁶ **search engine**　³★
片 搜尋引擎

⁷ **download** [`daʊnˌlod]　³★
動 (經由網路)下載

⁸ **upload** [ʌp`lod]　³★
動 (將資料)上載

⁹ **hacker** [`hækə]　⁴★
名 電腦駭客

📎 入侵他人電腦竊取資料者，稱之電腦駭客。

¹⁰ **flame** [flem]　³★
名 (網路上的)惡意攻擊

¹¹ **firewall** [`faɪrwɔl]　²★
名 防火牆(網際網路上的)

¹² **Internet call**　⁴★
片 網路電話(透過網路連線撥打電話)

¹³ **cursor** [`kɜsə]　¹★
名 螢幕上的游標

¹⁴ **scroll** [skrol]　⁴★
動 捲動(指用滑鼠滑動螢幕)

電子郵件

¹⁵ **E-mail** [`iˌmel]　¹★
名 電子郵件

¹⁶ **C.C.**　⁴★
縮 1.(信件或電郵內)副本 2.送副本給…

📎 全稱為 Carbon Copy

¹⁷ **automatic reply**　³★
片 自動回覆

📎 意指電子郵件信箱收到信件後，由程式先行自動回覆。

¹⁸ **spam** [spæm]　³★
名 垃圾郵件

¹⁹ **zip** [zɪp]　²★
動 壓縮(電腦檔案等)

▶ unzip 解壓縮

²⁰ **synchronization**　⁵★
[ˌsɪŋkrənaɪ`zeʃən]
名 同步；使時間互相一致

²¹ **synching** [`sɪŋkɪŋ]　⁵★
名 同步通信；同時發生

²² **privacy** [`praɪvəsɪ]　²★
名 個人隱私

◉ MP3 237

構想與研發

¹ **outlook** [`aut,luk]
名 遠景;想法

² **envision** [ɪn`vɪʒən]
動 想像;展望

³ **development** [dɪ`vɛləpmənt]
名 發展;發展結果;產物

⁴ **develop** [dɪ`vɛləp]
動 發展;逐漸產生

⁵ **developer** [dɪ`vɛləpə]
名 開發者

⁶ **conceive** [kən`siv]
動 構想出;抱有…的想法

⁷ **hammer out**
片 設計出;想出

⁸ **come up with**
片 想出;想到

⁹ **idea** [aɪ`diə]
名 主意;想法

¹⁰ **ideal** [aɪ`diəl]
形 理想的

¹¹ **idealize** [aɪ`diəl,aɪz]
動 將…理想化;理想的描述

¹² **conceptualize** [kən`sɛptʃuəl,aɪz]
動 使概念化

¹³ **design** [dɪ`zaɪn]
名 動 設計;構思

¹⁴ **flash** [flæʃ]
動 1.閃光 2.(想法等)掠過;閃現

▶ When the device is powered on, the indicator will flash red.
開啟機器以後,指示燈會閃爍紅燈。

¹⁵ **advance** [əd`væns]
動 提出看法;預付
名 前進;預先

¹⁷ **aim** [em]
動 致力;意欲
名 目標;目的

¹⁸ **POC**
縮 概念實證

全稱為 proof of concept

¹⁶ **advanced** [əd`vænst]
形 1.先進的 2.高等的

¹⁹ **pre-think** [`priθɪŋk]
動 預先考慮

▶ We would like you to pre-think our offer before the interview.
我們想請您在面談前預先考慮我們的條件。

◉ MP3 238

改良

¹ **defect** [dɪˋfɛkt] ^{5★}
名 缺點；缺陷

² **weakness** [ˋwiknɪs] ^{4★}
名 弱點；缺點

³ **recognizable** ^{3★}
[ˋrɛkəɡˏnaɪzəbl]
形 可辨認的；可識別的

⁴ **recognize** ^{2★}
[ˋrɛkəɡˏnaɪz]
動 辨認；認出

▶ The highly recognizable
style of Chopin has
influenced many pianists.
蕭邦鮮明的風格影響了許多鋼琴家。

⁵ **intrinsic** [ɪnˋtrɪnsɪk] ^{5★}
形 本身的；固有的

⁶ **extant** [ɪkˋstænt] ^{5★}
形 現存的；尚存的

⁷ **uncertainty** ^{5★}
[ʌnˋsɝtn̩tɪ]
名 不確定性

⁸ **uncertain** ^{4★}
[ʌnˋsɝtn̩]
形 不確定的

⁹ **incorrect** ^{2★}
[ˏɪnkəˋrɛkt]
形 不正確的

¹⁰ **correct** [kəˋrɛkt] ^{1★}
形 正確的
動 修正；訂正

¹¹ **improve** [ɪmˋpruv] ^{1★}
動 改進；進步

¹² **improvement** ^{1★}
[ɪmˋpruvmənt]
名 進步；改進

¹³ **improvable** [ɪmˋpruvəbl̩] ^{1★}
形 可改良的；可改善的

¹⁴ **headway** [ˋhɛdˏwe] ^{4★}
名 進展；進步；成功

¹⁵ **better** [ˋbɛtɚ] ^{1★}
動 改善；改進

¹⁶ **ameliorate** [əˋmiljəˏret] ^{5★}
動 改良；改善

▶ The research team had made a
remarkable headway in solar energy.
研究團隊已經在太陽能領域有相當的進展。

¹⁷ **progress** [ˋprɑɡrɛs] ^{2★}
名 進步；進展

▶ Maria hasn't made any progress
since the first day at work.
瑪麗亞從上班第一天到現在都沒有進步。

 補充單字
╋可行性╋
╋ **feasibility** 名 可行性；可能性
╋ **possibility** 名 可能性
╋ **likely** 形 可能的
╋ **impossible** 形 不可能的
╋ **incredible** 形 不可信的；難以置信的
╋ **probably** 副 可能地

SCENE 4 創新・預測

◎ MP3 239

創新

1 creative [krɪˋetɪv] 2★
形 有創造力的

2 creativity [ˏkrie`tɪvətɪ] 3★
名 創造力

3 inventive [ɪnˋvɛntɪv] 2★
形 1.發明的 2.有創造力的

4 invent [ɪnˋvɛnt] 1★
動 發明;創新

5 inspiration [ˏɪnspəˋreʃən] 3★
名 靈感

6 inspire [ɪnˋspaɪr] 3★
動 鼓舞;給…啟示、靈感

7 contrive [kənˋtraɪv] 5★
動 設計;發明

8 novel [ˋnɑvl̩] 2★
形 新穎的;新奇的

9 breakthrough [ˋbrek͵θru] 5★
名 突破;創新

10 reformation [ˏrɛfəˋmeʃən] 5★
名 改革;革新

11 innovator [ˋɪnə͵vetɚ] 5★
名 創新者

12 innovation [ˏɪnəˋveʃən] 5★
名 革新;創新

13 innovate [ˋɪnə͵vet] 5★
動 改革;創新

14 innovative [ˋɪno͵vetɪv] 5★
形 創新的

▶ The company's failure to innovate is why it has lost its customers.
這間公司未能創新產品就是它失去顧客的原因。

預測

15 surmise [səˋmaɪz] 5★
動 猜測;推測

16 projection [prəˋdʒɛkʃən] 5★
名 預測;推測;估計

▶ The projection of cost is essential in the preparation period.
成本預估在前置期相當重要。

17 make sense 1★
片 合理;有意義

18 logical [ˋlɑdʒɪkl̩] 3★
形 合邏輯的;合理的

◉ MP3 240

研發情景

1 **research** [rɪ`sɝtʃ] 3★
名 動 研究；探究

2 **discover** [dɪs`kʌvə] 1★
動 發現；發覺；找到

3 **challenge** [`tʃælɪndʒ] 3★
動 向…挑戰 名 挑戰

6 **intelligence** [ɪn`tɛlədʒəns] 3★
名 智能；智慧

8 **water-resistant** [`wɔtərɪˌzɪstənt] 3★
形 防潑水的；抗水的

4 **infancy** [`ɪnfənsɪ] 3★
名 初期；未發達階段

7 **artificial intelligence** 4★
片 人工智慧

9 **watertight** [`wɔtəˈtaɪt] 5★
形 防水的

🔡 縮寫為 AI，以電腦程式模擬人類行為。

5 **initial** [ɪ`nɪʃəl] 3★
形 起初的；開始的

10 **waterproof** [`wɔtəˌpruf] 5★
形 防水的

11 **level** [`lɛvl] 1★
名 水準；程度；標準

12 **lowest** [`loɪst] 1★
形 最低的(low的最高級形容詞)

14 **user-friendly** [`juzəˈfrɛndlɪ] 2★
形 方便使用的；考慮使用者需要的

16 **anti-falls** [`æntɪˌfɔls] 1★
形 防摔的

13 **highest** [`haɪɪst] 1★
形 最高的

15 **meaningful** [`minɪŋfəl] 3★
形 意味深長的；有意義的

17 **enlist** [ɪn`lɪst] 5★
動 謀取贊助、支持

MP3 241

相似

1 analogous [ə`næləgəs] ⁵★
形 類似的;可比擬的

2 similar [`sɪmələ] ¹★
形 相似的;相像的

3 equivalent [ɪ`kwɪvələnt] ⁵★
名 相等物;可相比較的對象
形 相同的;相等的

4 correlation [ˌkɔrə`leʃən] ⁵★
名 相互關係;關聯

5 germane [dʒɝ`men] ⁵★
形 有密切關係的

6 integrate [`ɪntəˌgret] ⁵★
動 結合;合併;整合

7 merge [mɝdʒ] ⁴★
動 使融合;使同化

差異

8 variation [ˌvɛrɪ`eʃən] ⁵★
名 差別;差異

9 disparate [`dɪspərɪt] ⁵★
形 不同的;異類的

10 distinctive [dɪ`stɪŋktɪv] ⁴★
形 與其他不同的;特殊的

▶ distinction 差別;對比

11 different [`dɪfərənt] ¹★
形 不同的;各種的

▶ differentiate 與⋯做區分

14 specific [spɪ`sɪfɪk] ⁵★
形 1.明確的 2.特殊的

12 exception [ɪk`sɛpʃən] ³★
名 1.例外 2.除外;除去

13 except [ɪk`sɛpt] ¹★
介 除⋯之外

▶ There is no exception that a three-month rookie can not get a raise.
三個月的新人無法獲得加薪,沒有例外。

▶ The applicant has made specific demands on salary and vacation.
申請者已針對薪資和假期做出明確的要求。

15 doubly [`dʌblɪ] 副 加倍地	2★	**16 decade** [`dɛked] 名 十年		2★
17 quickly [`kwɪklɪ] 副 快速地	2★	**18 hustle** [`hʌsḷ] 動 催促;趕緊做(某事)		4★
19 on schedule 片 如期;按預定時間	2★	**20 on track** 片 步上軌道的;如計畫中的		1★
21 stay on top of 片 獲知最新訊息;了解(事情的)進展	3★	**22 keep track of** 片 隨時掌握⋯		2★

◉ MP3 242

實驗

1 treatment group 3★
片 實驗組

2 pilot [`paɪlət] 3★
形 (小規模)試驗性的

3 example [ɪɡ`zæmpl̩] 1★
名 範例;例子

4 paradigm 5★
[`pærə͵daɪm] 名 範例

5 template [`tɛmplɪt] 4★
名 樣本;樣板

▶ The paradigm cannot elucidate the idea.
這個範例無法清楚說明概念。

6 variable 5★
[`vɛrɪəbl̩]
名 變數;變因

7 parameter 5★
[pə`ræmətə]
名 變數;參數

8 matrix [`metrɪks] 4★
名 1.矩陣 2.母體;基礎

9 proliferation 5★
[prə͵lɪfə`reʃən]
名 活化;激增

10 corresponding 3★
[͵kɔrɪ`spandɪŋ]
形 對應的;相當的

11 remote 2★
[rɪ`mot]
形 遙控的

12 among other reasons 2★
片 除其他原因外

13 medium [`midɪəm] 2★
名 媒介;媒介物

14 via [`vaɪə] 3★
介 經由

15 influence 1★
[`ɪnfluəns]
動 名 影響;作用

▶ The inflation may influence the price of supplies.
通貨膨脹可能會影響供給品的價格。

16 prerequisite 4★
[͵pri`rɛkwəzɪt]
名 必要條件;前提 形 不可或缺的

17 vital [`vaɪtl̩] 3★
形 極其重要的;必
不可少的

18 based on 1★
片 基於⋯

19 renewable [rɪ`njuəbl̩] 3★
形 可更新的;可繼續的

20 constant [`kanstənt] 3★
形 1.持續不斷的 2.不變的

21 constantly [`kanstəntlɪ] 2★
副 不斷地;時常地

22 constancy 3★
[`kanstənsɪ]
名 1.永恆不變 2.堅決

23 independent 2★
[͵ɪndɪ`pɛndənt] 形 獨立的;自主的

24 dependent 3★
[dɪ`pɛndənt] 形 取決於⋯的

SCENE 4　處理問題・成果

◎ MP3 243

處理問題

1 **engage** [ɪn`gedʒ]
動 使忙於…；使從事於…

2 **undertake**
[ˌʌndə`tek] 動 從事；進行
▶ Could you please explain the task you undertake?
能否請你說明一下你所執行的工作？

3 **deploy** [dɪ`plɔɪ]
動 名 展開；部署

4 **embark** [ɪm`bɑrk]
動 從事；著手

5 **ongoing** [`ɑn͵goɪŋ]
形 進行中的

6 **enter into**
片 著手；開始

7 **cope** [kop]
動 妥善處理；對付

8 **get through**
片 突破難關；解決問題

9 **intensify** [ɪn`tɛnsə͵faɪ]
動 加強；增強

10 **transcend**
[træn`sɛnd]
動 超越；優於

11 **overcome**
[͵ovə`kʌm]
動 戰勝；克服

12 **diverse** [daɪ`vɜs]
形 多種多樣的；多變化的

13 **diversity** [daɪ`vɜsətɪ]
名 1.多樣性 2.差異；不同點

成果

14 **effort** [`ɛfət]
名 努力；成就

15 **accomplish**
[ə`kɑmplɪʃ]
動 達成；實現

16 **accomplishment**
[ə`kɑmplɪʃmənt] 名 成就

17 **achievement**
[ə`tʃivmənt]
名 成就；達成

18 **implementation**
[͵ɪmpləmɛn`teʃən]
名 1.實施；完成 2.成就

19 **implement**
[`ɪmplə͵mənt]
動 履行；實施

20 **success** [sək`sɛs]
名 成功；成就

21 **succeed** [sək`sid]
動 成功；獲得成效

22 **realization** [͵rɪələ`zeʃən]
名 實現；體現

◉ MP3 244

困難與失敗

1 encounter [ɪn`kaʊntɚ] — 3★
勔 遭遇(困難、危險等)

▶ The team has encountered some problems in promoting the new product.
這個團隊在促銷新商品上遭遇一些困難。

2 confront [kən`frʌnt] — 4★
勔 面臨;遭遇

▶ We had no other choice but to confront the angry customers.
我們別無選擇,只能直接面對憤怒的顧客。

3 difficulty [`dɪfə,kʌltɪ] — 1★
名 困難;難題

▶ The whole design team is brainstorming to solve the difficulties.
整體設計團隊都正在腦力激盪以解決問題。

4 on the carpet — 4★
片 遭遇困難、麻煩

▶ Karen is on the carpet communicating with her foreign customer.
凱倫在和外國客戶溝通上遇到困難。

5 rip [rɪp] — 1★
勔 1.扯;撕 2.劃破

6 repeat [rɪ`pit] — 1★
勔 重複;反覆

7 repetition [,rɛpɪ`tɪʃən] — 3★
名 重複;反覆

8 confound [kən`faʊnd] — 5★
勔 使混亂;使困惑

▶ The confounding test result leaves Jack without a clue.
令人困惑的測試結果讓傑克毫無頭緒。

9 recondite [`rɛkən,daɪt] — 5★
形 深奧的;不易懂的

▶ The chart is too recondite for me to understand.
這張圖表對我來說太深奧難懂了。

10 garbled [`gɑrbḷd] — 3★
形 被混淆的;搞亂了的

11 puzzle [`pʌzḷ] — 1★
勔 使…感到困惑 名 難解之疑題

12 puzzling [`pʌzḷɪŋ] — 3★
形 令人感到困惑的

13 regression [rɪ`grɛʃən] — 5★
名 退回;逆行;退化

14 regress [rɪ`grɛs] — 5★
勔 退回;逆行

15 blacklist [`blæk,lɪst] — 2★
勔 將…列入黑名單 名 黑名單

16 abort [ə`bɔrt] — 4★
勔 (計畫等)失敗;使中止

17 blow [blo] — 1★
勔 搞砸;失敗

18 fail [fel] — 1★
勔 失敗

19 failure [`feljɚ] — 1★
名 失敗

補充單字 ✦因果關係✦
✦ either...or... 片 不是…就是…
✦ so...that 片 如此…以至於…

315

◉ MP3 **245**

資訊科技

1 information technology ^3★
片 資訊科技

2 field [fild] ^1★
名 (知識)領域；專業

3 amateur [`æmə‚tʃur] ^2★
名 業餘者；外行者
形 業餘的；外行的

4 cognition ^4★
[kɑg`nɪʃən]
名 認知；知識

5 approach [ə`protʃ] ^2★
名 方法；手段

6 adopt [ə`dɑpt] ^2★
動 採用；採取

7 utilize ^5★
[`jutl‚aɪz] 動 利用

8 utilization ^5★
[‚jutlə`zeʃən] 名 利用

9 dedicate [`dɛdə‚ket] ^5★
動 致力於…；獻身…

10 dedication [‚dɛdə`keʃən] ^5★
名 專心致力；獻身

資訊科技

11 computer age ^3★
片 電腦時代

12 computing [kəm`pjutɪŋ] ^2★
名 從事電腦工作；使用電腦

13 computer addiction ^4★
片 電腦上癮

14 computer nerd ^3★
片 電腦迷

15 computer geek ^4★
片 電腦鬼才

16 computer literacy ^4★
片 電腦使用能力

17 literacy [`lɪtərəsɪ] ^4★
名 1.識字 2.能力

18 computer-aided instruction ^4★
片 電腦輔助教學

🔖 縮寫為 CAI

19 computer-aided design ^3★
片 電腦輔助設計

🔖 縮寫為 CAD

◎ MP3 246

工作情況

¹ **team player** 3★
片 團隊工作者

² **collaboration** [kə‚læbəˋreʃən] 4★
名 合作；同心協力；共同研究

³ **in-depth** 2★
[ˋɪnˋdɛpθ]
形 深入的；徹底的

⁴ **thoroughness** 2★
[ˋθɝonɪs]
名 徹底；完全；仔細

⁹ **show** [ʃo] 3★
動 1.告知；指出
2.展現；出示

¹⁰ **eyestrain** 4★
[ˋaɪ‚stren]
名 眼睛疲勞

⁵ **censor** [ˋsɛnsɚ] 4★
動 檢查(出版物、音樂、電影等)；審查

⁶ **scrutinize** 5★
[ˋskrutn‚aɪz]
動 細查；細看

¹¹ **top quality** 2★
片 品質極好的

⁷ **review** [rɪˋvju] 1★
名 1.複審 2.回顧
動 1.評論 2.再檢查

⁸ **debug** [diˋbʌg] 4★
動 除去(程式中)錯誤

¹² **demanding** [dɪˋmændɪŋ] 3★
形 高要求的；苛求的

¹³ **condition** [kənˋdɪʃən] 2★
名 情況；狀況

¹⁴ **counterbalance** [‚kaʊntɚˋbæləns] 3★
動 抵消；使平衡 名 平衡；均衡

¹⁵ **verify** [ˋvɛrə‚faɪ] 5★
動 證明；證實

¹⁶ **verified** [ˋvɛrə‚faɪd] 5★
形 已證實的；已查清的

¹⁷ **record-breaking** 2★
[ˋrɛkəd‚brekɪŋ] 形 破紀錄的

▶ To verify your identity, please enter the password.
請輸入密碼以認證您的身分。

▶ The company has just made a record-breaking profit in the last ten years.
這間公司剛創下近十年來破紀錄的營收。

¹⁸ **effectiveness** [əˋfɛktɪvnɪs] 2★
名 有效；有力

¹⁹ **operative** [ˋɑpərətɪv] 2★
形 有效的；起作用的

²⁰ **shorten** [ˋʃɔrtn̩] 1★
動 縮短；減少

²¹ **easier** [ˋizɪɚ] 1★
形 更容易的

²² **effortless** [ˋɛfətlɪs] 2★
形 不出力的；容易的

◎ MP3 247

優秀

1 **remarkable** [rɪ`mɑrkəbļ] ³★
形 非凡的；卓越的

2 **outstanding** [`aʊt`stændɪŋ] ³★
形 傑出的；出類拔萃的

3 **top-notch** [`tɑp͵nɑtʃ] ³★
形 頂尖的；一流的

4 **high-performing** ³★
[`haɪpɚ`fɔrmɪŋ] 形 表現良好的

5 **perform** [pɚ`fɔrm] ³★
動 1.執行 2.表演

6 **brilliant** [`brɪljənt] ²★
形 傑出的；優秀的

7 **excellent** [`ɛksḷənt] ²★
形 優秀的；優異的

8 **exceptional** [ɪk`sɛpʃən] ²★
形 1.優秀的 2.例外的

9 **reliability** [rɪ͵laɪə`bɪlətɪ] ³★
名 可信賴度；可靠

10 **reliable** [rɪ`laɪəbḷ] ³★
形 可信賴的；可靠的

11 **frisky** [`frɪskɪ] ⁴★
形 活躍的

12 **imperturbable** [͵ɪmpɚ`tɝbəbḷ] ⁵★
形 沉著的；冷靜的

13 **renowned** [rɪ`naʊnd] ⁴★
形 著名的；有名的

指派

14 **appoint** [ə`pɔɪnt] ³★
動 任命；指派

15 **appointment**
[ə`pɔɪntmənt] ³★
名 任命；委派

16 **assign** [ə`saɪn] ³★
動 派定；選派

17 **assignment**
[ə`saɪnmənt] ³★
名 (分派的)任務、工作

▶ Travis was assigned
to the London branch.
崔維斯被派到倫敦分公司。

18 **designate** [`dɛzɪg͵net] ⁵★
動 委派；選任

19 **nominate** [`nɑmə͵net] ⁴★
動 任命；指派

20 **nominee** [͵nɑmə`ni] ⁵★
名 被提名者

21 **nomination** ⁵★
[͵nɑmə`neʃən] 名 提名

◎ MP3 248

影視娛樂

1 **music** [`mjuzɪk] 1★
名 音樂；樂曲
▶ listen to music 聽音樂

2 **folk** [fok] 2★
形 通俗的；民間的

3 **rhythm** [`rɪðəm] 3★
名 節奏；韻律

4 **rhythmic** [`rɪðmɪk] 3★
形 有節奏的；按節拍的

5 **instrument** 2★
[`ɪnstrəmənt] 名 樂器

6 **vibrate** [`vaɪbret] 4★
動 震動；振動

7 **volume** [`vɑljəm] 2★
名 音量

8 **solo** [`solo] 2★
名 1.獨奏；獨唱 2.獨唱曲

9 **lyric** [`lɪrɪk] 2★
名 歌詞

10 **bass** [bes] 3★
名 貝斯(低音吉他)

11 **guitar** [gɪ`tar] 1★
名 吉他(樂器的一種)

12 **live** [laɪv] 1★
形 現場直播的

13 **stereo** 2★
[`stɛrɪo]
名 1.音響
2.立體聲

14 **A/V** 2★
縮 影音端子

🚗 A 與 V 分別為 audio
(音響)和 video (影
像)的縮寫。

15 **band** [bænd] 1★
名 樂團

16 **rock'n'roll** 2★
[`rɑkən`rol]
名 搖滾樂

17 **edgy** [`ɛdʒɪ] 2★
形 前衛的
▶ edge 邊緣

18 **broadcast** [`brɔd͵kæst] 1★
名 廣播；廣播節目
動 1.廣播；播送 2.廣為散播

◎ MP3 249

休閒與嗜好

1 **leisure** [`liʒɚ] 2★
名 休閒時間 形 空閒的

2 **entertainment** 3★
[,ɛntɚ`tenmənt]
名 娛樂；消遣

3 **entertain** 3★
[,ɛntɚ`ten]
動 使娛樂；使歡樂

4 **hobby** [`hɑbɪ] 1★
名 嗜好；休閒

5 **enjoyment** 2★
[ɪn`dʒɔɪmənt]
名 樂趣；享受

6 **affinity** [ə`fɪnətɪ] 4★
名 1.喜好 2.密切關係

7 **affiliate** [ə`fɪlɪ,et] 4★
動 使緊密聯繫

8 **satisfaction** 3★
[,sætɪs`fækʃən]
名 滿足；滿意

9 **satisfy** [`sætɪsfaɪ] 3★
動 使…滿意；令人滿足

10 **favorite** [`fevərɪt] 1★
形 最喜愛的
名 最喜愛的事物

11 **preference** [`prɛfərəns] 4★
名 偏好；偏愛

▶ preferential 優先的

12 **adore** [ə`dor] 4★
動 崇拜；敬愛

13 **awesome** 5★
[`ɔsəm] 形 極棒的

14 **superb** [su`pɝb] 4★
形 極棒的；一流的

15 **multimedia** [mʌltɪ`mɪdɪə] 3★
形 多媒體的；使用多媒體的

16 **lifestyle** [`laɪf,staɪl] 1★
名 生活方式

17 **fan** [fæn] 1★
名 狂熱愛好者；迷

18 **fanatic** [fə`nætɪk] 4★
名 狂熱者 形 入迷的

19 **composition** [,kɑmpə`zɪʃən] 名 1.作曲 2.寫作	3★	20 **compose** [kəm`poz] 動 譜曲；作曲	3★
21 **signature tune** 片 特色曲調(指某位歌手、作曲家獨有的風格)	3★	22 **chorus** [`korəs] 名 1.合唱 2.合唱團 動 合唱	3★
23 **melody** [`mɛlədɪ] 名 旋律	1★	24 **revive** [rɪ`vaɪv] 動 重新流行	4★

◎ MP3 250

電影首映會

1 **cinema** [`sɪnəmə] 3★
名 電影院；電影

2 **theater** [`θɪətə] 2★
名 電影院；劇場

3 **release** [rɪ`lis] 3★
名 發行；發表(電影、書或音樂)

4 **premiere** [prɪ`mjɛr] 4★
名 首映；首映會

5 **preview** [`pri͵vju] 3★
名 (電影等的)試映；試演

6 **blockbuster** [`blɑk͵bʌstə] 3★
名 賣座電影、音樂

8 **arrangement** [ə`rendʒmənt] 5★
名 改編

9 **trailer** [`trelə] 4★
名 (電影等的)預告片；片花

10 **producer** [prə`djusə] 2★
名 製片人；製作人

7 **film** [fɪlm] 1★
名 電影；膠捲

11 **villain** [`vɪlən] 4★
名 壞人；惡棍(電影、小說中的反派)

12 **hero** [`hɪro] 1★
名 英雄(男)

13 **heroine** [`hɛro͵ɪn] 1★
名 女英雄

14 **background music** 3★
片 (電影、電視的)背景音樂

15 **blue-ray** [`blu͵re] 2★
名 藍光科技

16 **cast** [kæst] 2★
名 班底；演員陣容；卡司

17 **character** [`kærɪktə] 1★ 名 角色

◎ MP3 251

錄影現場

1 **soap opera** ─────2★
片 肥皂劇(以家庭為主題的電視連續劇)

2 **episode** [`ɛpə,sod] ─────4★
名 (電視等的)一齣或一集

3 **episodic** [,ɛpə`sɑdɪk] ─────4★
形 插曲多的；情節不連貫的

4 **talk show** ─────1★
片 訪談節目；脫口秀

5 **replay** [ri`ple] ─────1★
動 名 重演；重播

6 **recording** [rɪ`kɔrdɪŋ] ─────2★
形 錄音的；錄影的

7 **shooting** ─────2★
[`ʃutɪŋ] 名 拍攝

8 **entertainer** [,ɛntɚ`tenɚ] ─────3★
名 專業演員；藝人

喜劇

9 **comedy** [`kɑmədɪ] ─────3★
名 1.喜劇 2.喜劇成分

10 **farce** [fɑrs] ─────4★
名 笑劇；鬧劇

11 **hilarious** [hɪ`lɛrɪəs] ─────4★
形 極可笑的；好笑的

12 **hilarity** ─────4★
[hɪ`lærətɪ] 名 歡喜

▶ The story you just told is extremely hilarious!
你剛說的故事真是太有梗了！

13 **imaginary** [ɪ`mædʒə,nɛrɪ] ─────3★
形 想像中的；虛構的

14 **imagine** [ɪ`mædʒɪn] ─────2★
動 1.想像 2.猜想；料想

15 **vivid** [`vɪvɪd] ─────3★
形 栩栩如生的

16 **vividness** [`vɪvɪdnɪs] ─────3★
名 生動；逼真

19 **climax** [`klaɪmæks] ─────3★
名 高潮(故事、電影中最精采的部分)

17 **story** [`storɪ] ─────1★
名 故事；情節

18 **subject** [`sʌbdʒɪkt] ─────1★
名 主題；題材；題目

20 **highlight** [`haɪ,laɪt] ─────3★
名 最重要、最精采的部分

◎ MP3 252

運動節目

¹ **toss** [tɔs] 2★
動 拋擲

² **basketball** [`bæskɪt͵bɔl] 1★
名 籃球

▶ The pair of basketball shoes cost me a fortune.
這雙籃球鞋花了我不少錢。

³ **swimming** 1★
[`swɪmɪŋ]
名 游泳

⁴ **swim** 1★
[swɪm]
動 名 游泳

⁵ **table tennis** 1★
片 桌球；乒乓球

⁶ **football** 1★
[`fut͵bɔl]
名 橄欖球

⁷ **soccer** [`sɑkɚ] 1★
名 足球

▶ The final score in this soccer game is 2-1.
這場足球比賽最後的比分是二比一。

⁸ **tennis** [`tɛnɪs] 1★
名 網球

▶ He is throwing a tennis ball back and forth with a kid.
他正和一個小孩玩著傳接網球的遊戲。

⁹ **tap dancing** 2★
片 踢踏舞

▶ A tap dancing group from Ireland will visit Taiwan for a 3-day tour.
一個來自愛爾蘭的踢踏舞團將抵台進行三天的巡迴演出。

¹⁰ **resilience** [rɪ`zɪlɪəns] 5★
名 彈性；彈回

▶ Does the coefficient of resilience of the material meet the requirement?
這個材料的彈性係數符合規定嗎？

¹¹ **tai chi** 2★
片 太極拳

▶ play tai chi 打太極拳

¹² **yoga** [`jogə] 4★
名 瑜伽

¹³ **volleyball** [`vɑlɪ͵bɔl] 2★
名 排球；排球運動

▶ Those girls in sandals on the beach are playing volleyball.
沙灘上那些穿著涼鞋的女孩正在打排球。

¹⁴ **ballet** [`bæle] 3★
名 芭蕾(舞蹈)

¹⁵ **badminton** 3★
[`bædmɪntən]
名 羽毛球

¹⁶ **hockey** [`hɑkɪ] 2★
名 曲棍球

▶ ice hockey 冰上曲棍球

◎ MP3 253

汽車外觀

1 **automobile** [`ɔtəmə, bɪl] 2★
形 汽車的；自動推進的 名 汽車

2 **vehicle** [`viɪk] 2★
名 車輛；運載工具

3 **sedan** [sɪ`dæn] 3★
名 轎車

4 **streamline** 4★
[`strim, laɪn] 名 流線型

5 **standard-sized** 2★
[`stændəd, saɪzd] 形 標準尺寸的

6 **retractable roof** 4★
片 天窗

8 **roof rack** 2★
片 車頂架

9 **trunk** [trʌŋk] 2★
名 行李箱(美)

7 **overhead** [`ovə`hɛd] 2★
名 車頂蓋

10 **windshield wiper** 2★
片 (車輛)雨刷

11 **headlight** [`hɛd, laɪt] 2★
名 (汽車)頭燈

12 **side mirror** 1★
片 後照鏡(車兩側)

省油・耗油

13 **tank** [tæŋk] 1★
名 (油)缸

14 **gas** [gæs] 1★
名 汽油

15 **gasoline** 2★
[`gæsə, lin]
名 汽油

16 **petrol** [`pɛtrəl] 4★
名 汽油(英)

17 **economy** 4★
[ɪ`kɑnəmɪ] 名 省油車

18 **fuel-efficient** 3★
[`fjuəlɪ`fɪʃənt] 形 省油的；節約的

19 **diesel** [`dizl] 4★
名 柴油；柴油車

20 **gas guzzler** 4★
片 耗油車

21 **guzzle** [`gʌzl] 4★
動 名 暴食

22 **consumption** [kən`sʌmpʃən] 4★
名 1.消耗；用盡 2.消費

MP3 254

汽車內部

1 tachometer [təˋkɑmətɚ] 4★
名 轉速計

2 mileage limit 4★
片 里程限制

3 mileage counter 4★
片 里程表;計程器

4 clutch [klʌtʃ] 4★
名 (汽車)離合器;
離合器踏板

5 rearview mirror 3★
片 (車內)後照鏡

▶ You should adjust the rearview mirror to get a better look.
你應該調整一下後照鏡,以便看清楚後方來車。

6 GPS 1★
縮 全球定位導航系統

■ 全稱為 Global Positioning System

7 direction 1★
[dəˋrɛkʃən] 名 方向

▶ He has no sense of direction and often gets lost.
他缺乏方向感,經常會迷路。

8 steering wheel 2★
片 方向盤

9 key [ki] 1★
名 鑰匙

10 manual [ˋmænjʊəl] 3★
形 (汽車)手排的;用手操作的

▶ Can you drive a manual car?
你會駕駛手排車嗎?

汽車展

11 limousine [ˋlɪməˏzin] 4★
名 大型豪華轎車

12 SUV 1★
縮 運動休旅車

■ 全稱為 sports utility vehicle

13 minivan 3★
[ˋmɪnɪˏvæn] 名 小卡車

14 roadster [ˋrodstɚ] 2★
名 敞篷小客車

15 steady [ˋstɛdɪ] 2★
形 穩定的;平穩的

16 motorcycle 1★
[ˋmotɚˏsaɪkl̩]
名 機車(美)

17 scooter 1★
[ˋskutɚ]
名 機車(英)

18 tier [tɪr] 2★
名 階級;等級

19 lemon [ˋlɛmən] 2★
名 (俗)品質差且無用的車

◉ MP3 255

車禍現場

1 **pileup** [`paɪl‚ʌp] ³★
名 連環車禍

2 **roadside assistance** ³★
片 道路救援

3 **damage** ²★
[`dæmɪdʒ]
名 破損；毀壞

4 **crash** [kræʃ] ²★
名 動 撞擊；碰撞

6 **scratch** [skrætʃ] ³★
名 刮傷；擦傷
動 刮傷；劃傷

7 **sideswipe** ³★
[`saɪd‚swaɪp]
動 擦撞

5 **collide** [kə`laɪd] ⁴★
動 相撞；碰撞

▶ collision damage waiver
(汽車)碰撞險

8 **airbag** [`ɛr‚bæg] ¹★
名 汽車安全氣囊

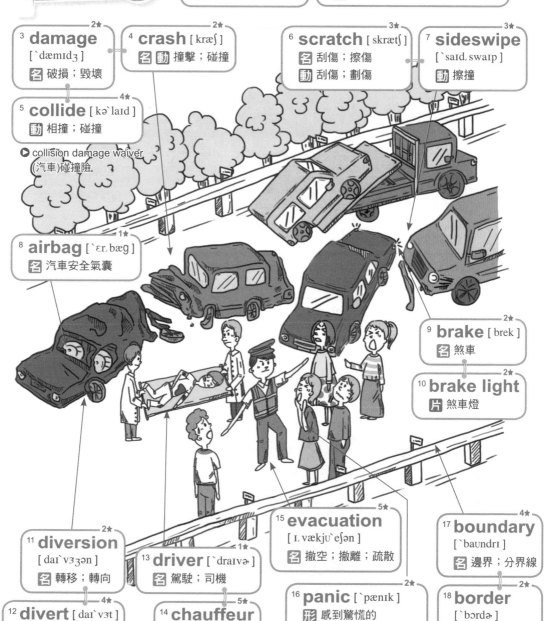

9 **brake** [brek] ²★
名 煞車

10 **brake light** ²★
片 煞車燈

11 **diversion** ²★
[daɪ`vɝʒən]
名 轉移；轉向

12 **divert** [daɪ`vɝt] ⁴★
動 轉移；使分心

13 **driver** [`draɪvɚ] ²★
名 駕駛；司機

14 **chauffeur** ⁵★
[`ʃofɚ] 名 司機

15 **evacuation** ⁵★
[ɪ‚vækjʊ`eʃən]
名 撤空；撤離；疏散

16 **panic** [`pænɪk] ²★
形 感到驚慌的
動 使…感到驚慌、恐慌

17 **boundary** ⁴★
[`baʊndrɪ]
名 邊界；分界線

18 **border** ²★
[`bɔrdɚ]
名 邊界；邊線

● MP3 256

交通事故

1 **accident** [`æksədənt] —2★
名 意外；事故；災禍

2 **accidental** [,æksə`dɛntl] —3★
形 意外的；偶然的

3 **contingency** [kən`tɪndʒənsɪ] —5★
名 意外事故；偶然事件

4 **contingent** [kən`tɪndʒənt] —5★
形 偶然發生的

▶ We should take probability of the contingency into consideration.
我們應該將發生意外事故的可能性納入考量。

5 **occurrence** [ə`kɜːns] —3★
名 發生；事件；事故

6 **event** [ɪ`vɛnt] —2★
名 事件；大事

7 **incidental** [,ɪnsə`dɛntl] —5★
形 意外的；偶發的

8 **instantaneously** [,ɪnstən`tenɪəslɪ] —5★
副 即刻地；突如起來地

9 **careen** [kə`rin] —4★
動 (車子)急速搖晃行駛

10 **pounce** [paʊns] —3★
動 猛撲；猛衝

11 **skid** [skɪd] —2★
動 打滑；滑行

12 **mechanical difficulties** —3★
片 機械故障

13 **stall** [stɔl] —4★
動 (汽車)拋錨

14 **breakdown** [`brek,daʊn] —5★
名 (汽車)拋錨；故障

收費站

15 **toll** [tol] —3★
名 (路、橋等)通行費

▶ Anyone travelling across the bridge has to pay a toll.
過這座橋的人都要支付通行費。

16 **speed limit** —1★
片 速限

▶ You should not exceed the speed limit of 60 mph.
你不應該超過每小時六十英里的速限。

17 **swift** [swɪft] —2★
形 快速的

327

克 漏 字　請參考中文例句中被標記的單字，並將其英文填入空格中。

(1) A _____ is provided to help with noise isolation.
這裡有提供耳機以幫助你隔絕噪音。

(2) You should _____ the headlight to make sure it works normally.
你應該打開頭燈，確保運作正常。

(3) Can you show me how to reset my computer to factory _____?
你可以回復我電腦的原廠設定給我看嗎？

(4) This card reader is not _____ to Jason's notebook.
這台讀卡機與傑森的筆電不相容。

(5) Do I need a _____ to join this Audi Club?
參加這個奧迪車友俱樂部需要會員資格嗎？

(6) Where did you get the _____ for the new poster?
你從哪裡得到新海報的靈感？

(7) The newest financial report and its _____ chart can be downloaded via the Internet.
最新的財務報告和相關對應的圖表可經由網路下載。

(8) Wind is one of the _____ resources.
風力屬於可再生資源之一。

(9) I often browse in a record store at _____.
閒暇時，我常去唱片行閒晃。

(10) There will be a _____ at Vieshow Cinemas this weekend.
這週末在威秀影城有一場首映會。

Answer Key

(1) headphone	(2) turn on	(3) default	(4) compatible
(5) membership	(6) inspiration	(7) corresponding	(8) renewable
(9) leisure	(10) premiere		

單字選填

請參考框內的英文單字，將最適合的單字填入句中。
若該單字在置入句中時需有所變化，請填入單字的變化型。

uncertainty	blockbuster	amateur	conceive
motherboard	cinema	realization	transcend
envision	reboot	modem	dedicate
episode	portable	mandate	pileup
vital	download	via	privacy
innovation	anti-falls	different	lifestyle
doubly			

(1) This 3D movie became a _____ with sales of more than $100 million.

(2) A "LOHAS" _____ is becoming popular in recent years.

(3) Do you know how many _____ there are in CSI Miami season 6?

(4) Though Amy is an _____ in commercial business, her aggressive attitude wins her compliments from the manager.

(5) This job may be a real challenge, but it can offer you a chance for self _____ and great sense of achievement.

(6) The performance of the current series _____ that of last generation products.

(7) The iPad is said to be one of the great _____ in the 20th century.

(8) Financial _____ jeopardize the partnership between Jack and Janie.

(9) Your iPhone can serve as a _____ and provide Internet access to your laptop wherever you are.

(10) You need to _____ the computer to complete the setup.

(11) This _____ electric radiator can provide heat anywhere.

(12) The _____ is the main circuit board in a computer.

(13) The program is too old to carry out a _____ efficiently. It always takes like forever.

(14) Blank invoice templates can be _____ from the website as future reference.

(15) Always respect your colleague's _____. Don't gossip.

(16) The brilliant project was _____ by Jack and his team.

(17) She always _____ her future in a positive way.

(18) A 5-car _____ occurred this morning on the highway.

(19) The new sensor has excellent anti-collision and _____ features.

(20) _____ from the rest team members, Ms. Chen always volunteers to do night shifts.

(21) The competition for products has _____ increased due to new brands being launched.

(22) To conduct a meeting _____ the Internet, microphones are required.

(23) Customers' feedback is of _____ importance to quality control.

(24) Allen has _____ his life to developing semiconductors.

(25) You are not allowed to bring beverages or food into the _____.

Answer Key

(1) blockbuster	(2) lifestyle	(3) episodes	(4) amateur
(5) realization	(6) transcends	(7) innovations	(8) uncertainties
(9) modem	(10) reboot	(11) portable	(12) motherboard
(13) mandate	(14) downloaded	(15) privacy	(16) conceived
(17) envisions	(18) pileup	(19) anti-falls	(20) Different
(21) doubly	(22) via	(23) vital	(24) dedicated
(25) cinema			

note

note

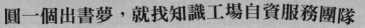

國家圖書館出版品預行編目資料

最強圖解新多益：NEW TOEIC單字記憶術 / 張翔 著
. -- 初版. -- 新北市：知識工場出版 采舍國際有限公
司發行, 2020.06　面；　公分. -- (Master；11)
ISBN 978-986-271-882-7（平裝）

1.多益測驗　2.詞彙

805.1895　　　　　　　　　　　　　109003502

Illustrate It! The Easiest Way to
Memorize NEW TOEIC Vocabulary

最強
圖解

新多益

NEW TOEIC 單字記憶術

知識工場 · Master 11

最強圖解新多益
NEW TOEIC單字記憶術

出 版 者／全球華文聯合出版平台 · 知識工場
作　　者／張翔
出版總監／王寶玲
總 編 輯／歐綾纖
英文編輯／何牧蓉
策劃編輯／薛詩怡
印 行 者／知識工場
美術設計／蔡瑪麗
特約繪者／黃筠婷

台灣出版中心／新北市中和區中山路2段366巷10號10樓
電話／（02）2248-7896
傳真／（02）2248-7758
ISBN-13／978-986-271-882-7
出版日期／2023年最新版

全球華文市場總代理／采舍國際
地址／新北市中和區中山路2段366巷10號3樓
電話／（02）8245-8786
傳真／（02）8245-8718

港澳地區總經銷／和平圖書
地址／香港柴灣嘉業街12號百樂門大廈17樓
電話／（852）2804-6687
傳真／（852）2804-6409

全系列書系特約展示
新絲路網路書店
地址／新北市中和區中山路2段366巷10號10樓
電話／（02）8245-9896
傳真／（02）8245-3918
網址／www.silkbook.com

本書採減碳印製流程，碳足跡追蹤並使用優質中性紙（Acid & Alkali Free）通過綠色印刷認證，最符環保要求。

本書為名師張翔及出版社編輯小組精心編著覆核，如仍有疏漏，請各位先進不吝指正。來函請寄mujung@mail.book4u.com.tw，若經查證無誤，我們將有精美小禮物贈送！

knowledge. 知識工場
Knowledge is everything！

知識工場
Knowledge is everything！